KB270869

햇살의
민낯

.....

행복의 민낯

2013년 12월 16일 초판 1쇄 발행. 하이힐과 고무장갑이 쓰고 이홍용과 박정은이 기획하여 펴냅니다. 홍선미가 삽화를 그렸고, 이근호가 디자인 및 제작 진행을, 전태영이 편집을, 반지현이 마케팅을 합니다. 제판은 한국커뮤니케이션, 본문 및 표지 인쇄는 영프린팅, 제본은 쌍용제책에서 각각 하였습니다. 출판사 등록일 및 등록번호는 2003. 2. 6. 제10-2567호이고, 주소는 121-250 서울시 마포구 성산동 628-5, 전화는 (02) 3143-6360, 팩스는 (02) 338-6360, 이메일은 shantibooks@naver.com입니다. 이 책의 ISBN은 978-89-91075-86-3 03800이고, 정가는 14,000원입니다.

이 도서의 국립중앙도서관 출판시도서목록(CIP)은 e-CIP홈페이지(http://www.nl.go.kr/ecip)와 국가자료공동목록시스템(http://www.nl.go.kr/kolisnet)에서 이용하실 수 있습니다.(CIP제어번호: CIP2013026363)」

행복의 민낯

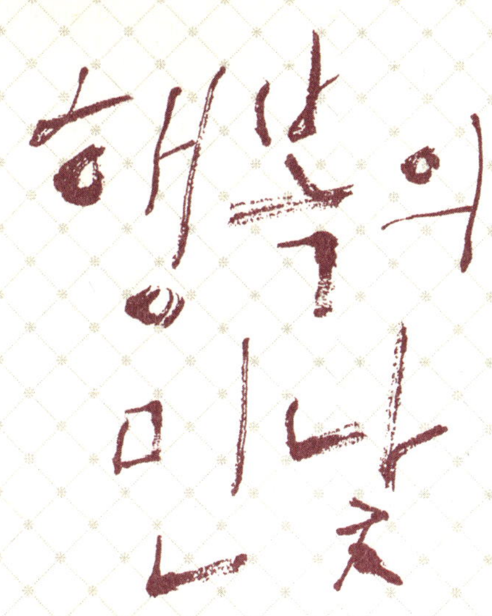

여섯 여자의
30일 행복 실험

하이힐과 고무장갑 지음

【산티】

| 차 례 |

프롤로그: 도대체 행복이 뭐야? 8

1부.
행복지수를
진단하다

미래에 대한 걱정으로 지금 행복하지 않아―안토니아 18

행복도 느끼기보다 머리로 먼저 분석해―젠느 26

죽는 순간 떠올리고픈 행복한 장면이 없어―달나무 34

어딘가 내가 바라는 근사한 세계가 있을 것 같아―나무 42

곁가지가 아닌 중심이 되고 싶어―선향 50

책장에 행복 관련 책만 스무 권이 넘어―하라 58

우리, 본격적으로 행복을 찾아나서 볼까? 67

2부.
여섯 여자의
30일 행복 실험

안토니아
이야기

행복의 기초 체력을 다지다

나만의 행복 함수식을 찾다 74

행복 워크북 1. 내 마음 알기 78

행복 워크북 2. 감사 일기 84

행복은 매일 한 걸음씩 다가온다 97

젠느
이야기

나만의 행복 코드를 찾다

일지의 시작: 깨알 기분 일지 108

일지의 중반: 시행착오, 일지 쓰기 방식을 고민하다 113

일지의 후반: 다시 내게 익숙한 방식으로, 그러나 조금 다르게 115

일지에서 발견한 행복 코드 네 가지 116

행복은 찾지 않는 순간 찾아왔다 129

달나무
이야기

행복이 머물 공간을 만들다

행복을 부르는 작은 습관, 정리 135

행복이 머물 공간을 만들다 137

장롱 속의 행복을 꺼내다 160

나무
이야기

일상 곳곳에 숨어 있는 행복을 만나다

일상의 행복은 어디에 있는 것일까? 165

어라, 행복이 여기 숨어 있었네! 166

행복, 일상에서 기쁨을 발견해 내는 기술 185

선향 이야기

내면의 따스한 불을 밝히다

'존재 불안' 고질병을 진단하다 190

마음과 몸, 일상과 대화하기 193

구겨진 일상의 주름을 펴다 205

하라 이야기

생각 속 행복을 몸으로 경험하다

행복도 내 작품이다 213

행복 테마 1. 행복은 선택이다 216

행복 테마 2. 삶의 진실한 순간과 만나기 220

행복 테마 3. 완벽주의를 내려놓고 나를 인정하기 224

이제, 구체적인 연습을 하자 230

에필로그: 행복 실험 그 후 239

시작은 우연이었다. '마흔'을 주제로 함께 책을 펴낸 글쓰기 멤버들과 한 달에 한 번 일상적인 모임을 갖던 어느 더운 여름날이었다. 맛있는 안주와 칵테일 막걸리를 마시며 분위기가 들뜰 즈음 멤버 한 명이 《당신은 행복을 살 수 있다, 그것도 싸게 *You can buy happiness: and it's cheap*》(국내에는 《행복의 가격》이라는 제목으로 소개됨)라는 책을 소개했다. 행복을 살 수 있다고? 게다가 싸게 살 수 있단다. 귀가 솔깃해졌다. 행복을 싸게 살 수 있다니!

책의 내용은 좋은 학력에, 투자 매니지먼트 회사에서 잘 나가던 어느 미국인 여자가 어느 날 행복하지 않은 자신을 발견하면서 하나둘 작은 행동으로 스스로를 바꿔간다는 얘기였다. 행복을 말하는 수많은 심리학 서적들, 자기 계발 서적들 사이에서 그 책이 유독 눈에 띈 이유는 바로 구체적인 행동이 하나하나 제시되면서 실제로 저자의 삶이 바뀌는 모습이 선명하게 보였기 때문이다.

그래, 행복을 그렇게 말할 수도 있구나! 이야기를 들으며 저자의 구체적인 접근 방식과 실천력에 찬사를 보냈다. 그러나 뭔가 아쉬웠다. 아무리 지구촌 시대가 되었다지만 '월가에 근무하던 미국 여자의 행복 실천기'는 우리 같은 보통 사람에겐 거리감이 느껴졌다. 그런 사람이 한둘이 아니었던지 멤버들의 입에서 '행복'에 대한 여러 의견이 쏟아지기 시작했다.

그러잖아도 첫 책을 낸 뒤 다시 함께 책을 쓴다면 어떤 테마가 좋을까 고민하던 터에 '손에 잡힐 듯한 구체적인 행복' 이야기는 모두를 흥분시켰다. 공부를 많이 한 학자나 철학자의 행복론은 읽을 때는 좋은데 책을 덮고 나면 뭔가 막막한 느낌이고, 그렇다고 "행복하려면 이러저러해야 한다"고 권유하는 자기 계발서의 틀에 얽매이기는 또 싫었다. 행복에 대해 너무 감성적으로 접근하는 에세이도 일상의 모든 것을 분홍빛으로 미화시켜 한순간 독자들을 마취시키는 것처럼 느껴졌다. 지금 여기 발 딛고 선 현실에서 우리에게 필요한 것은, '행복에 대한 조금은 냉정한 시선'과 '행복을 느낄 수 있는 구체적인 행동들'이 아닐까?

행복이라는 따뜻한 말에 '냉정한'이라는 차가운 단어를 붙인 데에는 이유가 있다. 자칫, 행복이라는 감정에 함몰되어 "행복하게 살아야 한다"는 의무감에 시달리고, 행복을 느끼지 못하면 스스로를 불행하다고 생각하는 '행복 강박'에서 벗어나 행복을 있는 그대로 최대한 객관적으로 바라보자는 의미에서다. 사람들은 누구나 불행보다는 행복을 바라지만, 이 '행복 강박'이 오히려 일상의 소소한 행복을 방해하는 덫이 되어서는 곤란할 것이다.

우리는 두 차례 더 모여 행복을 주제로 수다를 떨었다. 자기만을 위한 공간이라든지 돈, 취향, 집안일, 욕구 등등 각자 행복과 관련된다 싶은 일상에 대해 얘기 나누다 보니 자연스레 행복에 대한 이미지나 고정 관념뿐만 아니라 삶에서 중요하다고 여기는 가치와 삶에 대한 태도, 자라온 환경까지도 들여다보게 되었다.

그런 과정을 통해 그동안 안다고 생각했던 글쓰기 멤버들의 다른 모습들이 속속 드러나기 시작했다. 겉으로 보이는 모습과 그 속마음이 어떻게 다른지 알고 놀라기도 했고, 쉽사리 나눌 수 없는 이야기를 나누며 감동하고 웃고 맞장구치는 중에 저절로 치유가 되는 경험을 하기도 했다. 이야기 끝에 우리는 삶에 대한 서로의 태도를 캐릭터화해서 별명처럼 만들어보기로 했다. 그래서 나온 글쓰기 멤버 여섯 명의 캐릭터는 정말 제

각각이면서도 재미있었다.

'불안해서 늘 내일을 사는' 안토니아, '행복도 깐깐하게 분석하는' 젠느, 행복은 나와는 상관없이 '남의 가족 사진 속에 존재한다'고 여기는 달나무, '늘 어디론가 떠나고 싶은' 나무, '존재감에 목말라하는' 선향, '완벽하려다 병난' 하라…… 그건 다름 아닌 세상과 대면하는 멤버 각각의 모습이었다. 어쩌면 그런 캐릭터의 차이만큼이나 행복을 느끼고 받아들이는 방식도 다르겠다 싶었다. 이렇게 다른 캐릭터를 지닌 사람들이 각자 어떻게 행복을 찾아가는지, 어떻게 하면 자기만의 방식으로 일상을 더 행복하게 만들어갈 수 있는지 우리는 구체적인 방식으로 실험을 해보고 싶어졌다. 이른바 '행복 프로젝트'의 출발이었다. 각자 한 달 동안 '행복 일지'를 써보기로 한 것이다. 이 책에는 그 과정이 오롯이 담겨 있다.

1부는, 사회가 만들어준 행복이 아니라 '나의 행복'을 찾아가기 위해서는 먼저 자신의 현재 모습과 행복에 대한 생각들이 어떤지 들여다보면 좋겠다 싶어 함께 수다를 떨며 나눴던 솔직한 이야기들을 대화체 그대로 정리한 것이다.

2부는, 행복에 대해 멤버 여섯 명이 머릿속으로 생각하고 그리기만 하던 것에서 한 발 더 나아가 실제로 '행복 일지'를 써보면서 확인하고 알게 된 것들, 예컨대 언제 어느 때 행복을 느끼는지, 프로젝트 전과 후 자신의 모습이 얼마나 달라졌는지, 이를 토대로 각자 깨달은 행복의 의미는 무엇인지 등을 정리한 것이다. 한 달 동안 쓴 각자의 행복 일지도 간추려 담았다. 독자들은 멤버 개개인의 사생활이 여지없이 드러나는 일지를 보면서 자기 삶을 거울처럼 비춰볼 수도 있고, '일상의 소소한 행복이란 것이 별것 아니구나'라고 느낄 수도 있으며, 멤버의 생각이 어떻게 변해가는지 지켜보는 재미도 맛볼 수 있을 것이다.

책을 읽고 '나도 한 번 30일 행복 프로젝트를 해볼까?' 생각하는 독자분이 생길지도 모르겠다. 과연 30일간의 행복 실험으로 어떤 변화를 경험할지는 독자 개개인에 따라 다를 수 있겠지만, '하이힐과 고무장갑' 멤버들은 30일간의 체험이 변화를 체감하기에 결코 짧지 않은 시간이었다는 점에 모두 동의했다. 바쁜 세상, 100일이나 1년 일지는 너무 까마득해 보인다. 그렇다고 1주일 일지는 한 사이클에도 미치지 못한다. 결과적으로 멤버 모두 30일 일지에 만족했다는 사실만은 알려드린다. 행복이란 결국 지극히 주관적인 것일 수밖에 없기 때문에 일괄적으로 이렇게 해라, 저렇게 해라 하고 함부로 말할 수 없기 때문이다.

이 책을 읽으면서, 그동안 괜스레 남과 비교해 스스로 행복하지 않다고 느끼며 위축되곤 하던 마음이 조금 펴질 수도 있을 것이고, '사람 사는 게 다 거기서 거기구나' 생각하며 약간의 관음증을 만족시키는 데서 멈출 수도 있을 것이다. 스스로 언제 즐겁고 언짢은지 알아보는 행복 일지를 써보겠다고 마음먹을 수도 있고, 책에 인용되는 '행복론' 관련 서적을 읽어보고 싶은 마음이 들 수도 있을 것이다. 글을 쓰며 독자와 교감할 수 있다는 건 우리 멤버 모두에게 참 행복한 일이다. 결과에 상관없이 책을 쓰는 과정 또한 우리에게는 행복한 시간이었다. 과정이 행복이라는 말, 머리로는 알고 있었는데 막상 몸으로 느껴보니 또 다르게 다가왔다. 독자 여러분께 우리의 그런 기운이 조금이라도 전달되었으면 좋겠다.

1부

행복지수를 진단하다

불안해서 늘 내일을 사는
안토니아
행복도 깐깐하게 분석하는
젠느
남의 가족 사진 속의 행복
달나무
늘 어디론가 떠나고 싶은
나무
존재감에 목말라하는
선향
완벽하려다 병난
하라

　‘행복’을 주제로 함께 책을 쓰자는 이른바 ‘막걸리 결의’를 하고 나서 한 달쯤 후, 우리는 두 차례에 걸쳐 모임방에서 만나 ‘행복’에 대해 수다를 떨며 이야기하는 시간을 가졌다. 여기에서는 그때 오고간 이야기들을 대화체 그대로 생생하게 정리하되, 독자들이 헷갈리지 않도록 멤버별로 각자의 스토리를 모아보았다. 이 두 번의 수다 끝에 우리는 각자 한 달 동안 ‘행복 일지’를 써보기로 마음을 모으게 된다.

하라_ 와, 모임방 좋다. 이 방 이름이 ‘해피니스’야. 다들 그거 알았어?

안토니아_ (웃으면서) 아무 생각 없이 잡았는데……

달나무_ 뭔가 통한 거지, 우리의 주제랑.

안토니아_ 그러고 보니 우리 회사의 핵심 가치도 ‘행복’이네요.

젠느_ 그래? 회사에서 말하는 가치도 ‘행복’이구나. 도대체 행복이 뭐기에 여기서도 저기서도 얘기하는 걸까?

선향_ 잘 모르겠어. 얼마 전에 세계 각국의 행복지수를 조사한 기사를 읽었는데, 덴마크와 호주의 행복지수가 가장 높고 우리나라는 하위권이더라고. 왜 우리나라 사람들의 행복지수가 이렇게 낮은 걸까? 행복의 기준이 대체 뭔지 모르겠어.

하라_ 글쎄, 나도 요즘 행복이 지나가는 감정인지 아니면 지속적인 상태인지 궁금하더라. 그래서 행복에 대해 알고 싶어졌어!

달나무_ 언니는 행복을 알고 싶다고? 나는 행복을 느껴보고 싶은데……

나무_ 요즘 사회적인 화두도 힐링에서 행복으로 옮겨간다는데……

젠느_ 그럼, 이렇게 모인 김에 각자 자기 방식대로 행복을 파헤쳐보는 건 어떨까?(웃음) 이른바 '행복의 민낯' 찾아보기!

미래에 대한 걱정으로 지금 행복하지 않아—안토니아

젠느_ 안토니아에게 행복이란 뭐 같아?

안토니아_ 음…… 오르락내리락하는 시소 같은 것!

하라_ 오호, 시작부터 재미있는 걸. 무슨 뜻이야?

안토니아_ 분명 어제는 행복했는데, 오늘은 왠지 울적하고 시큰둥하고. 다들 그런 적 있지 않아요?

선향_ 나는 어제 오늘이 아니라 아침과 저녁, 하루 사이에도 그렇더라.

나무_ 하루는 무슨! 한 시간 사이에도 그렇지.

일동_ (웃음) 맞아, 맞아.

안토니아_ 근데 그 행복하고 불행한 감정이란 게, 꼭 어떤 좋고 나쁜 사건이 있어야 오는 것 같지도 않아요. 행복한 느낌은 그래도 좀 상관 관계란 게 있는 것 같은데, 불행한 감정은 크게 상관도 없는 거 같아. 나중에 생각해 보면 그다지 심각한 일도 아닌데 어떤 날은 조그만 일에도 쉽게 우울해지고 불만이 가득해서는 얼굴엔 오만상을 다 쓰고 다니고…… 여하튼 작은 사건 하나에도 감정이 들쑥날쑥 일희일비하는 내가 참 못나 보여. 불혹이 넘으면 일이든 사적으로든 좀 단단하게 안정되고 싶었는데 만날 바람에 흔들리는 갈대 같아. 어흐, 도대체 언제쯤 흔들리지 않을까?

달나무_ 불행한 감정이 들 때는 언제인데요?

안토니아_ 잘하고 싶은데 잘 안 될 때…… 일이든 뭐든 관심 있는 뭔가를 하더라도 아주 잘하고 싶은데 말이야.

젠느_ 몰입을 말하는 건가?

안토니아_ 물론 몰입의 즐거움, 그런 과정 자체도 좋아요. 근데 결과적으로도 정말 잘해내고 싶어. 아주 잘해서 1퍼센트 안에 들고 싶은 욕망이랄까? 누가 봐도 내가 제일 잘한다는 소리를 듣고 싶은 거지. 구두를 닦는다고 치면 "이 세상에서 누가 구두를 제일 잘 닦니?" 하고 물었을 때 "쟤요"라고 딱 답이 나오는. 김연아를 보면 멋있다는 생각을 넘어서 존경심까지 들어요. 나도 어느 분야든 최고가 되고 싶은데 현실의 내 모습은 실수투성이에다 감정적으로도 '찌질이' 같으니까 우울해지는 건가봐.(웃음)

나무_ 일하랴, 애 키우랴, 글 쓰랴…… 동시에 몇 가지를 저렇게 잘해내고 있으면서 만날 저렇게 엄살이더라. 하나도 제대로 못하는 사람이 얼마나 많은데, 안토니아가 자기에게 기준이 너무 높아서 그런 거야.

안토니아_ 그런가요?(웃음) 아, 그 얘기 들으니까 생각나는 게 있네요. 예전엔 조영남이나 김정운 같은 사람을 주책스럽다 생각했거든요. 입만 열면 자기 자랑하는 사람들. 그런데 언제부턴가 그런 모습이 엄청 부러워지더라고. 아, 저 사람들은 나보다 행복하겠다. 나처럼 만날 부족한 면만 바라보는 게 아니라 자기 잘난 멋에만 집중하니까. 주변에도 그런 사람 많잖아요. 특별히

불안해서 늘 내일을 사는
안토니아

● 일탈을 꿈꾸는 18년차 '직딩'이자 9년차 워킹맘.

● 엉뚱하고 깜찍한 두 딸, 무뚝뚝한 듯하지만 속정 깊은 남편과 함께 살고 있음.

● 아직도 사소한 일에 일희일비하는 못난 나. 이젠 좀 단단하게 안정되고 싶은데,
만날 바람에 흔들리는 갈대 같구나. 어휴…… 도대체 언제쯤 흔들리지 않을까?

● 연아 조카, 지성 동생 엄청 부러워. ㅠ.ㅜ 나도 언젠가 저들처럼 빛날 수 있을까?

● 두 살 때, 아버지가 돌아가신 뒤 너무 일찍 철이 들었어. '세상은 내 힘으로 살아
내야 한다'고 일곱 살 때부터 생각했으니까. 아무도 나를 책임져 주지 않아.

● 끊임없는 걱정과 불안. 퇴근길에 마포대교 건널 때 가끔 걱정돼. 이 다리도 성수
대교처럼 무너지면 어떡하지?

● 어차피 저지른 실수, 금방 털어버려야 하는데 며칠씩 두고두고 자책하곤 해.

● "쓰지 마~ 쓰지 마. 돈 아까워. 쓰지 마!" 백화점 가본 지가 언젠지 기억도 안
나. 회사 중역들과 미팅 있을 때 입을 옷 한 벌 변변히 없는데 말야.

● 난 숲 속에 홀로 버려진 어린 토끼 같아. 귀 쫑긋 세우고 벌건 눈 부릅뜬 채 주변을
쉴 새 없이 경계하는, 그래서 눈앞의 맛있는 풀도 못 뜯어 먹는 바보 토끼.

● 개미처럼 일하고 아껴온 숨 가쁜 인생, 그래도 끝없이 부족한 게 보이네. 나도 좀
잘난 맛에 살아보자! 그래, 이제부터 누난 '자뻑' 스타일!!

남보다 잘난 것도 없는데 스스로는 엄청 잘난 줄 알고 사는 사람들. 솔직히 엄청 부러워. 나는 40년을 꼬박 개미처럼 부족한 면을 채워왔는데 이건 뭐 끝도 없이 부족한 게 보여. 무슨 화수분도 아니고. 아우~ 지쳐.

그런데 언젠가부터 그런 생각이 드는 거야. 내가 뭔가 손해를 봐도 단단히 보고 있다는 생각. 억울하기도 하고 질투가 나기도 하고. 그래서 나도 이참에 맘을 좀 고쳐먹어야겠다 싶더라고요.

그거 있잖아요. 자백! 나도 이제 좀 잘난 맛에 살고 싶어졌어요. 이제까진 누가 칭찬이라도 하면 "잘하긴요, 아직 멀었어요" 그런 자세로 겸손해야 한다고 생각했거든. 근데 그게 지나치면 자기한테 독이 되는 것 같아. 이제 그만하고 싶어요. "맞아요, 그건 내가 좀 잘하죠!" 이렇게 말하면서 차라리 온 맘으로 칭찬을 만끽하는 거지. 그런 식으로 자존감에 에너지를 충전하는 게 백 번 낫다 싶어.

실수할 때도 마찬가지예요. 어차피 이미 저지른 실수, 금방 털어버려야 하는데 며칠씩 두고두고 자책하고 그러거든요. 행복하려면 먼저 그 나쁜 버릇부터 버려야 해요. 김정운 교수의 말마따나 "제발 나하고 이제 그만 싸워야겠다"(《남자의 물건》) 싶어요. 한 20년 노력해도 안 바뀌는 것은 바꿀 수 없다고 결론 내리는 게 정신 건강에 훨씬 도움이 될 텐데 말이에요. 근데 마음만 그렇지 행동은 쉽게 안 달라져. 그게 바로 내 행복의 걸림돌이야.

하라_ 무엇이 안토니아에게 계속해서 부족한 면만 바라보게 할까?

안토니아_ 음…… 뭘까? 문득 '걱정'과 '불안'이라는 단어가 떠오르네요.

선향_ 무엇에 대한 걱정과 불안?

 생존. 죽기 전까지 뭐 해먹고 사나, 그런 거.(웃음) 요즘 상담심리학 공부하면서 나에 대해서 먼저 들여다보니, 어린 시절 불안했던 환경이 지금의 내 모습에 영향을 꽤 끼친 것 같기도 해요. 아버지가 두 살 때 돌아가시고 난 뒤 불안하게 살았어요. 경제적으로도 그랬고 양육 환경도 그랬고. 형제들이 다 같은 환경에서 자랐는데도 유독 내가 더 불안감을 많이 느꼈나봐. 나만 유독 그래. 너무 일찍 철들어버렸어요. 내 힘으로 살아내야 한다는 생각을 일고여덟 살 때부터 했으니까. 그때부터 지금까지 단 한 번도 나 아닌 다른 누군가가 내 미래를 책임져 줄 거라는 생각을 해본 적이 없어요. 떼도 한 번 안 쓰고 컸어. 원하는 게 있으면 내가 직접 노력해서 가지든가, 아님 빨리 포기하든가 둘 중에 하나지. 무슨 일이 생겨도 내 머리로 생각하고, 내 힘으로 해결하고, 내 의지로 결정하고.

남편한테는 미안한 말이지만 남편도 못 믿겠어. 어느 날 갑자기 사고라도 당하면 어떻게 해? 아버지가 갑자기 돌아가셔서 그런가, 또다시 그런 불행이 나를 비껴갈 거라는 확신이 없는 거예요. 이런 말 하면 사람들이 그래요. 하늘 무너질까봐 어떻게 사냐고. 솔직히 하늘은 아니어도 퇴근길에 마포대교 건널 때 가끔 걱정해. 이 다리도 성수대교처럼 무너지면 어떡하지?(웃음)

일동_ (웃음) 못 말려, 정말!

젠느_ 어린 시절의 불안한 경험이 자꾸 안토니아를 목마르게 하고 부족함을 바라보게 할 수도 있겠네. 그래서 계속 뭔가를 열심히 하는 건가?

 다른 사람들은 공부하기 싫어서 학창 시절로 돌아가기 싫다고들 하는데, 나는 학창 시절이 제일 안전한 환경이었던 것 같아요. 공부만 잘

하면 선생님도 예뻐해 주고 친구들도 충분한 관심을 주었거든. 좋은 성적은 안정된 환경을 제공해 준다는 공식이 그때부터 생긴 것 같아요. 그 사회가 원하는 스펙 기준을 맞추는 것이 나의 불안함을 해소하는 방법이란 것을 일찍 알아차린 후부터는 그걸 채우기에 바쁜 인생이었던 것 같아요. 그래도 학교는 게임의 룰이 변하지 않으니까 열심히만 하면 됐는데, 이 정글 같은 사회는 자꾸 룰이 바뀌어서 따라가느라 정신없어 죽겠어요. 힘들어.(웃음) 그래서 나이가 들면서 불안함이 줄어들기는커녕 점점 더 커지는 것 같아요.

만약 나를 동물로 비유하라고 하면 어린 토끼가 떠올라요. 숲속에 홀로 버려진 어린 토끼. 귀를 쫑긋 세우고 작은 소리에도 깜짝깜짝 놀라면서 벌겋게 부릅뜬 두 눈으로 주변을 쉴 새 없이 경계하는 어린 토끼. 여차하면 도망칠 생각 하느라 눈앞에 있는 맛있는 풀잎도 못 뜯어 먹는 바보 토끼.

나무_ 에궁~ 그 토끼 내가 안아주고 싶다.

안토니아_ 시선이 늘 내일을 향해 있어요. 불안한 미래를 걱정하느라 지금 이 순간의 행복을 느끼지 못하는 거죠. 돈 문제에도 불안함이 그대로 드러나요. 내가 지은 일본식 이름이 '돈아까와 쓰지마' 상이야.(웃음) 불안해서 돈을 못 쓰겠어. 지금 생각해도 진짜 웃긴데, 이런 일도 있었어요. 30대 초반에 이직을 했어요. 다니던 회사가 나랑 너무 안 맞아서 힘들어하다가 그만뒀거든요. 다시 취업할 때까지 한 3개월의 공백이 있었는데 쉬는 동안 여행도 다니고 그러면 좋았을 텐데 거의 시체처럼 집에서 누워만 지냈어요. 너무 불안해서 놀지도 못하는 거지. 근데 제일 웃겼던 건 어느 날 남자친구, 그러니까 지금의 남편을 만나서는 붙들고 울면서 이렇게 말했어. "저금할 돈이 없어!" 세상에, 쓸 돈이 없어서 운 게 아니라 저금할 돈이 없어서 울다니! 나도 참 강적이야, 정말.(웃음)

지금도 가능하면 돈 안 쓰고 살려고 노력해요. 평생 돈 버는 일에 묶여 있는 건 너무 싫은데, 돈을 많이 벌 자신은 없으니까 아예 적게 쓰려고. 백화점 안 가본 지는 1년도 넘었어요. 그 흔한 백화점 카드 같은 것도 하나 없다니까. 먹고, 입고, 생활하는 데 필요한 대부분의 물건을 마트에서 구입해요. 벌 수 있을 때 열심히 벌어서 아이들 대학까지 뒷바라지해 주고 우리 부부 소박하게 먹고사는 데 문제없을 정도로 모으려고 개미처럼 저금하는 중이죠. 근데 그렇게 알뜰하게 살아도 물가는 계속 오르고 집값도 계속 오르고. 경제적 안정감이란 마치 다가가면 저만치 더 멀어지는 표적 같아요.

하라_ 안토니아에게 돈의 의미는 뭐야?

안토니아 돈이 없다고 생각하면 드는 불안함이 두 가지예요. 하고 싶은 일을 할 기회를 박탈당하는 것, 그리고 하고 싶지 않은 일을 억지로 해야 하는 것. 그러고 보니 나에게 돈은 자유를 의미하네요. 자유가 바로 행복이구요. 하고 싶은 일을 할 자유, 하고 싶지 않은 일을 하지 않을 자유, 나한텐 이 두 가지 자유가 정말 중요해요.

어릴 때 피아노를 무척 배우고 싶었지만 피아노를 산다는 것도 피아노 학원을 다닌다는 것도 꿈꿀 수 없었죠. 평일 낮에 교회에 몰래 들어가서 몇 시간씩 혼자 연습하곤 했어요. 그게 내가 피아노와 가까워질 수 있는 유일한 방법이었으니까.

우리 딸들에겐 나처럼 배우고, 탐구하고, 도전할 기회가 박탈된 삶을 살게 하고 싶지 않아요. 그리고 아직 나도 세상에서 더 배우고 싶고, 더 탐구하고 싶고, 더 도전하고 싶은 게 많아요. 내겐 선택의 기회를 박탈당하지 않을 돈(자유)이 필요해요. 또다시 그걸 박탈당할까봐 늘 불안한 것 같아요.

행복도 느끼기보다 머리로 먼저 분석해—젠느

젠느 안토니아 정도는 아니지만, 나도 보통 사람들에 비하면 불안이 되게 심했어. 특히 결혼 전에 심했던 것 같아. 어렸을 때 애가 뭘 하다가 실수할 수도 있는데, 엄마가 그 서툰 걸 못 봐주고 실수하면 바로 야단 치고, 아니면 맡기질 않고 엄마가 해버리거나, 약간 위험할 것 같으면 아예 못하게 해버리는 게 되게 많았어. 난 다른 엄마들도 다 그런 줄 알았지…… 근데 결혼해서 보니까 시어머니는 안 그러신 거야. 느긋하신 성격에 "모르면 하나하나 배워가면서 하면 되지 뭐" 이런 식이라고나 할까? 그런 성품과 시집 분위기가 내겐 일종의 문화적 충격이었지.

달나무_ 언니, 보통은 시어머니 때문에 스트레스받지 않나?

젠느 대부분은 그렇지. 나도 시어머니가 어렵긴 했는데, 그래도 우리 엄마에게서 느낀 안절부절못하는 마음이나 자식에게서 뭔가를 바라는 듯한 느낌이 없어서 오히려 좀 편안했어. 우리 엄마는 별일 없어도 습관처럼 전화하고 작은 일에도 안달하고 마음 쓰는 편이거든…… 아빠도 걱정이 많고 미리미리 준비해야 편안해하는 스타일이고. 그런데 그게, 나는 그렇게까지 생각해 보진 않았는데 언젠가 남편이 이렇게 해석하더라고. 내가 부모님 나이에 비해서 좀 늦게 태어났어. 내 위에 열두 살 많은 오빠가 있었거든. 태어나서 3개월 만에 죽은. 그러니까 부모님은 결혼해서 얻은 첫아들을 3개월 만에 잃고 12년 동안 애가 안 생긴 거지. 그러다가 내가 태어났으니, 부모님은 혹시 나까지 잘못될까 불안해하셨던 거야. 남편이 볼 때 시부모님보다 우리 부모님이 불안지수가 굉장히 높다는 거야. 뭐가 잘못될까봐. 그리고 그런 게 나한테도 묻어 있는 것 같다는 말을 하더라구.

선향_ 그럼 지금은 어때? 마흔 넘어서 퇴직하고 공부하는데, 진로에 대한 불안 같은 건 없어?

젠느_ 되게 많이 불안하지. 특히 나처럼 돈을 생존에 가깝게 생각한 여자가 돈을 버는 게 아니라 오히려 쓰고 있으니 말이야. 남편이 아직 직장에 다니니까 돈을 안 버는 것도 아니고, 나도 그동안 맞벌이하며 벌어놓은 돈으로 대학원을 다니는데도 등록금 낼 때를 비롯해 이것저것 돈 들어갈 일이 생길 때마다 일상과 앞으로의 비전 사이에서 늘 갈팡질팡 고민이 많아.

하라_ 돈이 생존이라고? 의외다. 젠느가 그렇게까지 생각하는 줄 몰랐는데.

젠느_ 응 언니, 나 돈 잘 못 써요. 어쩌다 여행이나 책 사는 것에나 좀 쓸까? 직장 생활 16년 했지만 명품백도 하나 없고…… 난 내가 중학교 다닐 때 아빠가 직업 군인에서 예편한 뒤 새 직장과 사회 생활에 적응하느라 힘들어하시고, 돈 때문에 부모님이 걱정하는 모습 보면서 무엇보다 경제적인 자립, 그리고 직장에 상관없이 평생 일을 할 수 있는 게 중요하다고 느꼈어요. 지

행복도 깐깐하게 분석하는
젠느

● 작가를 꿈꾸며 상담을 공부하는 마흔 중반의 전직 IT컨설턴트. 글쓰기는 내가 세상과 교감하는 길이었어. 이제는 상담을 통해서도 현실의 사람과 만나고 있지.

● 늘 한결같은 남편, 어느새 중고생이 된 두 딸아이와 함께 살고 있어.

● 진지한 범생이+도도한 선생님. 말투도 분석적이고 논리적이야. 서너 개, 네댓 개, 이런 애매한 표현 딱 싫어. 세 개면 세 개고 네 개면 네 개지!

● 하지만 알고 보면 속은 엄청 자잘한 걱정과 불안들로 가득해. '성냥팔이 속의 소녀' 그게 딱 나야.

● 머리형 인간. 행동하고 느끼기보다 머리로 따지는 일이 많아. '지금 이 순간'을 즐기기보단 머리로 생각한 행복을 그저 상상 속에만 가두어버린 거지.

● 낯선 도시 서울에서 느낀 단절감과 두려움. 모든 걸 혼자 헤쳐나가야 했던 내게 돈은 생존 그 자체야! 아끼는 것이 습관이 되었는지, 직장 생활 16년 했지만 명품백 하나 없는 나란 여자ㅠㅜ

● 마당 있는 집을 원하는 이유도 결국 내가 사는 모습이 아파트 같아서일 거야. 반듯하고 가지런해 보이지만 사람 사는 맛은 없는, 그런 메마른 삶.

● 어릴 때 놀던 골목의 왁자지껄함이 그리워. 이젠 삶에 촉촉한 물기가 필요해. 올 겨울엔 지인들이랑 같이 김장이라도 하면 정말 좋겠어.

금 생각해 보면 그렇게 형편이 어려웠던 것도 아닌데, 부모님은 당신들이 나이는 들어가는데 공부시켜야 할 애가 셋이나 딸렸다는 게 심적으로 무척 부담이 되셨나 봐요.

나무_ 그래, 그러셨겠네. 50대 중반에도 애들이 중고생이었으니.

젠느_ 네, 제 입장에서도 한창 공부해야 할 때 돈 때문에 걱정해야 하는 상황이 자존심 상하고…… 맏이로서 대학 졸업하면 빨리 취직하고 독립해서 부담을 덜어드리는 게 최선이라고 생각했어요. 그렇게 서울에 올라와 취직을 한 뒤 지금도 잊지 못하는 장면이 있어요. 직장 생활하면서 홀로 자취하던 어느 여름날이었어요. 퇴근 후 저녁 먹으러 분식집에 가려고 횡단보도 앞에 서 있는데 맞은편 아파트에 집집마다 불이 환하게 켜져 있는 거예요. 저녁 8시쯤이었나? 그 순간 '쟤네들은 지금 자기들끼리 저녁 먹고 난 다음에 수박이라도 한 쪽씩 먹고 있겠지?'라는 생각이 딱 드는데, 갑자기 나 자신이 엄청 초라하게 여겨지더라구요. 과일은 언감생심, 부엌도 없이 방 한 칸 월세에 살면서 저녁 먹으러 혼자 분식집 찾아가는 모습이 스스로 너무 불쌍해 보인 거예요.

안토니아_ 그럼 집에 대한 로망도 그때 생긴 건가요?

젠느_ 응, 그런 것 같아. 전에는 아무 생각 없었는데, 그 순간 반드시 서울에 내 집을 마련하고야 말겠다는 마음이 생겼어. 아주 가슴에 사무쳤지. 그런데 우리 집이 생기고 나니까 이제는 또 욕심이 생기더라구. 내 공부방이 따로 있으면 좋겠다, 마당 있는 집이면 좋겠다 이렇게.(웃음)

나무_ 젠느가 많이 외로웠나봐.

 네, 나무님. 그래서 제가 사람들이랑 모여서 뭘 해먹고 하는 거 좋아하나 봐요. 제가 서울에 와서 느낀 게 '단절감'이었어요. 말투도 다르지, 그때까지 엄마가 해주는 밥 먹고 다니던 학생이었는데 갑자기 타지에 뚝 떨어진 직장인이 되었지, 입사 동기도 여자라곤 나 하나밖에 없지…… 남편 만나서 연애하기 전까지 2년 동안 서울 생활은 정말 제게 흑백 영화 같았어요. 연애를 시작하니까 갑자기 서울이 총천연색으로 변하더라구요. 남편을 만나 결혼한 게 제겐 정말 삶의 전환기였어요.

원래 제가 결혼에 대해 별 생각이 없었거든요. 부모님들 사시는 모습을 보면서 컸는데, 결혼하면 저렇게 남자가 다 주도적이고 여자는 집에서 뒷바라지만 하면서 티도 안 나게 사는 건가 싶어서 되게 싫었어요. 그래서 경제적으로 독립만 하면 나보고 이래라저래라 하는 사람 없는 서울에서 내가 하고 싶은 대로 하며 살아야지 그랬는데 막상 혼자가 되니까 외롭고 힘든 거야. 그런데 남편을 만나고, 또 그즈음에 직장 선배 언니의 신혼 집들이에 갔는데 그 언니가 결혼에 대한 내 잘못된 생각을 팍 깨주었죠.

 그 언니한테 진짜 고마워해야겠네.

 응, 그 언니가 스물아홉에 동갑이랑 결혼을 했어. 벌써 20년쯤 전이니, 그때 기준으로는 꽤 늦은 나이의 결혼이었지. 당시만 해도 여자 쪽 회사 사람들을 불러 집들이를 한다는 것도 약간은 파격이었는데, 가서 보니 그 전까지 내가 알고 있던 부부의 모습이 아니라 친구나 동반자 같은 분위기더라고. 둘 다 일을 하면서 자기 차가 있었는데 결혼하면서 차를 한 대로 줄이기로 했대. 그런데 언니가 훨씬 외근이 많으니까 언니 차를 남기기로 결정을 했고. 참 합리적이더라고. 그리고 서로를 부르는 호칭도 "이 친구" "저 친구"로 부르고, 가사일도 거의 5대 5로 분담을 하고. 지금도 아마 그런 집은 찾아보기 힘들 것 같은데…… 그런 모습들을 보면서 '아, 결혼한 후에 저렇게 살 수도 있구나' 싶으면서 결혼에 대한 생각도 바뀌게 된 것 같아.

나무_ 그럼! 젠느, 결혼하길 잘했지.

젠느_ 네. 다행히 남편도 제가 직장 다니는 걸 당연하게 여기며 협조해 줬고, 결혼 자체도 구속이라기보다는 일상의 안정감을 준다는 느낌이 더 컸어요. 그렇게 30대까지는 정말 우리 가족이 서울에 경제적으로 정착하는 게 지상 과제였죠. 열심히 맞벌이했고, 딴생각할 겨를이 없었어요. 그런데 그렇게 지내다 보니까 어느 순간 제 삶에 물기가 없더라구요. 가족도 있고 돈도 벌고 뭔가 굴러가고는 있는데, 정작 나는 허깨비 같고 바싹 말라 있는 느낌이었어요. 서울이 이렇게 넓은데 내가 아는 사람이라곤 직장 사람과 달랑 우리네 가족 말고는 없다는 게 물기라곤 없는 팍팍한 모래 강을 걷는 기분이었어요. 제게 필요한 건 삶의 윤기, 그 모래 위를 부드럽게 적셔줄 강물의 정겨움, 바로 사람 냄새였거든요. 부대끼고 어울린다는 느낌, 그것이 꼭 어떤 비즈니스를 목적으로 하는 것이 아닌……

하라_ 그래. 우리도 각자 다른 이유가 있을지는 모르지만, 뭔가 허기를 느껴서 함께 이 글쓰기 모임을 하는 것 아닐까?

젠느_ 맞아, 언니. 내가 퇴직한 후에 계속 헤매면서 찾던 것도 바로 그거야. '과연 무엇이 내게 삶의 촉촉함을 전해줄까?' 그러면서 글쓰기 모임도 찾고 공부도 시작하고 한 게 아닐까 싶어. 어쩌면 그 촉촉함이란 게 내겐 '행복'과

연결되는 것일지도 모르겠다 싶네.

생각해 보니까 내가 한때 그렇게나 마당 있는 집을 원했던 이유도 내가 사는 모습이 꼭 아파트의 정리된 삶 같아서였던 것 같아. 보기엔 번듯하고 가지런해 보이지만, 사람 사는 맛이 느껴지지 않는 그런 삶. 어릴 때 살던 집처럼 비가 오는 날 방 안에 앉아 처마에서 떨어지는 낙숫물 소리를 정겹게 들을 수 있는 것도 아니고, 쓰레기는 생기는 대로 얼른얼른 내다버리고, 자질구레한 세간살이는 수납해서 보이지 않게 정리하잖아. 바깥에서야 냄새가 나든 말든 일단 현관문 안쪽에서만 문제 없으면 아무래도 상관없다는 식이고, 내 생활 공간 내에서만 깔끔하게 보이면 된다는 아주 배타적인 구조가 아파트야.

근데 꼭 사람 사는 게 그런 방식만 있는 건 아니잖아. 시골집 담벼락에는 이런저런 소쿠리가 걸려 있고, 수돗가엔 빨간색 고무 대야에 물이 한가득 담겨 있지, 그리고 마당 한쪽엔 고추나 가지, 호박오가리 말리느라 널어놓고, 마당 한켠의 빨랫줄엔 옷가지가 걸려 있잖아. 그런 것들이 사람 사는 냄새를 풍기며 집에 찾아오는 사람의 마음도 열어주고, 대문 바깥의 외부와 집안 내부를 절충하는 버퍼 역할도 하는데 아파트 생활에는 그런 게 없어.

안토니아_ 마당 있는 집이라도 그런 집은 요즘 콘셉트는 아니네요. (웃음)

젠느 그러게. 지금 생각해 보니 아무리 전원 주택이랍시고 멋있게 지어놓은 집도 그다지 마음에 썩 와 닿지 않았던 게, 바로 그런 사람 냄새가 느껴지지 않아서 그랬던 거였나 봐.

달나무_ 음…… 언니, 겉으로 보이는 이미지랑 되게 다르다.

 응, 외모가 푸근하다기보다는 좀 차갑고 선생님 같은 이미지잖아. 거기에다 말씨도 분석적이고 논리적이라는 소리를 많이 듣는데, 사실 그런 면이 발달된 만큼 나도 편안하고 감성적인 느낌을 그렇게라도 보충하고 싶은 거 같아. 알고 보면 그렇게 똑 부러지는 인간도 아니고.

 그래, 젠느는 논리와 직관, 이성과 감성이 다 팽팽해서 힘들 것 같아.

 아무리 그래도 머리형 인간인 것 같기는 해. 내가 불안해하거나 걱정이 많은 것도 어찌 보면 일단 행동하기보다 머리로 먼저 생각하는 일이 많아서인 것 같거든. '상상 속에 갇힌 행복'이라는 말 들어봤어? 요즘 힐링이니 뭐니 그런 말이 유행하고, 스님들 책이 인기를 끌면서 '지금 여기'를 많이 강조하는데, 내가 전형적으로 '지금 여기'를 못 사는 인간인 거야. 내가 생각했던 대로의 과정, 결말을 상상하고 거기에 맞추려 하는데 어디 현실이 그러냐고. 그러니 '지금 여기'를 느끼는 행복은커녕 행복을 내 상상 속에 가두어버린 거지. 어떤 책을 읽다 발견한 문구인데, 정말 가슴에 다가오더라……"상상 속에 갇힌 행복"이라고.

죽는 순간 떠올리고픈 행복한 장면이 없어—달나무

 저도 마찬가지예요. 행복은 상상 속에나 있는 게 아닐까 싶은 생각도 들거든요. 나에게 행복이 뭘까, 계속 생각해 보기는 하는데 아무리 생각해도 추상적으로 들려요. 가슴속에서 느껴지질 않고 자꾸 머리로 이론을 세우는 것 같기만 해서 영…… '행복'이란 말을 하면 늘 떠오르는 영화가 있긴 한데, 혹시 〈원더풀 라이프〉라는 일본 영화 보신 분 있어요?(모두 고개를 저음)

젠느, 선향_ 무슨 내용인데?

달나무 영화에서는 저승으로 가기 전에 죽은 사람들이 거쳐야만 하는 곳이 나와요. 거기서는 인간이 자기가 살면서 평생 행복했던 장면을 떠올려야만 하거든요. 떠올리지 못하면 떠나지 못해요. 영화를 보면서 쾅 하고 머리를 맞은 느낌? 나는 죽음을 눈앞에 두었을 때 과연 어떤 순간을 행복하다고 여기게 될까 생각해 봤죠. 아, 그런데 아무리 생각해도 떠오르지 않는 거예요. 충격이잖아요. 잘살아왔고, 잘살고 있다고 생각했는데, 어째서 내게는 행복한 장면 하나가 떠오르지 않을까요?

젠느_ 아이들이랑 있을 때? 그럴 때는 행복하지 않아?

달나무 그 순간은 '행복'보다는 '사랑'을 느낀다고 말해야 할 것만 같은데요? '행복'과 '사랑'은 다른 차원의 이야기잖아요. 하긴 사랑이나 행복 둘 다 경험을 해봐야 아는 것이긴 하네요. 사랑을 받는 것도 경험인데, 어릴 때부터 사랑받아 온 사람들은 몸 안에 사랑이라는 공간이 자연스럽게 자리를 잡고 그 안에 사랑이 축적되어 있는 것 같아요. 하지만 만약 어린 시절 결핍을 겪은 사람들, 즉 자신이 행복하지 않다고 느끼면서 살아온, 뭐랄까 '결핍이 있는 사람들'은 어른이 되어서도 몸 안에 행복이란 공간이 자리를 잡을 틈이 아예 없는 것은 아닐까, 그런 생각이 들곤 해요. 내가 그런 경우는 아닐까?

젠느_ 아…… 달나무가 그렇게 얘기하니까 가슴이 좀 먹먹하다.

남의 가족 사진 속의 행복
달나무

- 글쓰기를 통해 '삶의 혁명'을 이루고 싶었으나 실상은 글 한 줄에 땀 한 바가지 흘려야 쓸 수 있는 소심하고 평범한 아줌마……

- 돈이냐 가정이냐의 기로에서 과감히 가정을 선택, 이제 전업 주부 3년차.

- 소심한 A형! 차 끌고 주유소도 못 가, 주차도 못해. 그럼에도 도움받고 싶지 않아. 혼자 다 해내고 싶어!

- 말 많고, 이리 가나 저리 가나 엄마만 졸졸 쫓아다니는 초등학교 딸 둘, 동갑내기 남편과 살고 있어.

- 영화 〈원더풀 라이프〉를 보고 나서 드는 생각. 죽는 순간 떠올릴 만한 행복한 순간이 있을까?

- '행복'이란 언제나 남의 사진 속, 단란한 가정에만 있는 것인 줄 알았어.

- 10년 간 소규모 출판사 고객 상담실에서 근무했어. 얻은 건 전화 기피증뿐……

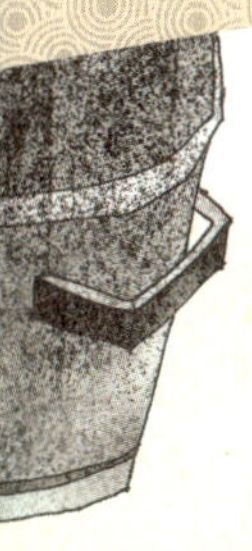

- '밥'이 늘 행복에 걸림돌이 되는 것 같아. 밥상에 대한 불편한 기억 때문일까? 내게 밥의 의미는? 식사와 사료의 차이…… 행복한 밥상은 어떤 거지?

- 혼자 숨 쉴 공간이 필요해! 나만의 영역에 대한 욕망이 강한 편이야.

달나무_ 행복을 경험해 보지 못한 사람은 그게 무엇인지 실체도 모르고 어떻게 경험해야 하는지도 모르겠죠. 눈앞에서 뻔히 지나가는데 놓쳤을지도 모르고요. 아, 정말 살면서 머무르고 싶은 행복한 장면 하나쯤 꼭 잡아보고 싶네요.

안토니아_ 내가 언제 행복한지 내가 모르겠다는 거지? 그런데 행복한 순간에 대해 한번 진지하게 생각해 본 적은 있어? 어쩌면 달나무가 그 생각을 자꾸 거부하고 있는 것은 아닐까 싶어서.

달나무_ 흠. 글쎄, 그러고 보니 그럴 수도 있겠다 싶네요. 그동안 나는 '이건 행복까지는 아니고 그냥 기쁜 거다. 행복이 이렇게 작고 보잘것없을 리가 없어. 이렇게 쉽게 가질 수 있는 것이 아닐 거야' 하고 생각해 온 것 같기도 해요.

　내가 행복에 최대한 가깝다고 여기는 상태는 편안하거나 평화롭거나 할 때인데, 이런 느낌은 많은 사람들과 있을 때보다는 주로 거기에서 떨어져 나와 혼자만의 시간을 가질 때 더 깊게 느낄 수 있는 것 같아요. 이를테면 산 위에서 도시의 불빛을 내려다볼 때 같은.

안토니아_ 나도 어릴 때 말이야, 아버지 일찍 돌아가시고 가정 형편이 어려웠잖아. 그런데 가끔 텔레비전에서 단란한 가족이 식탁에 둘러앉아 사랑스런 대화를 나누는 장면을 볼 때마다 뭐랄까 전혀 다른 세상, 외계인을 보는 것 같은 기분? 그런 느낌이었어. 늘 뭔가 부족하고 불안했던 일상이 자연스럽고 어쩌다 행복한 기분이라도 느낄라치면 이건 왠지 내 것이 아닌 것 같은 버석거림, 비유를 하자면 입 안에 모래를 잔뜩 물고 있는 그런 기분 말이야. 그땐 나도 모르게 행복하고 단란한 가정에 대한 무의식적인 거부감이 들었던 것 같아. 지금은 물론 많이 치유되었지만, 어쩌면 달나무도 나랑 비슷한 것 아닐까?

달나무_ 맞아. 나한테도 행복이란 '엄마 친구 딸네 가족 사진' 같은 거였어.(웃음) 가지고 싶은 것, 부러운 것인데, 어찌된 게 내겐 행복이 항상 저 도로 끝에 있는 거죠. 아무리 달려가도 늘 이상하게 거리가 멀어지는 것……

안토니아_ 달나무가 행복이라는 것에 자꾸 조건을 걸면서 못 받아들이고 있는 것 같아. 달나무처럼 바로 옆에 행복을 두고도 인정을 못하는 그런 사람들, 우리 주변에도 많을 거야.

달나무_ 보통, 사람들이 가까운 곳에서 행복한 순간을 떠올리자면 먹을 때가 빠지지 않잖아요? 아, 그런데 전 항상 매일 먹어야 하는 '밥'이 행복의 걸림돌같이 느껴질 때도 있어요.

젠느_ 밥이 왜?

달나무_ 얼마 전에 〈나 혼자 산다〉라는 텔레비전 프로그램을 봤어요. 철학자 강신주가 나와 강연을 하더라고요. 혼자 사는 사람들에게 '식사'와 '사료'라는 개념을 설명하는데, 내용인즉슨 혼자 살면서 밥을 먹을 때, 숟가락을 꺼내고 라면을 끓이고 하는 행위가 단지 살기 위해서, 아무 느낌 없이 하는 것이라면 그것은 '사료'라는 거예요. 결국 먹고 나서 뱃속에서 섞이는 것이 사료와 다를 게 없다는 거죠. 사료는 살기 위해 필요한 각종 영양소들을 인위적으로 섞어놓은 것이니까.

그런데 누군가를 위해서 숟가락을 놓고 라면을 끓이고 그가 먹는 것을 보

는, 뭐랄까 일종의 사랑이나 관심이 담긴 행위가 깃들 때, 비로소 의미가 있
는 '식사'가 될 수 있다는 거예요. 어쩌면 나야말로 밥을 사료처럼 먹고살지
않았나 싶어요. 먹는 행위가 즐겁고 행복하다고 생각해 본 적이 별로 없어
요. 강신주가 그러더라구요. 식사는 사랑이다, 사랑하면 남편이 밥 먹을 때
직접 차려주고 옆에 앉아 이야기도 하는데 차려주고 바로 돌아서서 딴 일
하면 사랑하지 않는 거다, 그렇게요.

나무_ 그렇게 따지면 사료 먹는 남편들 많을 걸?(모두 웃음)

달나무_ 한번 생각해 봤죠. 시어머니와 살 때 밥 때문에 스트레스를 받은 적
도 있었는데 그게 내 문제일 수도 있겠구나 싶더라구요. 사람은 누구나 가
족 간에 이야기를 주고받으며 맛있는 음식을 먹고, 그게 인생의 큰 즐거움
이잖아요. 그런데 저는 어릴 때 혼자 지내는 시간이 많아서 마지못해 밥을
챙겨먹었던 것 같아요. 혼자서요. 꼭 요즘 집에 남아 있는 애완견처럼 말이
죠. 그래서일까? 밥 먹는 것이 해치워야 하는 일 중 하나처럼 생각되지, 행복
한 순간으로는 절대 느껴지지 않을 것 같아요.

젠느_ 그런데 달나무를 보면 다른 사람은 참 잘 챙겨주는 것 같던데?

달나무_ 내가 누군가에게 무엇인가를 해줄 수 있다고 생각하면 기분이 좋지
않나요? 누가 억지로 시키는 것만 아니라면요. 사실 요리하는 것을 싫어하
지는 않아요. 마음먹으면 곧잘 하는 편이기도 하고.

젠느_ 난 형제자매끼리, 아니면 여럿이 모여서 음식하고 그러는 것도 되게
좋아하는데…… 김장 같은 거, 자매들끼리 모여서 한다고 그러면 그게 그렇
게 부럽더라고.

달나무_ 어머, 난 여럿이 하는 것보다는 혼자 하는 것이 훨씬 마음이 편하던 데. 누군가의 간섭도 받지 않고…… 누가 도와주면 오히려 불편하지 않나? 나만 그런가?(웃음) 힘은 더 들어도 기분이 좋아요. 이유가 뭐냐면 오로지 내가 다 해낸 것이라고 할 수 있으니까. 조금이라도 누가 옆에서 거들면 내가 했다고 말할 수 없어서 짜증나요. 하하.

선향_ 달나무의 그런 점은 자기 성취감과 연결되는 것 같은데?

안토니아_ 문득 이런 생각이 드네. 사람들은 누군가에게 도움을 받을 때도 고맙지만, 누군가를 도울 때 더 즐거운 법이잖아. 자신이 꼭 필요한 존재라는 느낌도 들고. 그런데 상대는 주고 싶어 하는데 나는 주기만 하고 도움받는 건 거절한다면 그건 상대방한테서 즐거움을 뺏는 일인 것 같아. 그런 것들이 달나무가 사람들과 관계를 맺을 때 오히려 장벽이 되지 않을까?

달나무_ 어, 그럴 수도 있겠네요. 그런 식으로 생각해 본 적은 한 번도 없는데. 그러고 보니 회사를 다니던 사회 초년생 시절에 회사 언니가 저한테 심각한 얼굴로 그런 말을 한 적이 있었어요. "넌 정말 거절을 잘(많이) 하는구나"라고.

선향_ 그럼 집안일이나 물건 정리도 자기 생각대로 하고 싶겠네? 자기 주도하에?

달나무_ 그렇죠. 내 물건을 내가 생각한 곳에 두고 싶죠. 사실 정리를 썩 잘하지는 못하지만, 그 공간이 나 아닌 누군가에 의해 자리가 바뀐다는 것이 너무 불편하고 힘들어요.

하라_ 지금까지 한 이야기로 볼 때 두 가지 정도로 정리할 수 있을 것 같아.

언젠가 달나무가 소심해서 주유소도 잘 못 간다는 이야기를 한 적이 있는데, 첫 번째로 이것 역시 소심함의 한 양상이 아닐까? 달나무가 '관계'를 맺는 데 서툴거나 그 필요성을 잘 못 느끼는 거지. 소심하다는 게 다른 사람하고 관계를 잘 못 맺는 것이라고 볼 수 있어. 두 번째는 자기의 영역, 자율적인 영역을 갖고 싶은 거야.

 자기만의 영역? 자율적인 영역이라…… 맞아요. 그런 부분에 특히 예민한 점은 있을 거예요. 지금 생각하면 별것도 아닌데 성년이 될 때까지 내 방이라는 게 없었거든요. 왜 사춘기 때는 특히 자신만의 비밀스러운 공간을 갖고 싶어 하잖아요? 그런데 좁은 방에 온 가족이 살 때에는 수시로 들락거리니까 나만의 사적인 공간 없이 내밀한 부분을 늘 침범당하는 기분이었어요. 그래서 늘 내가 맘대로 할 수 있는 그런 공간에 대해서 꿈꾸곤 했죠.

어딘가 내가 바라는 근사한 세계가 있을 것 같아—나무

 자기만의 영역, 자율적인 영역이라고 하니까 생각나는데 나야말로 그런 부분을 정말 중요하게 생각하는 것 같아. 늘 '나' 위주고, 내가 모든 걸 해야 직성이 풀려. 남편이 우리 집을 책임져 달라고 하는 것도 아닌데 내가 다 책임져야 할 것 같고. 우리 남편이 비웃을 일이지. 내가 왜 그런가 싶었는데, 어렸을 때 기억 때문이 아닌가 싶어. 나는 환영받지 못한 존재였거든.

젠느_ 환영받지 못한 존재? 그게 뭔데요?(모두 눈을 반짝거림)

나무_ 우리 할머니가 유난히 아들을 좋아하셨대. 내 위로 오빠가 셋이나 있었는데도 내가 아들이었으면 했나봐. 그런데 내가 태어난 거야. 그것도 설 새벽에. 정초에 웬 계집애가 태어났느냐며, 재수 없다고 할머니가 탯줄을 자르자마자 윗목에 밀어놨대. 그래도 엄마는 내 새끼라고 안으려고 하면 할머니가, 죽어도 괜찮으니까 그냥 내버려두라고 해서 안아주지도 못했다는 거야. 아버지는 며칠 동안 방에도 안 들어와 보시고. 태어나자마자 핏덩이인 채로 밀쳐진 것 때문이었는지 내가 그렇게 울었대. 밤낮 가리지 않고 하도 울어대서 어느 날엔가는 아버지가 두엄에 던져버리셨대.

선향_ 어머, 어쩌면 좋아. 애가 얼마나 불안했을까요?

나무_ 근데 두엄에 던져진 뒤에 애가 울음을 뚝 그치더래. 죽은 줄 알고 깜짝 놀라 큰언니가 얼른 가서 안아보니 죽지는 않았더래. 큰언니가 가끔 그러거든. 내가 널 살렸다고. 그래서인지 가끔씩 생생하게 떠오르는 장면이 있어. 지금 생각해 보면 아마도 내가 두엄에 던져졌던 밤이었던 것 같아. 주위는 칠흑 같은 어둠인데 갑자기 눈앞이 환해지면서 뭔가가 반짝반짝 빛나고 있는 거야. 그걸 황홀하게 아주 오랫동안 바라보고 있었던 것 같아. 그게 별이었는지는 잘 모르겠어.

젠느_ 애기 때였는데 그게 기억이 나세요?

나무_ 기억인지 환상인지는 잘 모르겠는데 어떤 무의식 같은 게 아니었나 싶어.

젠느_ 어? 그럼 밤하늘의 별을 보느라 애가 울음을 딱 그쳤나 보네요. 나무

늘 어디론가 떠나고 싶은
나무

● 글쓰기 위해 여행하고 여행하기 위해 글 쓰는 게 꿈인, 쉰 중반의 전업주부.

● 외모는 현모양처, 내면은 불량 주부, 가끔은 버럭 아줌마.

● 곧 상식이가 될 남편과 직장 생활하는 딸, 아들과 살고 있어.

● 남편 잔소리가 싫어. "나 좀 제발 그냥 내버려두시오" 하고 좀머 씨처럼 외치고 싶어! 남편이 일찍 오는 날엔 북 카페로 도망가!

● 환영받지 못한 존재. 섣 새벽에 계집애가 태어났다고 윗목에 밀쳐졌어. 어린 것이 두려웠는지 매일 울어대서 어느 날 밤 아버지가 두엄에 버리셨대.

● 언니 오빠에게 치이고, 세 살 아래인 여동생에게 맞고 울던 아이.

● 어딘가에 내가 찾는 세계가 있을 거라는 믿음! 그걸 찾아나서느라 늘 한 발은 집에, 한 발은 밖에 두고 살았지.

● 옷가게와 카페를 해서 번 돈은 여행으로 다 탕진했어.

● 그러다 깨달았어. 내가 매일 찾아 나섰던 세계는 다름 아닌 '글쓰기'였다는 걸. 이젠 비로소 안주할 수 있을 것 같아.

● 부모님의 가장 빛나는 유산, 절대 긍정.

● 내 아이디 '나무'처럼 살고 싶어. 그 자리에서 깊이 뿌리 내리는.

● 지루한 건 절대로 못 참아. 매일매일 새로워져라, 얍!

님, 그걸로 단편 소설 써보시는 거 어떠세요?(웃음) 혹시 알아요? 알퐁스 도데의 〈별〉 같은 소설이 탄생할지!(모두 격하게 공감)

나무 그래 볼까? 그래서 말인데, 내가 방랑자적인 기질이 있더라고. 똑같은 일상이 사흘만 계속되면 '사는 게 왜 이리 지루하지? 어디로 떠나볼까?' 하는 마음이 드는 거야. 어딘가에 내가 바라는 아주 근사한 세계가 있을 것만 같아. 파랑새를 찾아 떠난 치르치르와 미치르처럼 말이지. 늘 한 발은 집에, 한 발은 바깥에 놓고 살았던 것 같아.

달나무_ 그래서 그렇게 여행을 많이 다니셨나 보네요.

나무 맞아. 나는 여행을 내 인생 최고의 가치로 쳐. 국내 여행은 물론이고, 1년에 한두 번씩 해외 여행을 다니면서 옷가게와 카페를 해서 번 돈을 다 탕진했어.(모두 웃음) 다른 여자들은 딴 주머니도 찬다는데 난 비자금도 없어. 돈에 대한 욕심이 별로 없고. 그런데 언젠가 한번 해외 여행 가면서 비즈니스 클래스를 탔더니, 그 다음부터는 이코노미 클래스는 타기 싫은 거야. 비즈니스 클래스가 주는 편안함과 안락함, 격이 다른 대우 같은 게 이코노미 클래스와 자꾸 비교되더라고. 예전에는 떠나는 것 자체만으로도 좋았는데 말이지. 그때부터 돈에 대한 욕심이 나더라고. 내가 돈 욕심이 없다고 그런 건 다 뻥이었더라니까.(모두 웃음) 허구한 날 어디로 여행 갈까 궁리하다가, 이제는 비즈니스 클래스 정도는 타고 다녀야 여행할 맛이 난다고 푸념하니 우리 남편 속은 숯검댕이가 됐지.(모두 웃음)

안토니아_ 어쩐지. 지난번 우리 출판 기념회 때(작년에 우린 함께 《마흔, 시간은 갈수록 내 편이다》라는 책을 냈다) 보니까 피부가 진짜 검으시더라니…… 으하하!

나무_ 그래도 남편이 '아, 얘는 주기적으로 한 번씩 여행을 갔다 와야 하는구나' 하고 이해해 줬으니까 지금까지 잘살았지, 어딜 그렇게 자주 가냐고 타박했으면 아마 못 살았을 것 같아. 이 방랑자적 기질은, 두엄에 던져졌을 때 무의식에 깊게 새겨진 어떤 것 때문이 아닐까 싶어. 우리 집 다른 딸들은 나만 빼놓고 집에 있어도 답답해하지 않고 살림 잘하는데 나만 이상하게 돌아다녀.

젠느_ 와, 어렸을 때의 그 기억이 그렇게까지 영향을 미쳤을까요?

선향_ 그럴 수 있을 것 같아. 무의식적으로.

나무_ 지금 생각해 보면 내가 두엄에 던져졌을 때 '이 세상에는 나뿐이구나' 하고 느끼지 않았을까 싶어. 그래서 어떻게든 살려고 발버둥치고, 뭐든지 열심히 하려고 하는 것 같아.

안토니아_ 세상에 믿을 건 나밖에 없다, 뭐 그런 거겠네요.(모두 웃음)

나무_ 맞아. 그리고 내가 7남매 중 셋째딸이야. 그것도 영향이 있는 듯해. 내 위로 오빠 셋, 언니 둘, 여동생. 중간에 끼어 있는 나는 위로 아래로 치였던 것 같아.

선향, 하라_ 맞아, 나도 셋째딸! 셋째딸들이 그런 것 같아.(셋째딸들, 동지 만난 듯 즐거워함)

나무_ 내가 또 얼마나 순둥이였냐면 세 살 아래인 여동생에게도 맞고 우는 애였어. 하도 동생한테 맞고 우니까 언니들이 너도 좀 때리라고 그랬는데, 그러면 "내가 때리면 동생이 아프잖아" 했다는 거야. 뭐 먹을 거라도 생기면, 다른 형제들은 악착같이 자기 것 챙겨먹는데 나는 그 주위만 빙빙 돌고 내 몫을 찾아 먹지도 못했대. 그래서 언니들이 맛있는 것 생기면 나만 몰래 주고 그랬지. 바보였는지 순둥이였는지 하여튼 성격 하나는 좋은 것 같아. 결혼 전까지 별로 화내본 기억이 없어. 애 키우면서 '버럭 아줌마'가 되고 극성스러워졌지만.

하라_ '버럭 아줌마'라니요? 나무님은 천생 여자 같은데요 뭘.

나무_ 그런가? 우리 집이 참 가난하긴 했지만 좋은 유산을 받았구나 싶을 때가 있어. 나는 굉장히 긍정적이거든. 뭐든지 부정적으로 보이지 않아. 이래서 좋고, 저래서 좋고, 좋다, 좋다…… 이런 식이지. 속이 없다고 해야 하나? 사람들을 봐도 좋은 점만 보이지 나쁜 점이 별로 안 보여. 이런 모습이 사는 데 크게 도움이 되는 것 같아. 언젠가 〈슬라이딩 도어스〉라는 영화를 보는데 "나에게 일어난 모든 일들은 더 잘되기 위한 일들이었다"라는 대사가 나오더라. 딱 내 말이구나 싶더라고. 힘들고 안 좋은 일을 겪고 나면 난 늘 그렇게 생각하거든.

달나무_ 와, 그런 성격 정말 부러워요. (모두들 부러워하는 표정)

나무_ 그런데 요즘엔 나의 그 긍정적 마인드도 안 통하네. 짜증을 많이 내고 우울해지는 날이 많아졌어. 난 좀머 씨가 되고 싶어.

하라_ 좀머 씨? 아, 파트리크 쥐스킨트의 소설 《좀머 씨 이야기》에 나오는?

나무_ 응. 좀머 씨가 배낭 하나 달랑 메고 지팡이를 손에 쥐고 이 마을 저 마을로 걸어 다니기만 하잖아. "나를 제발 그냥 놔두시오" 하면서. 내가 꼭 그 좀머 씨 마음이야. 나 좀 그냥 놔뒀으면 좋겠는데, 남편이 잔소리하고 그러니까 성가실 때가 많아. 오늘 아침에도 그랬어. 느긋하게 눈을 떠서 아침 햇살을 바라보며 행복해하고 있는데 남편이 "빨리 안 일어나고 뭐해?" 하더라고. 순간 열이 확 나는 거야. 짜증스러운 기분이 오전 내내 계속되더라고. 그래서 기분 전환하러 책방에 가서 책을 보고 있는데 남편에게서 전화가 왔어. 불 안 끄고 나갔다고. "안 껐으면 당신이 끄면 되지 전화는 왜 하는 거야?" 하고 미친 듯이 화를 냈어. 나를 제발 좀 내버려두라고. 어디로 도망이라도 가고 싶은 심정이야.

선향_ 그래서 어떻게 하고 있어요? 도망가는 것, 시도해 봤어요?

나무_ 응, 우리 동네 카페로 도망가. 근데 도망가면 뭐해? 어디냐, 언제 오냐, 왜 안 오냐…… 서너 번씩 카톡이 오는데 정말 미치겠어. 젊었을 적에는 보는 둥 마는 둥하더니 나이 드니까 왜 그렇게 친한 척을 하느냐고.

일동_ 으하하하!

젠느_ 아, 나무님이 카페를 즐기는 진짜 이유가 거기에 있었군요.(웃음) 근데 별칭이 왜 나무예요? 새가 더 어울릴 것 같은데.

나무_ 그건 내가 안주하지 못하는 성격이기 때문에 그 자리에 서 있는 나무가 되고 싶다는 바람 때문이었어. 이젠 어딘가로 떠나지 않아도 행복해하면서 살고 싶어서. 지금까지 '여행 가는 나무'였다면, 앞으로는 '안주하는 나무'가 되고 싶다고나 할까? 이제 두 발 모두 집 안으로 들여놓고 안주하고 싶어. 밖으로 나가지 않고도 일상 속에서 행복할 수 있는 방법을 찾아보는 거지. 파랑새를 찾아 떠났던 아이들이 집에서 파랑새를 발견했던 것처럼 말이야. 행복을 말할 때 '지금 여기'라고 하는데 정말 그런 건지 궁금해.

곁가지가 아닌 중심이 되고 싶어—선향

젠느_ 나무님 어렸을 때 얘기 들으니까, 선향 태어났을 때 이야기랑 비슷한 것 같다.

선향_ 응. 안 그래도 그 생각 했어. 나도 한겨울에 태어났는데 딸이라고 바로 윗목으로 내쳐졌대.(웃음) 그래도 다행히 윗목에서 추위에 떠는 걸 보고 엄마가 다시 따뜻한 아랫목으로 데리고 왔어. 어렸을 때 친척 어른들이 와서 5남매가 우르르 몰려가 인사를 하면, 나는 항상 그 중 하나로 묻혀서 이름 한번 제대로 불린 적이 없었어. 초등학교에 들어가기 전인 것 같은데 아파서 굉장히 오랫동안 누워 있었던 적이 있어. 마침 고모부가 오셔서 내 머리맡에 대고 "아이고, 애가 많이 아팠네. 이제 괜찮니?"라고 한마디 물어주셨는데, 그때 '아, 저분이 내가 있다는 것을 이제야 알아차려주네, 인정해 주네' 하는 느낌이 들었어. 어렸을 때의 기억인데도 굉장히 강하게 남아 있어. 그러다가 초등학교에 들어갔는데 선생님이 잘해주시니까 '아, 선생님의 관심과 사랑을 받으려면 말 잘 듣고 공부 잘하는 착한 애가 되어야겠구나' 하고 무의식중에 학습이 된 것 같아.

어렸을 때의 환경이 마흔 중반이 된 지금까지도 내 삶에 영향을 미치고 있는 것 같은 게, 내가 최근 몇 년 동안 직장을 여러 번 옮기면서 왜 난 한 곳에 안주하지 못할까 고민해 봤거든. 하나 깨달은 것은, 내게는 나를 대체할 수 없는 자리에서 중요하다고 생각되는 일을 하면서 내 존재를 인정받는 것이 무척이나 중요하다는 거야. '일을 통한 내 존재의 증명'이라고 해야 하나? 내가 하는 일의 중요도가 떨어진다고 판단되거나 상사에게서 주목을 받지 못하고 있다는 생각이 들 때는 그 상태를 못 참는 거야. 10년 가까이 근무한 예전 직장에서도 계속 힘들어했던 이유가, 그저 내 존재가 전체 중의 하나로 취급될 뿐 중심에서 중요한 역할을 하지 못했기 때문이었어. 곁가지가 아닌 중심이 되고 싶은 욕망, 그 욕망이 계속 도전하게 만드는 원동력이자 동시에 나를 안주하지 못하게 만드는 원인인 것 같아.

나무_ 나의 존재감이 느껴져야 만족을 찾는 거?

선향_ 네. 어떤 이들은 주변부에서 곁가지로 살아도 여전히 편안해하고, 직장 생활 안정적이고 월급만 꼬박꼬박 나오면 아무 생각 없이 다니거든요. 그런데 나는 그게 안 되는 거예요. 항상 중심부에 있어야 한다고 스스로를 다그치는 이유가 바로 '안정된 존재감'의 결핍 때문인 것 같아요. 내가 인정받는 존재라는 묵직한 느낌의 존재감이 필요한데, 나는 그걸 항상 주변 사람, 특히 윗사람의 인정에서 찾았던 것 같아요.

젠느_ 얼마 전 한 상담 사례집에서 〈누락된 자의 슬픔〉이라는 글을 읽은 적이 있어. 어린 시절, 먹고살기 바쁜 어른들의 관심이 부족해 마음의 상처를 입은 내담자가 자신을 '누락된 존재'라고 표현했더라고.

선향_ 맞는 말이네. 그건 무의식에 각인된 상처와도 같아. 자신을 누락된 존재라고 느끼는 이들은 사람들의 반응과 관심에 극히 민감하고, 기본적으로 주변에서 먼저 다가오고 인정해 주기를 바라는 경향이 있어. 스스로의 존재에 대한 자신감이 부족하니까 남들에게 먼저 마음 편히 다가가기가 두려운

존재감에 목말라하는
선향

● 마흔 중반의 워킹맘. 이젠 간섭받지 않고 자율적으로 일하고, 글도 쓰며 살고 싶어!

● 남편과 사춘기 두 딸, 그리고 시어머니와 살고 있어.

● 한겨울에 태어나자마자 윗목으로 밀쳐진 셋째딸. 아무도 주목하지 않았던 어린 시절이었어.

● 집 안은 물론 직장에서도 나 혼자만의 공간이 필요해. 준비 안 된 쉬약한 상태의 나를 내보이기 싫거든.

● 변화가 두렵진 않아. 불안감은 늘 다음 단계로 나아가기 위한 원동력이 되어주었어……

● 아직도 어린 시절 갈구했던 관심과 사랑에 목말라하는 걸까? '안정된 존재감'의 결핍. 언제나 곁가지가 아닌 중심으로, 쉽게 대체할 수 없는 꼭 필요한 존재로 살고 싶어.

● 집안 살림은 시어머니의 영역, 어느새 살림엔 방관자가 되어버렸어. 샴푸도 내 마음대로 못 골라, 아니 안 골라……

● 맘에 드는 물건을 고르는 자기 취향과 자기 확신은 통하는 것인가? 그래, 이제는 나도 일상을 즐기며 내 취향을 계발하고 싶어.

● 마흔 이후 세 번째 이직. 가치 있는 일을 통해 내 존재를 증명하고 싶어. 다양한 문화와 인종, 국가 사이의 갭gap을 메우는 다리 역할을 할 거야!

거야. 난 특히 준비가 안 됐을 때 어수선한 마음으로 출근을 하면 사람들 만나기가 불편해. 마음의 준비가 덜 된 상태로 확 트인 공간에서 사람들과 만나는 게 싫었던 것 같아. 준비 안 된 상태, 취약한 상태의 나를 내보이기가 두려운 거지. 그래서 직장에서도 자신만의 공간을 꿈꾸게 되는 게 아닐까?

달나무_ 언니는 시어머니랑 함께 살아서 집에서도 자기만의 공간이 부족하지 않나요?

선향_ 맞아. 그러고 보니 집도 온전한 내 영역으로 느껴지지 않아. 결혼하고서도 줄곧 직장 생활을 하다 보니 어느덧 집안 살림은 시어머니의 영역이 되어버렸어. 얘기하니까 생각난 건데, 나 아침마다 머리 감는 샴푸랑 린스 같은 것도 항상 시어머니가 사놓은 걸 썼어. 당신이 직접 고른 거라서 '가늘고 푸석푸석한 모발용' 샴푸인데다, 린스는 멘톨향이야. 파스 바를 때 나는 것 같은 시큼한 향이 강해서, 아침마다 머리 감기가 싫어서 일어나기 싫을 때가 많았어.

젠느_ 그래? 샴푸도 어머님이 고르셔?

선향_ 응. 아침마다 매번 오늘은 머리를 안 감았으면 좋겠다 싶은데도 기름기 때문에 어쩔 수가 없더라고. 그러다가 하루는 퇴근길에 슈퍼에 들러 은은한 자연향의 샴푸를 찾아봤지. 아몬드꽃이 그려진 하늘색 샴푸랑 린스를 샀는데, 집에 가서 뚜껑을 열어보니까 달콤한 향이 마음에 들더라고. 그 후론 적어도 샴푸와 린스 냄새 때문에 머리 감기 싫어할 일은 없었지.

하라_ 진작 자기가 고르지 그랬어?

선향_ 언니, 사실 나, 어릴 때도 집이 시골이라 자기 취향대로 물건 골라서 사는 거 본 적이 없고, 대학 생활할 때도 언니랑 자취하면서 언니 것 같이 썼고, 결혼해서는 시어머니랑 같이 살면서 어머니가 장 보고 물건 사오시곤 했어요. 나도 물건에 대해 좋고 나쁘고의 느낌이 없는 건 아니지만, 그런 마음이 들어도 그저 '있으니까' 쓰는 경우가 많았어요. 내 옷, 구두, 그리고 심지어 속옷까지 시어머니가 사온 경우가 많았죠.

젠느_ 정말? 말도 안 된다. 나 같으면 너무 싫을 텐데.

선향_ 그렇지? 어쨌든 나도 마음에 들진 않았지만 그저 주는 대로 받아들이며 살았는데, 어느 날 문득 나 자신을 돌아보니까 도대체 내 취향이라고는 없더라고. 갑자기 샴푸랑 린스를 산 것도 더 이상 그러고 싶지 않아서였고, 그렇게 내 맘에 드는 물건을 고르면서, 자기 취향이 있다는 것과 자기 확신은 통하는 것 같다는 생각을 하게 됐지.

젠느_ 그런 것에 대한 시각이 나랑 정말 다르네.

선향_ 그런데, 얘기하다 보니 내가 내 취향을 계발 못한 탓을 우리 시어머니에게 하고 있다고 느껴지기도 해. 그저 사고 싶은 것 있으면 내가 알아서 사면 되고, 마음에 안 드는 것 있으면 알아서 바꾸면 되고. 그러면 아무 일 없을 텐데. 그런 것 가지고 뭐라고 할 분도 아니고. 그런데 나는 여태 별 관심이 없다는 이유로 뒤로 물러서서는, 우리 어머님이 해놓은 걸 가만히 지켜보며 '아, 저거 마음에 안 드는데' 이런 식으로 생각한 것 같아.(웃음)

안토니아_ 그런데 어머님이 진짜 그런 것 가지고 서운하다고 안 하실까? 저도 집안 살림에서는 일 봐주는 아줌마 눈치를 본다니까요. 일하시는 분도 자기 취향이 있잖아요. 그래서 주방 물건은 웬만하면 자리도 안 바꾸고 그냥 내버려둬요. 내 맘에 안 들어도.

젠느_ 나도 그런 적 있어.

선향_ 근데 그런 생각은 줄곧 해. 집안 살림은 어머님의 영역이니까 나는 신경 쓰지 말아야지, 그걸 건들지 말아야지 하고.

안토니아_ 괜히 건들면 기분 안 좋으실까봐 간섭 안 하고, 모른 체하고, 말하고 싶은 것도 몇 번이나 참았다가 겨우 한마디 하게 되잖아요. 그렇죠?

선향_ 그렇지. 그러면서 점점 관심을 끊게 되는 거지.

안토니아_ 그렇죠. 관심을 끊다보면 점점 더……

나무_ 집안일에 대해선 완전 방관자가 되는 거야. 내 것이 아니니까.

안토니아_ 사실 부엌일을 무척 싫어하는 편이긴 하지만, 그래도 문득문득 그런 생각이 들어요. 아, 이 집안에 나의 주방은 없구나, 이런 기분. 우리 집에서 제 것이라곤 딱 제 침대밖에 없어요.(모두 웃음)

젠느_ 나도 직장 다니고 도우미 아줌마 있을 때는 조금씩 마음에 안 드는 게 있어도 신경을 쓰지 않았지만, 그래도 나중에 내가 내 마음대로 하게 되면 내 스타일대로 잘하고 살아야지 했었어. 그런데 지금 직접 살림을 해보니까 내가 살림을 그렇게 썩 잘하진 못하는 거야. 내 식으로 정리하는 것도 힘들고. 잘 모르겠지만 살림이랑 정리정돈 잘하는 사람이면 시어머니와 함께 살아도 자기 스타일대로 잘할 수 있지 않을까?

선향_ 어렸을 때 아버지가 저녁에 나물 뽑아놨다가 새벽에 경운기에 싣고 가서 팔고 오시곤 하셨어. 그 돈으로 우리 5남매, 아침에 학교 갈 때 차비하고 학용품 사곤 했지. 그런 시골 살림이니, 엄마가 뭔가 자기 취향대로 물건을 사서 쓰는 걸 못 봤어. 나도 자랄 때 옷이나 신발 같은 것을 제대로 사서 입을 줄도 몰랐고. 그런데 직장 다니면서는 제대로 된 옷들이 필요하기도 하고, 주변 동료들을 봐도 있는 집에서 태어나 문화적으로 잘 갖춰진 환경에서 자란 사람들이 또 그만큼 잘 누리고 살더라고. 그런 걸 보면서 스스로 '내 취향이 없구나, 문화적으로 좀 많이 모자라는구나' 이런 생각을 많이 하게 된 것 같아.

안토니아_ 어느 정도 소비도 즐겨봐야 내 취향도 생기는 법인데, 그게 부족했던 거네요.

선향_ 경제적인 부분에서 여유가 없었던 탓도 있을 거야. 마흔 가까워올 무렵, 밤잠이 안 오던 게 집 때문이었어. 큼직하게 억 단위로 대출은 해놓고, 애들은 키워야겠는데 남편 혼자 벌어서는 안 될 것 같았어. 적어도 애들 대학 졸업할 때까지는 직장 생활을 계속해야 할 것 같고, 스스로 오랫동안 직장 생활을 할 만한 경쟁력은 없는 것 같아서 밤잠이 안 올 정도로 불안해지더라고. 가장인 남편은 그런 걱정 별로 안 하고 사는 것 같은데 오히려 내가 밤잠이 안 오고, 어떻게 하면 내가 더 오래 직장을 다닐 수 있을까 그런 고민을 정말 많이 했거든. 이런 불안감 때문에 경쟁력을 키워야겠다는 생각이 계속 있었는데, 그 불안감이 오히려 다음 단계로 나아가기 위한 원동력이 되어준 것도 같아.

젠느_ 오히려 원동력이 되었다고?

선향_ 응. 두려움 때문에 신중함과 경계심이 많았던 원시인들이 결국 살아남았다는 얘기가 있잖아. 30대 후반에 남들보다 더한 불안감과 경계심을 가지고 편안하게 안주하지 않았던 것이, 직장을 옮기면서 더 노력하고 도전하게 만든 원인이 되지 않았나 하는 생각이 들어. 지금은 오히려 불안감이 덜해진 것 같아. 몇 번 옮겨보니까 '여차저차하면 뭐라도 하지' 이런 생각이 들거든. 이젠 변화가 두렵지 않고 내가 뭘 하든 할 수는 있겠구나 싶어. 예전에 한 10년 정도 편한 직장에서 안주하고 있을 때는 내가 뭘 할 수 있을까 싶어서 굉장히 불안했어. 이렇게 따지면 줄곧 존재감에 목말라했기 때문에 더 중요한 존재, 더 가치 있는 존재가 되려고 애쓰는 거라고 볼 수도 있겠다.

하라_ 그래, 하지만 계속 상사나 다른 사람의 인정을 바라기만 해서는 안 되겠지.

선향_ 맞아요, 언니. 그게 바로 제 숙제인 것 같아요.

책장에 행복 관련 책만 스무 권이 넘어—하라

달나무_ 하라 언니는 행복해요? 겉으로 보기에는 행복해 보이는데……

하라_ 나? 아니, 행복하지 않은 것 같아. 그런데 행복해지고 싶어. 그동안 내가 얼마나 행복해지고 싶었는지, 어느 날 책장 정리를 했는데 글쎄 제목에 '행복'이라는 단어가 들어간 책이 스무 권이 넘는 거야.

안토니아_ 행복에 대한 책이 스무 권이 넘는다고요? 읽기는 다 읽었어요?

하라_ 읽기는 다 읽었지. 그런데 행복해지지는 않더라! 10년 전쯤, 약국 생활이 정말이지 지겹게 느껴질 때 산 책이 《행복한 사람은 시계를 보지 않는다》였어. 나도 행복한 사람이 되어 시계를 보지 않고 싶었어. 그 책을 시작으로 행복에 대한 책을 읽으면서 생각했지. '행복에 대한 책을 읽으면 행복이 무엇인지 알게 되고, 행복이 무엇인지 알게 되면 행복해질 것이다'라고. 그렇게 한두 권 사서 모은 행복 관련 책이 스무 권을 넘는다니, 나도 꽤나 행복하고 싶었던 모양이지?

나무_ 하라가 행복해지고 싶긴 했구나. 나도 행복에 대한 책을 몇 권 읽어보았지만 그때뿐이더라.

하라_ 네, 읽을 때뿐이더라고요. 책에서 말하는 '행복론'은 읽을 땐 '아, 그렇구나' 하고 머리로 이해되고 가슴까지 어느 정도 움직이긴 하는데 더 나아가지는 않아요. 《달라이 라마의 행복론》에서부터 월호 스님의 《행복도 내 작품입니다》를 거쳐 《꾸뻬 씨의 행복 여행》, 그리고 최근에 안소니 드 멜로 신부의 《행복하기란 얼마나 쉬운가》와 《하버드대 52주 행복 연습》이란 책까지 사서 읽었지만 여전히 책에 나오는 "행복은 이런 것이다"라는 통찰들은 몸을 움직이게까지는 못하고, 행복해지는 구체적인 방법을 제시하는 책들은 "생각을 바꿔라. 그리고 행복해지는 습관을 반복해서 연습하라. 그러면 행복해질 것이다"라고 방법을 이야기하지만 연습을 따라 하게 되지는 않더라고요.

젠느_ 그러게요. 행복에 대한 총론도 각론도 삶에 적용하기 어렵다는 점에서는 마찬가지인 것 같아요.

하라_ 응! 그래서 생각을 한번 바꿔보려고. 지금까지 "행복해지려면 어떻게

완벽하려다 병난

하라

- 전직 약사. 마흔 중반에 철학 상담 공부를 시작한 자칭 무면허 철학자.

- 팔다리는 가늘어졌고 배는 나왔지만 사슴 같은 영혼의 소유자인 중년의 남편, 그리고 '주하'라는 예쁜 이름과 부러운 몸매를 가진 아들과 살고 있음.

- 존재감 없는 셋째딸로 자란 어린 시절에서 비롯된 그놈의 인정투쟁!

- 토리플, 순종 A형. 소심하고, 세심하고! 과거 일들 되새김질하느라 자면서도 머리가 돌아가는 사람.

- 일단은 머리로 먼저 이해해야 직성이 풀려. 어느 날 보니 제목에 '행복'이라는 단어가 들어간 책만 무려 스무 권 넘게 가지고 있는 거야! 갈수록 머리만 커지는 이상한 사람이 되어가는 것 같아ㅠ.ㅜ

- 누가 내게 가장 행복했던 순간을 묻는데, '가장'이라는 말에 걸려서 아무것도 떠올릴 수가 없었어. '가장'에 '가장 적합한' 답을 내놓아야 하니까!

- "확실해? 그게 최선이야?" 나 자신에 대한 기대치가 큰 편이라, 격려보다는 더 열심히 하지 않은 스스로를 타박하는 편이야. 완벽에 대한 갈망으로 얻은 것은? 위장병!

- 내 이야기를 모아놓은 컴퓨터 속 폴더 이름, '쉬기진 인생'.

- 김수영의 시 구절처럼 매일 "혁명" 대신 "방만 바꾸는" 여자.

- 가장 부러운 사람? 별것 없이도 자기 확신과 자기 긍정이 넘치는 사람!

해야 하는가?"에 대해 생각했다면, 이제부터는 "왜 지금 나는 행복하지 않지?"라고 행복하지 않은 이유를 스스로에게 물어보려고.

달나무_ 행복하지 않은 이유를 물어본다고요? 그래서 언니는 그 이유를 찾았어요?

하라_ 찾고 있는 중인데…… 일단 하나 찾은 것은 내가 행복에 대해 너무 높은 기준을 둔다는 거야. 요즘 내가 상담 공부하고 있잖아? 문학 상담 과제가 "내 인생을 돌이켜보았을 때 가장 행복했던 순간을 기억하고 그 순간을 느낄 수 있는 추억의 골목을 찾아가 한동안 머무른 소감을 글로 쓰는 것"이었는데, 과제를 시작하기도 전에 문제가 생긴 거야. '내가 언제 행복했지?' 하고 생각해 보니 딱히 행복했다고 말할 순간들이 떠오르지 않더라고. 게다가 '가장 행복했던 순간'을 생각해 보려니 어느 순간이 가장 행복했는지 아무리 생각해도, '가장'이라는 수식어의 기준에 맞는 행복한 순간은 없는 거야.

안토니아_ 으하하하! 언니도 참! 언니가 '가장 행복했던 순간은 언제였지? 그게 정말 가장 행복했던 순간이었나?' 하고 '가장'이라는 말에 집착하는 모습이 상상이 돼요.

하라_ 그러게…… 그래서 결국 내 인생의 가장 행복했던 순간 떠올리기를 포기하고, 내게 하루라는 시간을 선물해서 행복한 순간을 경험하고 그것을 '가장 행복한 순간'으로 여기자는 쪽으로 생각을 바꿨어.

나무_ 하라는 행복에 대한 기준이 정말 높구나!

하라_ 네, 나무님. 저는 행복뿐만 아니라 거의 모든 것에 대한 기준이 높은 것 같아요. 특히 나 자신에 대한 기준이 높아서 스스로에게 만족하기가 힘들어요. 행복을 수식으로 표현하면, 만족을 기대로 나눈 것이라고 하던데, 기대가 크니 행복하다는 느낌을 갖기가 어려운 것 같아요. 더구나 행복을 책에서 찾으려고 했으니 행복에 대한 이론은 많이 알아도 행복하다고 느끼지는 못했던 거죠. 그런데 저의 진짜 문제는 무엇인가를 시작할 때 일단 책을 통해 머리로 이해하려고 한다는 점이에요. 그래서 허구한 날 책만 사서 읽고 몸은 움직이지 않으니, 손발은 작아지고 머리는 점점 커지는 이상한 사람이 되는 것 같아요. 아마 제가 물에 빠진다면 다리만 떠오를 걸요.

젠느_ 그 정도로 생각을 많이 한다고요?

하라_ 응! 행복의 경우처럼 사랑도 몸으로, 가슴으로 하는 것이 아니라, '사랑은 무엇이다. 그리고 나의 사랑은 이러이러해야 한다'고 먼저 생각을 해. 그래서 사랑에 대한 생각을 하느라고 사랑할 시간이 부족한 사람이 나 같아. 행복과 사랑뿐 아니라, 하물며 요리하는 것부터 집안 정리까지 책으로 대신해. 우리 집에 행복에 대한 책 다음으로 많은 것이 요리책과 집안 정리에 관한 책이야. 오래 전에 산《아무것도 못 버리는 사람》에서부터, 얼마 전에 사서 나 스스로 '정리 3종 세트'라고 부르는《하루 15분 정리의 힘》과 《청소력》그리고《인생이 빛나는 정리의 마법》등 행복을 다룬 책만큼은 아니지만 정리 관련 책도 많아. 정리는 안 하고 정리에 대한 책만 읽은 꼴이지. 요리책도 많은데, 나 요리 잘 못하는 거 알지? 요리를 잘하고 싶어서 요리책을 한두 권 사서 모으기 시작했는데 주방 옆에 요리책만 꽂아두는 작은 책꽂이가 하나 있을 정도야. 그런데 요즘 내가 할 줄 아는 요리의 가짓수는 다섯 가지 내외야. 결혼하고 아직까지 김치는 물론 담그기 쉽다는 깍두기조차 못 만들어봤어. 책을 읽으면 무슨 요리든 다 할 수 있을 것 같은데……

선향_ 난 요리책은 직접 요리할 때만 가끔 펼쳐보는데.

하라_ 생각해 보니 무엇이든 책을 통해 받아들이기만 하고 실제로 적용해 보지 않는다는 것도 나의 문제지만, 그것보다 지나간 일들을 계속해서 생각하는 것이 더 큰 문제 같아.

젠느_ 주로 어떤 걸 생각하는데요?

하라_ 거의 모든 것을 다시 생각하는 것 같아. 했어야 하는 일인데 하지 못한 일, 아직 해결되지 못한 일, 잘하지 못했다고 생각되는 일, 혹은 잘한 일들을 포함해 지나간 일들을 자꾸 불러와서 '반성'이라는 이유로 그 생각 속에 머무르는 시간들이 많아. 밤에도 잠을 푹 자는 것이 아니라 그날 있었던 일에서부터 과거에 있었던 일까지 아주 자세하게 되새김질해. 가끔 우울하고 처질 때는 기억하고 싶은 기분 좋은 순간들을 다시 떠올리며 그때의 기분 좋은 상태 속에 머무르는 것이 스스로를 위로하는 방법이었던 것 같아. 그런데 이렇게 지나간 일을 기억하는 시간이 많아지면 많아질수록 지금 경험할 시간이 부족해진다는 거…… 인터넷이나 스마트폰 속의 현실이 가상 현실이 아니라 나에게는 생각이 가상 현실이라고나 할까? 생각 속에 사는 시간이 많은 나, 문제지?

나무_ 그걸 안다면 고쳐보고 싶진 않아?

하라_ 고치고 싶어요. 달라지고도 싶고요. 자신이 못마땅해질 때마다 '달라져야지. 달라질 거야!'라고 결심하지만 쉽게 달라지지 않더라고요. 달라지겠다고 생각만 하기 때문이겠죠?

달나무_ 언니, 아까 행복하지 못한 이유를 찾고 있다고 했는데 생각에 머무는 시간이 많은 것 말고 다른 이유도 있어요?

하라_ '자기 확신'에 대한 결핍감……

안토니아_ 자기 확신이 부족하다고요?

하라_ 응, 내가 제일 부러워하는 사람이 자기 확신이 있는 사람이야. 그 사람이 돈을 얼마나 가졌든 얼마나 예쁘든 상관없이 자기가 하는 일에 자부심을 가지면서 '이만하면 나는 참 괜찮은 사람이야'라고 뱃속부터 올라오는 것 같은 든든한 자기 확신을 내보이는 사람들이 참 부럽더라. 나도 나 자신에 대해 만족하고 싶고, 스스로 '나도 참 괜찮은 사람이구나. 이만하면 충분해'라는 자기 확신을 한 번이라도 갖고 싶어. 그런데 마치 밑에 구멍이 뚫린 항아리처럼 채워지지는 않고 자꾸 부족하다는 생각만 들어. 무엇인가 부족하다는 생각이 얼마나 강했는지 언젠가 내 이야기를 글로 쓰려고 컴퓨터에 폴더를 하나 만들었는데 그 폴더 이름이 '허기진 인생'이었어.

젠느_ 허기진 인생? 와, 그 한마디에 뭔가 깊은 뜻이 담긴 것 같다.

선향_ 예전에 열심히 불교 공부할 때 동네 절을 다닌 적이 있었는데요. 그때 그 절의 스님이 "어렸을 때 사랑과 관심을 항아리 끝까지 다 차도록 받아서 한 번은 넘쳐봐야 하는데 이때 한 번도 넘쳐보지 못한 사람들은 평생 그 결핍감을 느끼며 산다"고 하신 말씀이 기억나요.

달나무_ 하라 언니를 비롯해서 우린 모두 정말 '한 번도 넘쳐보지 못한 사람들'이구먼!(모두 크게 웃음)

하라_ 그러게! 내가 겉으로는 자신감 넘치고 당당한 사람처럼 보이지만 사실 속으로는 늘 무엇인가 채워지지 않은 듯 허기를 느꼈는데 그 이유가 뭔지 생각해 보면, 선향이 말한 '항아리가 넘치는 경험'을 한 번도 하지 못했기 때문인 것 같아. 그런데 이 한 번 넘쳐보는 경험이라는 것이 누군가 쏟아부어준 사랑이나 인정으로도 가능하겠지만, 스스로 해본 작은 성공 경험으로도 가능하다고 생각해. 아마 내가 진짜 경험하고 싶었던 것은 바로 그런 거였을지도 몰라! "아, 이만하면 됐어. 충, 분, 해!"라고 말할 수 있는 그런 작은 성공 경험을 해본다면 뱃속이 좀 든든해져서 허기진 듯한 느낌에서 벗어날 수 있지 않을까?

그런데 말이 '작은 성공 경험'이지, 자기 기대가 높은 사람은 설사 그런 성공을 경험하더라도 그것을 성공으로 인정하거나 확신하지 못하는 것 같아. 그래서 주어진 순간에 만족하기보다는 늘 좀 더 잘해보라고 자신을 다그치게 되지. "좀 더!" "오늘은 어제보다 조금만 나아지자!"라고 되뇌는 나 같은 사람은 "거듭 연습하면 완벽해질 수 있다!"가 슬로건이 되고, 마주하는 순간들을 충분히 경험해 봄으로써 만족감을 느끼기보다는 넘어서야 할 무엇으로 여겨왔던 것 같아. 그렇게 자신을 다그치니 늘 위장병을 달고 살지. 이게 내가 행복하지 않은 또 하나의 이유 같다.

달나무_ 언니 별명은 '완벽하려다 병난' 하라!

안토니아_ 언니, 지금도 완벽해지면 행복해질 것 같아요?

하라_ 글쎄, 행복해질지 모르겠지만 적어도 완벽해지려고 노력하는 자신에게는 후한 점수를 줄 수 있을 것 같았어. 그런데 돌이켜보면 무엇이 완벽인지도 모른 채 '완벽이라는 말 자체'에 이끌려, 그저 완벽해지면 나 자신이 아주 괜찮은 사람처럼 느껴질 것 같고, 무엇인가 강렬한 충족감을 느낄 수 있을 것 같다는 생각을 지금껏 해왔지 싶어. 그래서 늘 나는 나에게 좀 더 잘하라고 다그쳤던 거고. 그런데 요즘은 왠지 '완벽'이라는 말이, 갖고 싶어 손에 쥐면 곧 사라지는 신기루처럼 현실이 아닌 생각 속에서만 존재하는 말일지도 모른다는 생각이 들어.

젠느_ 언니, 그래서 이제 앞으로 어떻게 하려구요?

하라_ 어떻게 하긴! 내가 행복하지 않은 이유를 찾았으니 책이나 생각 속의 행복이 아닌 진짜 행복을 찾아야지. 행복에 대한 책 중에서 월호 스님의 《행복도 내 작품입니다》라는 제목이 내게는 크게 다가왔는데, "행복하지 않다고 징징대지 말고 작품을 만들듯 자신의 행복을 만들어나가라"는 말로 들리더라. 스님 말씀대로 내가 행복하지 않다고 남 탓하지 말고, 나의 삶을 불행이 아닌 행복으로 만들기 위해 내가 무엇을 할 수 있고 어떤 선택들을 할 수 있는지 직접 경험해 보고 싶어. 책 말고 몸으로 말이야.

우리, 본격적으로 행복을 찾아나서 볼까?

달나무_ 몸으로 느껴보려면 어떻게 해야 할까?

젠느_ 자기가 느낀 행복한 순간을 구체적으로 얘기해 보는 건 어때?

선향_ 예전에 행복한 순간에 대해 질문받았을 때 꼽은 장면이 있어. 고등학교 때 저녁이면 앞산에 올라가 어스름한 산 속에서 풀벌레 소리를 듣곤 했어. 어느 날은 잠자리 한 마리가 내 주변을 계속 맴돌다가 풀잎 위에 내려앉는 거야. 그때 잠자리와 나, 그리고 주변 자연의 경계가 사라지고 모두가 하나가 된 듯한 느낌이 있었어. 표현하기가 힘든 일체감이 들었던 그 순간을 행복한 장면으로 꼽았던 걸 보면 난 자의식이 사라진 순간이 행복하다고 생각했나봐. 그만큼 평소에 자의식에 시달렸기 때문이었을까?

나무_ 나도 최근에 행복한 때가 한 번 있었어. 평소에 오래 살고 싶다는 생각을 별로 안 했는데 그날은 참 행복해서 오래 살고 싶다는 생각이 들었어. 리무진 버스를 타고 편안하게 누워 2박 3일 일정으로 여행을 떠났는데 평일이라 기사 포함해서 승객이 예닐곱 명 정도로 한적했어. 그때 남편에게서 문자가 온 거야. "힐링 잘하고 와." 그때 눈물이 핑 돌더라구. 만날 딩가덩가 놀기만 하는데 힐링 잘하고 오라는 문자가 고마워서……

젠느_ 나무님, 저는 생각해 보니 초등학교 들어가기 전에 동네 골목에서 아이들과 놀던 장면이 굉장히 인상적으로 남아 있네요. 어렸을 때는 밥만 먹으면 하는 일이 노는 거잖아요. 자전거 타고 동네를 한 바퀴 돈다든가, 달리기에서 누가 이기나 내기한다든가. 항상 떼 지어서 돌아다니고 그랬거든요. 그게 어느 순간 제게서 다 떨어져나간 듯한 느낌? 그때로 돌아가면 좋겠다는 생각이 들어요. 그때가 제게는 파라다이스였어요. 저한테는 사람들과의 '어울림'이 필요했던 게 아닌가 싶어요.

하라_ '행복한 순간' 하니까 나도 생각나는 장면이 하나 있어. 서른다섯 살쯤 초등학교 동창들을 만나 강촌으로 놀러 간 적이 있었거든. 그때 아주 오랜만에 자전거를 탔는데, 자전거를 타고 언덕길을 내려오던 짜릿했던 순간이 기억난다. 내리막길이라 속도는 붙었지, 오랜만에 타는 거라 넘어지지 않을까 불안불안하면서도 내가 어느새 속도감을 즐기고 있더라고. 아무한테도 방해받지 않고 마음껏 달려본 순간이라고나 할까? 강가에서 불어오는 바람을 가르며 자전거와 하나되어 날아갈 듯 달리는 그 기분, 정말 좋았어.

생각해 보면 그때 그 순간이 내게는 행복했던 순간인데, 왜 인생에서 가장 행복했던 순간을 기억하라고 할 때 이 장면이 떠오르지 않았을까? 혹시 내가 행복이란 자전거를 타고 내리막길을 마구 달릴 때의 기분 좋음 같은 사소한 순간이 아니라, 뭔가 특별하고 대단한 순간이라고 여겨왔기 때문일까? 즉 행복은 이러이러해야 한다고 어떤 조건 같은 것을 달았기 때문에 그 순간이 행복이었음에도 행복이라고 느끼지 못하고 지나가버린 것은 아닐까?

나무_ 행복하지 않은 게 아니라, 행복한 순간은 너무나 짧고 우울한 순간은 길다는 게 가장 문제인 것 같아.

젠느_ 행복의 유효 기간이네요?

안토니아_ 그런데 진짜로 행복한 순간이 짧고 불행한 순간이 긴 게 아니라, 우리의 기억이 그렇게 착각하는 건 아닐까요? 행복한 순간은 그냥 스쳐 보내고, 불행한 순간은 뚜렷이 기억하면서 인식의 오류가 반복되는 거죠.

젠느_ 어떤 상황에 대해 좋은 기분이든 나쁜 기분이든 드는 것이 인간의 자연스러운 감정인데 그게 90초 이상 지속되는 것은 자기가 선택한 거라는 얘기를 들은 적이 있어.

나무_ 그렇다면 비슷하게 반복되는 우울한 상황들이 쌓여서 더 우울해지는 것일 수도 있겠네. 그 상황의 고리를 끊어줘야 기분을 바꿀 수 있는 건데.

젠느_ 원래는 그냥 똑같은 자극이었는데 받아들이는 사람에 따라 강조되면서 크고 길게 느껴지는 거죠.

나무_ 그렇지. 그렇게 오래 가는 것이지. 그런데 왜 90초야?

젠느_ 사람의 신체적인 반응으로 90초까지 그런 기분이 드는 것은 자연스러운데, 90초 이상 가는 것은 자기가 그런 기분을 선택한 것이라는 연구 결과가 있대요.

안토니아_ 버킷리스트 100개를 써보듯이 각자 행복한 순간 100장면을 써보는 건 어때요? 각자 100개씩 쓰려고 샅샅이 일상을 훑다보면 지나치게 높게 잡았던 행복의 기준도 낮출 수 있을 테고, 행복에 대한 거리감도 없앨 수 있을 것 같아요. 조금 더 편하게, 익숙하게 행복에 가까워지기!

하라_ 그것도 괜찮은데 그냥 써보는 것보다는 지금 이야기한 것처럼 정말 우리가 언제 행복한지 그 순간들을 직접 찾아보는 것은 어떨까? 왜 우리 작년에 '변화'를 주제로 100일 프로젝트를 했던 것처럼, 행복에 대해서도 '행복 찾기 프로젝트'를 해보는 거지!

선향_ 《당신은 행복을 살 수 있다》의 저자 태미 스트로벨처럼 직접 실험을 해보자고? 일상에서?

하라_ 응! 직접 실험하고 매일매일 일지도 써보는 거야.

안토니아_ 그거 좋은 생각이네요. 우리 각자 자기 자신과 행복을 연결하는 테마를 잡아서 일지를 써보는 것도 좋겠어요. 물론 자기 스타일에 따라 형식은 다들 자유롭게 하고요. 사실 난 얼마 전부터 매일 밤 '감사 일기'를 쓰고 있었는데, 그걸 계속해 볼래요.

젠느_ 괜찮겠다. 나도 얼마 전에 무슨 책을 읽었는데…… 아,《돈 한 푼 안 쓰고 1년 살기》였나? 그 책이 되게 꼼꼼하게 쓴 일지를 바탕으로 1년간의 생활을 요약한 거였는데, 읽는 사람 입장에서 현장감 느껴지고 좋더라고. 읽으면서 나도 그렇게 한번 따라해 보고 싶기도 했고. 우리가 원했던 게 이론 적이고 추상적인 행복이 아니라, 구체적이면서도 현실적인 행복을 얘기해 보고 싶었던 거잖아. 좋겠다.

달나무_ 그럼 나도 뭘 하면 행복할지 생각해 봐야겠네?

나무_ 그러게, 나는 일상에서 찾은 행복 순간들을 써볼까?

하라_ 행복 프로젝트의 시작이네!

2부

여섯 여자의
30일 행복 실험

행복의 기초 체력을 다지다

나만의 행복 함수식을 찾다

최근 몇 년 동안 내 인생에는 내놓고 자랑할 만한 무슨 대단한 성취랄 것도 없었지만, 감당하기 버거운 이별이나 사고, 실패랄 것도 딱히 없었다. 그럼에도 나는 시시때때로 지독한 불행과 평온한 행복 사이를 오락가락 반복하고 있었다. 볕 좋은 어느 봄날 가족과 함께 나선 한강 나들이에서 "더도 덜도 말고 꼭 오늘만 같아라"라며 행복해했던 기억이 생생하건만, 불과 한 계절이 지난 그해 여름엔 만성피로와 무기력증, 약간의 우울함을 느끼며 생활하고 있었다. 행복했고 불행했던 시기를 객관적으로 비교해 봐도 무엇을 더 가지지도 잃지도 않았음이 명백했다. 별다른 차이가 없는 일상 속에서 무엇이 나를 불행하게도 만들고 행복하게도 만드는 건지 몹시 궁금했다.

우연히 되짚어 읽게 된 옛날 일기장에서 같은 상황 다른 감정을 발견했던 어느 날, 눈이 빠지게 읽고 귀가 헐도록 들어온 '행복의 비밀'들이 비로소 가슴으로 받아들여졌다. 좋고 나쁜 상황 요인이 분명 행불행에 영향을 끼치는 중요 변수이긴 하지만, 결정적인 '행복 함수식'은 언제나 내 안에 있다는 것을 인정하기로 했다. 이제 나도 이른바 행복한 사람들의 행복 함수식을 따라 쓰고 싶어졌다. 행복학으로 유명한 국내외의 여러 책들을 뒤지며, 행복 함수식을 완성하는 습관들을 정리해 보았다.(행복마저도 책 보고 공부하느냐고 웃을지 모르지만, 행복을 정의하고 추구하는 방식이란 결국 개인의 기질과 가치관에 따라 백인백색이어야 한다는 점에서, 나는 나에게 딱 맞는 방법을 택했다.) 여러 책에서 공통적으로 말하는 행복 습관들은 대략 4~6개의 카테고리로 묶고, 30~50개의 실천 목록으로 정리할 수 있었다. 그 중에서 나의 행복지수에 결정적인 영향을 미치는 항목들을 골라냈다.

- 신체적 건강(운동, 건강한 음식과 생활 습관)

- 정서적 안정(내 마음 알기, 나 자신을 있는 그대로 수용하기, 감사하기)

- 충만한 관계(칭찬하기, 친절 베풀기, 나를 원하는 사람들과 함께 있기, 비슷한 즐거움과 가치를 추구하는 사람들과 공동체 활동하기)

- 배움과 성장(상담심리학, 코칭, 인문학)

■ 즐거운 일 몰입하기(지금은 글쓰기, 언젠가는 연기, 합창, 연주, 그림, 요리)

■ 매순간 조금 더 행복한 선택 하기

정리하고 보니 나는 행복의 기초 체력이 너무 약하다 싶었다. 신체적 건강이나 정서적 안정, 충만한 관계란 것이 말하자면 행복한 삶의 기초 체력인 셈인데, 여태껏 너무 등한시하고 살았다. 어릴 땐 몰랐지만 나이가 들수록 배움과 성장, 몰입의 즐거움만으로는 채워지지 않는 그 무언가가 자꾸 내 발목을 잡아당기곤 했다. 호되게 겪은 '마흔 앓이'도 기초가 부실했던 탓인가 싶었다. 자연스럽게 행복 프로젝트의 초점은 '기초 체력 회복'으로 맞춰졌다.

난생처음 헬스 클럽에 등록했다. 시간당 5만 원이나 하는 개인 트레이너 강습도 10회나 계약해 버렸다. 마흔한 살 생일을 맞아 백화점에서 숄더백을 하나 살까(이것도 난생처음) 맘먹었던 참인데 홀랑 헬스장에 쏟아 버렸다. 내 마음이 무슨 생각을 하는지, 언제 마음이 아프고 불편한지 늘 깨어 살피는 노력도 꾸준히 했다. 매일 저녁 하루를 되돌아보고 감사 목록을 다섯 개씩 적어보았다. 잠자리에 누워 내일은 누구에게 친절한 행동 한 가지를 할 수 있을까 고민하는 밤도 많아졌다.

행복 프로젝트를 시작하고 두 달(이 책의 다른 필자들과 나의 행복 실험 기간은 일치하지 않음을 미리 밝혀둔다. 나는 이 실험이 시작되기 약 3개월 전부터 혼자서 이미 행복 습관 만들기 훈련을 시작했다. 또한 나의 두 가지 실험 과제인 '내 마음 알기'와 '감사 일기'는 최소 2~3개월의 꾸준한 실행이 있어야 내 마음속의 변화를 좀 더 분명하게 경험할 수 있다는 점도 미리 밝혀둔다)이 지날 즈음, '회복탄력성(역경이나 고난을 이겨내는 긍정적인 힘을 말함) 지수'(김주환, 《회복탄력성》)를 다시 채점해 보았다. '전과 후'를 비교하기 위해 프로젝트 시작 전의 지수도 미리 측정해 둔 터였다. 두 달 전엔 긍정성 부분이 한국인 평균치보다 조금 낮았는데 이번에는 평균치보다 훌쩍 올라갔다. 감사하는 태도와 관련된 질문이 진단지에 여섯 문항이나 있는데, 매일 밤 감사할 일을 생각하다 보니 자연스럽게 그런 결과가 생긴 것 같다. 앞으로 두 달쯤 더 지난 후엔 아직도 한국인 평균치보다 한참이나 낮은 대인 관계에서의 만족도가 조금 더 올라갔으면 하는 욕심도 생겼다.(사실 자기 보고식 진단이라 완벽한 객관성을 담보하긴 어렵다. 점수가 올라가길 바랐던 마음이 작용해서 더 높은 쪽으로 자가 진단했을 가능성을 어느 정도나 감안해야 할까? 하지만 완벽한 객관성이 떨어진다 해도 내가 조금 더 행복해지고 있다고 믿기엔 충분했다.)

한 주기의 실험이 내게 가르쳐준 가장 중요한 행복의 비법은 "하루아침에 되는 일은 하나도 없다"는 진리를 기억하는 것이었다. 흐물흐물한 지방이 덕지덕지 붙어 있는 내 몸도, 너 진짜 대학 나왔냐고 의심받는 내 영어 실력도 모두 다 한 가지 때문이다. 개선을 위한 꾸준한 습관, '하루 한 걸음'이 없었기 때문이다. 행복도 꼭 그와 같다. 행복이 여태 내게서 멀리 있었다면 그건 바로 행복을 위한 하루 한 걸음의 '실천'이 없었기 때문이다.

이제 나는 매일 걷기로 했다. 그리고 매일 한 걸음씩 더 행복해지고 있다.

행복 워크북 1. 내 마음 알기

작년에 편입한 사이버 대학은 학생들을 위한 무료 심리상담실을 운영한다. 상담심리학을 공부하는 내가 직접 내담자가 되어보는 것도 좋은 공부다 싶어 상담실의 문을 두드렸다. 실습이라는 목적으로 찾아가긴 했지만, 그즈음에 나는 가까운 사람과의 관계에서 깊은 마음의 상처를 가지고 있었다. 본격적인 상담 전에 몇 가지 기초적인 심리 검사를 했는데, 신기하게도 당시 내 마음의 상처를 또렷하게 드러내주었다. 공부로 시작한 상담이었지만 회를 거듭할수록 학습보다는 상담 그 자체에 더 집중하는 내 모습이 보였다.

"그렇게 아픈 얘기를 꼭 남의 이야기처럼 말씀하시네요."

어린 시절 이야기를 하던 중 상담선생님이 조심스럽게 물었다. 아버지가 일찍 돌아가신 후 힘들었던 가정사, 그 속에서 어린 내가 겪어야 했던 불안함과 두려움을 담담히 설명하던 참이었다.

"알고 보면 누구나 삶 속에 하나씩은 힘든 사연이 있는 법이잖아요. 저 혼자만 힘들게 산 것도 아니고, 별것도 아닌 일에 호들갑을 떨면 창피하잖아요."

그녀는 잔잔하고 따뜻한 눈으로 나를 가만히 바라보다가 다정하게 말했다.

"그렇게 아무렇지도 않은 척하지 말아요. 울고 싶을 땐 그냥 울어도 좋아요."

누군가의 한마디 위로가 필요했던 걸까? 마흔 해를 살면서 꾹꾹 눌러놓았던 감정들이 울어도 좋다는 그 한마디에 봇물처럼 터져버린 건. 그 후 상담이 진행되는 내내 참 많은 눈물을 흘렸다. 40년이나 억눌러두었던 내 감정들(두려움, 슬픔, 분노, 서러움)도 눈물과 함께 오래된 봉인을 뚫고 나왔다. 수십 년 만에 자유롭게 해방된 감정들은 스스로를 대하는 나의 잘못된 습관마저 화두로 끌어올리게 했다.

"화가 나는 게 창피한 일인가요?"

타인에게 화가 나 있는 내 감정 상태에 대해 말을 할 때, 유난히 쭈뼛대며 민망해하던 나에게 상담선생님이 물었다.

"네…… 사소한 일에도 화가 나고 전전긍긍하는 내가 참 못나 보여서 싫어요. 그래서 겉으론 화를 내지 않고 꾹 참아요. 그런데 솔직히 안에서는 화가 쉽게 가라앉지 않아 며칠 동안 속을 끓곤 해요. 억지로 참으려니까 머리도 지끈거리고 어깨도 아프고. 그런 식으로 몸으로 신호가 오기도 하고…… 뭐, 시간이 좀 지나면 괜찮아지긴 하지만요."

그렇게 대답을 하다가 순간 알아챘다. '화나면 지는 거다! 그만한 일에 화가 나면 시시하고 못난 좀생이가 되는 거다!' 나는 여태껏 이런 두려움에 사로잡혀 스스로에게도 쿨한 척, 억지 폼을 잡아왔다는 것을. 다른 사람들에게만 시침 떼며 허세를 부린 것이 아니라 나 스스로도 속여왔다는 것을. 일이 생길 때마다 시시콜콜 마음은 아픈데, 매번 아무렇지도 않은 척 딱 잡아떼니까 내 몸 여기저기가 그렇게 아팠던 거였다. 상담선생님도 그것을 놓칠 리가 없었다.

"어떤 감정을 느끼든 있는 그대로 받아들이세요. 부끄럽다, 못났다 판단하지 말고. 그냥 그 감정을 관찰하듯 바라보세요. 그래야 그 감정에서 놓여날 수 있어요."

내 감정을 내가 관찰하라고? 상담실을 나와 집으로 향하는 내내 그 생경한 지시가 머릿속을 떠나지 않았다. 당장 화가 머리끝까지 올라왔는데도 구경꾼마냥 내 감정을 관찰하라고? 그게 가능해? 그건 도 닦는 스님이나 할 수 있는 일 아닌가?

좋아, 그렇다면 스님들은 도대체 어떻게 하는지 찾아보자 싶었다. 마침 한창 인기를 얻고 있던 혜민, 법륜 스님부터 바다 건너 일본 스님(고이케 류노스케)의 책까지 뒤적거리며, 내 마음을 관찰한다는 것이, 있는 그대로 받아들인다는 것이 과연 무엇인지 열심히 찾기 시작했다. 모든 책에서는 똑같이 알쏭달쏭한 말을 했다. 네 마음에 감정이란 손님이 방문한 것을 예민하게 알아차려라, 좋은 감정 나쁜 감정이라고 그 감정에 대해서 옳고 그름을 판단하지 마라, 바람처럼 왔던 손님은 올 때처럼 때가 되면 저 혼자 갈 테니 그저 그렇게 흐르도록 가만히 내버려두고 오직 바라만 보아라……

내가 해야 할 훈련은 두 가지로 정리되었다. 첫째, 감정이 일어남을 재빨리 알아채기. 둘째, 그 감정을 가만히 바라보기. 습관적으로 끼어드는 판단(이건 좋은 감정이고 저건 나쁜 감정이라고 분류하는 것)을 차단하는 것도 잊지 말아야 했다. 감정을 알아채라는 말은 무슨 뜻인지 대충 알겠는데, 가만히 바라보라는 말은 도무지 아리송하고 자신이 없었다. 정말 가능한 일일까 의심이 몽실몽실 솟아올랐지만 그래도 무작정 해보기 시작했다. 하루가 시작될 때, 그리고 하루 중 틈틈이 새로운 프로젝트의 지령(!)을 잊지 않도록 반복해서 외우고 또 외웠다.

"마음 알아차리기, 마음 바라보기. 마음 알아차리기, 마음 바라보기!!!"

며칠 암송을 반복하며 바짝 신경을 쓰고 나니, 생각보다 쉽게 감정이 일어나는 순간을 알아챌 수 있었다.

'내가 방금 저지른 실수 때문에 몹시 부끄럽구나!'

'저 사람이 나를 무시하는 건 아닌가 걱정 돼.'

'여러 번 같은 말을 해도 못 알아들어서 짜증나.'

'내가 한 말에 아무런 반응이 없으니까 기분이 나빠.'

그런데 첫 감정을 알아차리자마자 내가 느낀 감정에 대한 이차적인 감정이 자꾸 꼬리를 물고 일어나곤 했다. 많은 생각과 판단이 잽싸게 따라붙었다. 정서를 알아차린 후에는 판단하지 말고 남의 일처럼 관찰을 하라고 했는데, 정작 내 감정을 어떻게 관찰하는 건지는 도무지 이해가 되지 않았다. 궁리 끝에 내가 선택한 방법은, 처음 알아챈 감정을 문장으로 만들어 마음속으로 반복해 읊는 것이었다.

'내가 지금 부끄러워하는구나. 내가 지금 부끄러워하는구나. 내가 지금 부끄러워하는구나……'

숨을 천천히 고르면서, 속도는 최대한 느리게, 흥분된 감정이 고요한 호수처럼 가라앉을 때까지 같은 말을 반복해 보았다. 몇 날 며칠, 수십 번 수백 번……

어느 순간이었을까? 분명한 변화의 시점이 또렷이 기억나진 않는다. 가랑비에 옷 젖듯이 반복된 연습 과정을 거쳐 내 마음 알아차리기의 속도가 눈에 띄게 빨라졌다는 것을 얼마쯤 지난 후에 알았을 뿐이다. '나를 못나게 만드는 감정'이란 존재하지 않는다는 것도 어느새 자연스럽게 받아들이고 있었다.

나는 여전히 아주 멋지고 잘난 사람이 되고 싶다. 하지만 그렇다고 해서 내가 부정적인 감정을 전혀 느끼지 않는다는 의미는 아니다. 누구나 그렇듯 나도 종종 질투나 부끄러움, 분노와 미움으로 마음이 다치기도 하지만, 그 감정에 오랫동안 휩싸이지 않음으로써 매일 조금씩 더 멋진 사람이 될 수 있다는 것을 이제는 안다.

내 감정 상태가 어떤지도 더 뚜렷이 관찰할 수 있었다. 반복적으로 문장을 읊다 보면, 돌풍처럼 나를 몰아세우던 감정들이 서서히 그 힘을 잃어가며 희미해졌다. 불같이 격정적인 감정이 내 몸에 휘몰아쳐도, 칠흑 같은 무기력이 나를 옥죄어 와도, 나 자신에 대한 따스한 믿음을 거두지 않고 묵묵히 시간을 견뎌내면 언제 그랬냐는 듯 감쪽같이 사라지는 것을 이제 충분한 경험으로 안다. 부정적인 감정 때문에 힘들어하는 시간이 예전보다 점점 더 짧아지고 있다.

감정이란 놈은 뙤약볕이 쨍쨍 내리쬐던 한여름 날 예고도 없이 쏟아지는 소나기와 다르지 않다. 갑자기 내린 소나기에 대처하는 현명한 자세는 나무 밑에 몸을 피한 후 쏟아지는 비를 바라보며 비가 그치기를 기다리는 것뿐이다. 그것이 예상치 못한 소나기를 만나더라도 내가 행복해질 수 있는 지혜로운 선택이므로.

● 회사에서 저지른 실수 때문에 며칠 동안 머릿속은 복잡하고 걱정이 가득하다. 반복된 실수 때문에 좀 의기소침해진 것도 사실이다. 그래도 내 맘속에 떠오르는 감정들에 주목하면서 감정에 떠밀려가지 않도록 노력하고 있다. 삶이란 언제나 크고 작은 갈등, 고민, 해결해야 할 문제들이 존재하는 곳이다. 전보다 아주 많이 성숙한 것은 아니지만 다행히도 나는 분명 전과는 다른 질적인 차이를 경험하고 있다. 현실을 수용하고, 있는 그대로의 나를 사랑하고. 타인에게 좋은 기분을 나누기 위해 애쓰고 있는 것은 분명하다.(10월 2일)

● 내가 언제 화를 내는지 알 것 같다. 계획했던 것이 어긋났을 때(특히 타인에 의해서), 시간의 효율성이 무너졌을 때(뭔가 실패하거나 반복될 때, 의미 없이 지나가 버린 시간에 대해 분노한다. 그런데 과연 의미 없이 지나간 시간이란 게 있을까? 도대체 의미 있게 지나간 시간이란 뭘까?), 누군가가 내 말을 안 들어줄 때(자녀, 남편, 타인들)…… 이런 상황에 접할 때마다 정말 화를 내야만 하는 일들인지 화를 멈추고 생각해 봐야 한다.(같은 날)

● 오늘도 결국 갑상선 자극 호르몬 수치 재검을 하지 못했다. 지난주

걸린 감기가 완전히 회복되지 않았다며 의사가 다시 검진을 미뤘기 때문이다. 솔직히 조금 짜증이 났다. 바쁜 시간을 쪼개 왔건만 길바닥에 버려진 시간도, 병원을 오가는 택시비로 버려진 돈도 아까웠다. 그러면서 또 한 번 느꼈다. 내가 이렇게 사소한 일에도 화를 내고 사는구나. 문득 차분하고 느긋한 회사 동료의 얼굴이 떠올랐다. 아마도 그 친구는 이만한 일에는 화를 내지 않겠지? 이만한 일에도 일일이 화를 내고 사는 것은 얼마나 낭비적인가? 문득 남편의 얼굴이 떠오르면서 미안해졌다. 내가 참 화가 많은 사람인데 이 사람 그동안 많이 힘들었겠구나 싶었다. 이런 깨달음에 감사하고, 잘 참아주고 살아준 남편에게도 새삼 감사함이 밀려온다.(같은 날)

행복 워크북 2. 감사 일기

《회복탄력성》의 저자는 독자에게 딱 두 가지만은 잊지 말라고 당부했다. 꾸준한 운동을 하고 감사 일기를 쓰는 것이 바로 그것이다. 그 두 가지 습관이 회복탄력성을 높이기 위한 가장 효과적인 비법이기 때문이다. 행복을 위한 몸과 마음의 기초 체력이 약한 나에게 이보다 안성맞춤인 실천 과제가 있을까? 특히 감사 일기는 매일 실천하기에 큰 부담이 없어서 좋았다. 작은 습관 하나가 긍정적인 마음을 단단히 만들어준다니 속성 다이어트 광고를 접할 때처럼 마음이 혹했다.

감사 일기를 쓰기 시작했다. 매일 밤 잠들기 전, 다섯 개의 감사 목록을 적어 내려갔다. 아침에 눈을 떠 밤까지의 시간 흐름을 따라 만난 사람들, 했던 일, 좋고 싫었던 감정, 나를 들뜨게 혹은 힘들게 했던 생각들을 필름처럼 돌리다 보면 하나둘씩 감사할 거리가 떠올랐다. 며칠 쓰다 보니 이내 재료가 동이 나 한 줄을 쓰기가 힘들기도 했다. 그럴 때면 찬찬히 지금 나와 함께 생활하는 사람들의 얼굴을 떠올렸다. 하나하나 얼굴을 떠올리며 생각하다 보면 미처 알아채지 못했던 감사의 마음이 뒤늦게 떠오르곤 했다.

억지로라도 꾸역꾸역 하루에 다섯 개씩 감사 목록을 쓰기 시작한 것이 어느새 한 달 두 달을 넘고 석 달이 훌쩍 지났다. 바쁠 땐 며칠씩 빼먹기도 했지만 늘 감사하는 마음을 잃지 않았다. 감사 일기를 쓰면서 마음이란 것이 얼마나 단순하고 융통성 없는 녀석인가를 알았다. 하루 다섯 개 감사 목록을 채우려 온통 집중한 마음에는 불평이 비집고 들어설 자리가 점점 줄어들었다. '에너지 보존의 법칙' '질량 보존의 법칙'처럼 '마음자리 보존의 법칙'이란 것도 있는 모양이다. 마음자리의 총량은 변하지 않는다. 감사의 마음이 들어선 만큼 불평의 마음자리는 사라진다! 긍정적인 마음이 커지면서 사소한 일 하나에도 쉽게 우울해지거나 위축되던 감정이 빠르게 정상으로 회복되는 것도 느낄 수 있었다. 분명 회복탄력성이 높아진 것일 게다. 그만큼 행복의 기초 체력도 올라갔으리라. 그뿐만 아니라 감사 일기는 나에게 몇 가지 더 특별한 선물을 주었다.

먼저 가족에게 감사한 마음이 커졌다. 제일 가깝다는 이유로, 사랑한다는 이유로 바라는 것이 많고 잔소리할 게 많았던 남편과 아이들이었다. 가족은 욕심과 집착이 더 많이 생겨서인지 있는 그대로의 모습을 인정하고 사랑하기가 훨씬 더 어렵다. 그래서인지 처음 며칠은 '그나마 이런 건 고맙네'로 시작을 했다. 그러다가 점점 '어? 이런 면이 있었네!' 하는 깨달음으로 변해갔다. 매일 쓰는 감사 일기에는 대상을 바라보는 관점을 바꾸는 힘이 있었다.

• 나에게 이런저런 요구가 적은 남편 덕분에, 나 자신의 일과 관심사에 더 많은 시간을 할애할 수 있다는 것은 어쩌면 감사한 일이다. 말수도 적고 다정다감한 감정 표현이 없어 섭섭한 것도 사실이지만, 반면 요즘처럼 하고 싶은 일이 많을 때 나에게 이런 자유를 허락해 주는 남편이 고맙다.(7월 31일)

• 웬만한 일에 쉽게 성을 내지 않는 남편이 감사하다. 적어도 남편이 먼저 전쟁을 일으키진 않는다.(8월 1일)

• 어제 남편에게 망설이다 보낸 (불평) 메시지를 남편이 어떻게 생각할지 걱정을 했는데, 다행히도 남편이 나의 쓴소리를 달게 받아들인 것 같다. 맘 상해하고 토라졌을까 걱정했는데 그렇지 않고 나름대로 쿨하게 넘

겨주어서 참 감사하다.(8월 7일)

● 어제 남편에게 또 비난을 하고 말았다. 칭찬을 먼저하고 비난은 참
자고 다짐해 봐도 잘 되지 않는다. 어젯밤엔 남편이 주말 내내 가족
과의 계획엔 관심 없고 온통 본인 관심사에만 정신이 쏠린 것 같아
나도 모르게 화가 나서 쏘아붙였다. 남편이 무척 무안해하고 당황하
는 것 같았다. 밤새 마음이 편치 않았다. 그런데 오늘 아침에 보니, 다
행히도 남편은 계속 화가 나 있지는 않아 보인다. 아무 일 없었다는
듯이 오늘 아이들과 무엇을 할지를 물어보면서 외식하러 나가자고
먼저 말을 걸어왔다. 남편이 나의 마음을 오해하지 않고 넘어가서 정
말 다행이고 감사했다.(8월 12일)

● 가족과 춘천 애니메이션박물관에서 즐겁게 시간을 보냈다. 특히
온 가족이 참여한 만화 영화 더빙 체험이 즐거웠다. 남편은 보통 이
런 일을 무척 쑥스러워하고 싫어하는 편인데, 오늘은 웬일인지 흔쾌
히 참여해 주었다. 아이들과 나를 위하며 노력해 주는 모습에 감사하
다.(8월 19일)

● 아이들 아빠가 엊그제는 애니메이션 녹음에 기꺼이 참여하더니, 오
늘은 나보다 일찍 퇴근해서 아이에게 책을 세 권이나 읽어줬다고 한
다. 작은 노력들을 해가고 있는 남편에게 감사하다.(8월 21일)

● 남편이 요즘 말 한마디를 해도 좀 더 나를 배려하는 모습이다. 변화하려 노력하는 그가 감사하다.(8월 26일)

● 남편이 요즘처럼만 하면 불만스러워할 게 없을 것 같다. 나도 남편을 위해 뭔가를 해야겠다.(8월 27일)

● 오늘은 큰아이에게 한 번도 큰소리를 내지 않았다.(물론 잔소리를 한마디도 하지 않을 수는 없었다.) 잠자리에서 아이와 나는 서로를 칭찬하며 기뻐했다. 아이도 엄마에게 혼나지 않고 넘어간 하루를 스스로 대견해했다. 요즘 부쩍 말다툼이 심해진 아이와의 관계 때문에 우울했는데 오늘은 정말 감사하고 또 감사한 하루다.(7월 30일)

● 큰아이랑 수학 문제집을 풀었는데, 어려워하며 잘 풀지 못했다. 아이도 자신의 실력에 속이 상한지 "죽고 싶다"는 말을 내뱉었다. 아이의 극단적인 표현에 조금 놀랐지만, 당황하지 않고 아이를 천천히 잘 타일렀다. 엄마도 잘 못하는 것이 있고, 그럴 때마다 실망하게 되지만, 다시 마음을 다잡고 노력한다는 얘기를 해주었다. 한참 대화 끝에 아이가 다시 용기를 내 문제 풀기에 성공했다. 아이가 내 말을 이해해 주고 잘 따라와 줘서 감사하다.(8월 4일)

● 작은아이가 요즘 부쩍 명랑하게 잘 까분다. 심하게 내향적이고 소심한

편이라 늘 걱정했는데, 자랄수록 조금씩 더 밝아지는 것 같다. 행복하고 감사하다.(8월 10일)

● 큰아이의 마음 씀씀이가 참 예쁘다. 엄마의 건강을 걱정해 주는 아이가 정말 고맙다. 이렇게 예쁘고도 마음 따뜻한 아이를 자식으로 만난 일은 감사하고 또 감사한 일이다.(8월 16일)

● 작은아이도 글 쓰는 재주가 있나 보다. 아이가 이제 제법 일기를 재미나게 쓴다. 여러 가지로 재능을 보여주고 기쁨을 주는 아이들이 참 감사하다.(8월 26일)

● 아이들과 대화를 하면 참 재미있다. 이렇게 유쾌하고 예쁘고 깜찍한 녀석들이 내 딸이라니 정말 감사하고 감사한 일이다. 아이들의 밝은 미소가 사랑스럽다.(8월 31일)

사소한 일상에 감사하기

최소 다섯 개, 일정 기간 꾸준히 감사 일기를 쓰다 보면 며칠이 안 되어 금방 밑천이 드러나게 마련이다. 마술 같은 변화가 바로 그때 일어난다. 평범한 일상 속에 감사할 거리가 곳곳에 숨어 있음을 알게 되기 때문이다. 감사 일기를 쓰면서 그다지 특별할 것 없는 작은 일에도 수시로 감사하게 되었다. 가랑잎 쌓이듯 감사 일기 쓰는 습관이 쌓이면서 내가 갖지 못한 것을 한탄하기보다 내가 가진 것에 대해서, 내가 겪은 어려움을 탓하기보다 내가 겪지 않은 어려움에 대해서 감사할 줄 알게 되었다.

● 감당하기 힘든 스트레스 없이 평온하게 지나간 하루가 감사하다. 뉴스나 책을 보면 견디기 힘든 슬픈 사건들이 너무 많다. 나에게 이런 평안한 하루가 허락되었다는 것이 감사하고 감사할 따름이다.(8월 2일)

● 더워도 너무 덥다. 저녁이 되어도, 새벽이 되어도 숨이 턱턱 막혀서 잠 못 이룰 지경의 더위가 벌써 열흘째다. 하지만 안심하고 창을 열어놓을 수 있는 고층 아파트에 살고 있고, 집에 에어컨도 있으며(웬만해서 잘 켜지는 않지만), 정 힘들면 시원한 음식점에 가서 잠시나마 더위를 피할 수 있는 경제적 여유가 허락되는 삶이 매우 감사하다. 그렇지 못한 사람들에게 미안해지는 나날들이다.(8월 5일)

● 이 나이가 되도록 별로 이룬 것도 쌓아둔 것도 없어서 창피하다고 생각했다. 그런데 오늘 문득, 가진 것이 없으니 애써 지킬 것도 없고, 그래서 뭐든 맘을 먹으면 새롭게 시작할 수 있겠다는 희망(!)적인 생각이 떠올랐다. 날 때부터 회사 후계자로 길러진 지인이 떠올랐다. 지켜야 할 것이 많은 그의 인생이 어쩐지 안쓰럽다.(그가 들으면 어이없어하려나?) 유목민처럼 살아야겠다. 언제든지 휘리릭 짐을 싸서 떠날 수 있는 유목민의 자

세를 배워야겠다. 지금의 이 단출함은 정말 감사한 일이다.(8월 6일)

● 오늘이 내가 세상에서 살아온 모든 날보다 가장 훌륭하고! 가장 안정되고! 가장 발전된! 날이라는 것을 깨달았다. 매일매일 어제보다 나은 삶을 살고 있으니 난 정말 행복한 사람이 아닌가?!(8월 6일)

● 날씨가 그새 많이 선선해졌다. 감사하다.(8월 10일)

● 퇴근하고 노곤한 몸을 소파에 의지한 채 올림픽 경기를 즐길 수 있는 이 여유가 감사하다.(8월 10일)

● 흰머리를 염색했더니 감쪽같다. 흰머리가 자랄 때마다 내가 늙었다는 것을 떠올리게 되어 몹시 우울해졌었다. 그런데 이렇게 염색을 하면 (나조차) 감쪽같이 잊을 수 있으니 얼마나 다행인가! 게다가 난 아직 눈가 주름이나 몸의 군살이 심하지 않다. 관리에 소홀했던 것에 비해 아직 젊음을 유지하는 나의 신체 조건에 감사한다.(8월 12일)

● 비가 주룩주룩 온다. 시원한 기분이 든다. 집 안에서 듣는 빗소리는 참 듣기 좋다. 왠지 우수에 젖는 기분도 들고…… 집 안에서 빗소리를 듣고 있는 지금, 감사 일기를 쓰고 있는 지금 이 순간이 좋다.(8월 21일)

감사할 항목에 '나 자신에 대한 칭찬과 감사'를 빠뜨리지 않기를 꼭 권하고 싶다. 칭찬은 고래도 춤추게 한다기에 가족, 동료, 친구 들에게는 칭찬과 감사의 말을 한마디라도 더하려 애써왔지만 정작 나는 칭찬에 목마른 삶을 살고 있었다. 좀 더 멋진 사람이 되고 싶어 부족한 면만을 채찍질하느라 스스로를 칭찬하고 감사할 줄 모르며 살았다. 어처구니없게도 내가 나를 가장 외롭고 힘들게 한 것이다. 매일 나 자신의 기특한 면, 예쁜 구석, 감사할 일을 찾아 적었다. 내가 나에게 하는 응원과 격려는 감정적으로 나를 단단하게 잡아주는 힘이 있었다.

• 아이들과 남편에게 무심코 짜증과 화를 내다가도 그런 실수를 하는 순간을 바로 알아차리고 있다. 비록 그런 순간이 오면 속으로는 부끄러워 화끈거리지만, 실수를 알아차리는 순간 더 이상의 진전을 멈출 수 있다. 느리지만 감사한 변화이다.(8월 6일)

• 다른 사람과의 관계에서 여전히 두려움과 걱정이 있긴 하지만, 이전보다 의연하게 대처하는 나를 느낀다. 오늘도 타인의 부정적인 평가에 기분이 별로 좋지 않았지만, 비교적 잘 마인드 컨트롤하고 있다. 계속 발전중이다.(8월 11일)

• 언제부터인가 책을 읽을 때, 책이 전하는 메시지를 직접 '실천'하려고

좀 더 신경을 쓰고 있다. 책의 중요한 키워드를 계속 생각하다 보면 잊지 않고 더 노력하게 된다. 앞으로 내가 읽은 것들을 직접 몸으로 실천하며 그것을 스스로 입증해 나아갈 것이다.(8월 11일)

● 소크라테스도 행동하지 않는 것은 아는 것이 아니라 했고, 공자도 배운 것을 실천하지 않으면 새로운 것을 배우지 말라고 했다. 2천 년이 지나도 존경받는 두 성인은 어쩌면 이렇게 같은 말을 했을까? 나는 요즘 책을 읽으면서 이 경구를 놓치지 않으려고 애쓰고, 반드시 실천해야 할 것들을 정리하며 하나둘씩 실천에 옮기고 있다. 감사 일기도 그것 중 하나이고, 드디어 운동을 실천하기 위해서 헬스 클럽도 등록하려 한다. 화를 내지 않는 훈련도 마찬가지다. 매일 조금씩 나아지고 있는 내 모습에 감사한다.(8월 12일)

● 며칠째 우울한 마음이 들지만 그런대로 감정 컨트롤을 잘하고 있다. 부정적인 평가에 휘둘리지 않으려고 노력중이다. 오늘 상사와의 대화, 동료의 피드백이 계속 나를 힘들게 하지만, 감사 일기를 쓰고, 운동을 시작하고, 믿을 만한 사람에게 힘든 감정을 털어놓는 시도들로 극복하고 있다. 힘든 시간이지만, 그래도 견딜 만해서 다행이다. 어려움을 딛고 성장할 수 있을 만큼만 다가오는 시련이 오히려 감사하다. 내가 더 늙어서 화석처럼 단단히 굳어지기 전에 이런 어려움을 겪는 것은 정말 감사한 일이다.(8월 13일)

● 오늘 작지만 다른 사람들에게 관심을 보이는 노력을 해봤다. 세 명의 동료 부장들에게 스몰 토크Small Talk(경직되고 어색한 분위기를 부드럽게 풀어주기 위한 대화)하기. 매일 작지만 조금씩 노력해 보려고 한다. 나에게 쏠린 관심을 주변으로 돌리는 것이 나의 긍정성과 인간 관계를 강화해 줄 것이라 믿는다. 오늘 하루도 작은 노력을 시도할 수 있어서 기쁘고 감사하다.(8월 13일)

● 직장 생활에 위기가 왔다. 그런데 이상한 것은 이 상황을 대하는 나의 태도가 이전보다 조금은 덜 심각하다는 것. 무엇이 원인인지 모르겠지만 여하튼 '무대뽀' 정신이 늘어난 것은 분명하다. 케세라 세라(될 대로 되라), 아름다운 인생이여~(8월 20일)

● 내 말투나 행동에 대한 알아챔이 빨라지고 타인과의 대화에서도 감정 컨트롤이 더 잘된다. 나는 분명 발전하고 있다.(8월 20일)

● 오늘 22일째 감사 일기를 쓰고 있다. 물론 중간에 실패한 날도 있었지만, 며칠 실패했다고 실망하지 않고 다시 시작하고 있다. 살아있는 동안 감사하고 행복하게 살고 싶다. 평생 이 노력을 잊지 않을 거다.(8월 26일)

<u>모두에게 감사하기</u>

매일 만나는 많은 사람들에게 기분 좋은 에너지와 대가 없는 도움을

꽤 많이 받으며 살면서도 그것들이 소소한 일상 속에 스며든 탓에 미처 깨닫지 못하고 살았다. 한 명 한 명 짚어가며 감사의 마음을 적어보니, 내 주변에 참 좋은 사람들이 많음을 알 수 있었다. 일일이 그들에게 마음을 표현하지 못했지만 다음번 그들을 다시 만날 때 그들을 바라보는 내 눈빛이 더욱 따뜻해질 것을 잘 안다.

● 팀원들이 각자 자기 일을 잘해주고 있어서 큰 힘이 된다. 이토록 성실하고 뛰어나고 마음 착한 팀원들이 있어서 감사하다.(8월 7일)

● 피곤한 마음으로 돌아오면 아무것도 하기 싫은데, 다행히 이모할머니가 밥도 챙겨주시고 아이들도 돌봐주셔서 큰 도움이 된다. 가정 일을 살뜰히 돌봐주는 사람이 곁에 있어 참 고맙고 감사하다.(8월 7일)

● 세미나에서 일흔이 넘은 나이에도 자신의 분야에서 왕성한 에너지로 일을 하고 있는 앤 코치를 만났다. 일흔이란 나이에 어떻게 살아가야 할지 좋은 본을 보여주는 사람이다. 그분의 이미지를 머릿속에 담아두면서 나도 그분처럼 늙어가야겠다. 좋은 롤 모델을 만나서 감사하다.(8월 17일)

● 언니와 함께 뮤지컬을 봤다. 나의 고민, 언니의 고민을 털어놓고 서로 들어주면서 함께 좋아하는 공연도 보니 참 좋았다. 언니와 내가

공유할 수 있는 관심사가 있어서 다행이다. 세상에 언니라는 핏줄이 있는 것은 참 감사한 일이다.(8월 21일)

● 건강하고, 자립심이 강하고, 나에게 무한한 도움을 주시는 엄마가 있어 참 감사하다.(8월 25일)

● 회사의 한 임원분과 저녁을 먹었다. 내가 느끼는 고민과 감정을 털어 놓았는데 여러 가지 진심 어린 조언을 해주셨다. 사람의 성장에 대한 깊은 관심, 존경하는 작가와 즐겨 읽는 책이 비슷하다는 점을 서로 알게 되었다. 그분과 한 걸음 더 가까워진 것 같아서 좋았다. 무엇보다 나를 위해 기꺼이 시간을 내어주신 그분께 감사드린다.(8월 30일)

감사 일기를 쓰는 동안도 좋았지만, 되짚어 읽어보며 이렇게 정리하는 시간도 참 좋다. 그때 느낀 감사의 마음이 다시 한 번 되살아나고, 잡초처럼 끈질기게 고개를 내밀던 불평의 마음이 슬며시 꼬리를 감춘다. 요즘은 가까운 친구들에게도 감사 일기를 권하곤 한다. 나와 비슷한 시기에 함께 감사 일기를 시작한 한 친구는 요즘은 아이들과 함께 오늘의 감사 목록을 나누는 대화로 매일 밤을 마감한단다. 덕분에 자신이 감정적으로 이전보다 훨씬 안정되었음을 확실히 느낀다고 했다. 이야기를 하는 친구의 얼굴이 평온함과 생기로 한층 반짝거렸다.

감사 일기, 누구에게나 자신 있게 권할 수 있는 가장 간단하고도 효과

적인 행복 습관이다. 단 매일 다섯 개씩 2개월 이상 꾸준한 진행이 필
수라는 사실!

행복은 매일 한 걸음씩 다가온다

스톱! 행복을 부르는 빨간 신호등

행복 실험 이후 내 삶에 일어난 변화 중 가장 좋은 것은, 시시때때
로 벼랑 끝으로 질주하던 감정에 브레이크를 걸 줄 알게 되었다는 점
이다. 물론 아직 제어 기술이 그다지 능숙한 편은 아니다. 운전면허증
에 잉크도 채 마르지 않은 초보 운전자에 비유하면 좋을까?

언제나처럼 일상에선 크고 작은 사건, 타인과의 갈등이 예고도 없
이 불쑥 찾아온다. 그때마다 긴장, 두려움, 화, 우울, 짜증 같은 불행한
감정 속으로 풍덩 빠지는 것도 마찬가지다. 그렇긴 하나 이전과 지금
사이에 아주 작아 보여도 차이 나는 것이 하나 있다. 감정의 나락으
로 자빠지는 순간, 정신이 번쩍 든다는 것이다.

'앗! 지금 내 마음속에 화가 찾아왔구나.'

일단 알아차린 후엔 그 감정을 가만히 바라본다. 판단이나 조급한
마음을 내려두고 가만히 바라보고 있노라면 감정이란 놈은 바비킴의
히트곡 〈사랑 그놈〉의 가사와 똑같이 "제멋대로 왔다가 자기 맘대로
떠나"고, "왔을 때처럼 아무 말도 없이 떠나"갔다.

'알아차리고 바라보기'의 반복적인 경험이 낙숫물처럼 쌓이자 내

마음에 찾아온 감정과 내가 하나가 아니라 분리될 수 있다는 사실을 비로소 이해하게 되었다.(바로 이 부분이 스스로 직접 체험하기 전에 남의 글로만 읽을 때는 도무지 이해하기 힘든 부분일 게다.) 감정의 소용돌이에서 자유로워진 나를 발견하는 순간이었다. 물론 개중에는 쉽게 가라앉지 않고 마음속에서 두고두고 거친 풍랑을 일으키는 격한 감정도 있다. 그럴 땐 가만히 속으로 두 가지 선택을 읊조린다.

'이 감정 속으로 계속 치달을까? 아니면 여기서 그만 멈출까?'

신기하게도 대부분의 경우 '여기서 그만 멈추기'를 선택한다. 행복한 삶을 원한다면 어떤 선택이 더 유리한지 이젠 아주 잘 알기 때문이다. 마땅히 화를 내야 한다고 믿었던 많은 상황들에서, 감정에 휩쓸린 나 자신을 알아차리고 관찰하는 순간 다른 시각이 열렸다. 다른 눈으로 바라보니 '절대로' '반드시' '100퍼센트' 화를 내야만 하는 상황이란 건 그렇게 많지 않았다. 알아차리고 "스톱!"을 외치는 것 하나로 일상을 곰팡이처럼 좀먹던 불행의 그림자를 한 움큼 걷어낼 수 있었다. 걷어진 그림자만큼 더 행복해졌다.

'현재'라는 이름의 행복에 머물다

긍정심리학자들이 구분하는 삶의 유형에 따르면 나는 '성취주의자'에 해당하는 사람이었다. 성취주의자는 미래에 달성해야 할 목표와 성취를 위해 현재의 즐거움을 참으며 희생하는 사람이다.(탈 벤 샤하르, 《해피어》) 성취주의자의 맹점은 항상 다음 목표를 좇으며 현재 마땅히 누릴 수 있는 행복을 외면한다는 것이다. 내가 꼭 그랬다. 좋은 대학, 좋은 직장, 승진과 성공, 자녀 교육과 부모님 생계, 노후 준비라는 끊임없는 목표들에 눈이 묶여 현재에 놓인 행복의 순간들을 보지 못했다. 평생 동안 내 마음은 현재에 머문 적이 드물었다. 언제나 한 발씩 미래로 나아가 있었다.

그런데 순간의 감정을 알아차리고, 오늘 하루의 감사한 일을 돌아보는 훈련들이 미래에 대한 걱정과 불안으로 가득하던 나의 마음을 '지금 이 순간'으로 끌어왔다. 불행한 감정을 멈추기 위해 알아차림을 연습하다 보니, 작고 섬세해서 무심코 지나쳐왔던 행복한 감정의 순간들을 포착하는 감각도 민감하게 살아났다. 하루 다섯 개의 감사 목록을 찾아나서는 사냥도 일상의 더 낮은 부분까지 밀착하여 세밀하게 스캔하는 습관을 몸에 배게 만들었다.

바쁘고 시간이 없어서 즐기지 못한다고 생각했던 일상의 아름다움과 행복감을 음미하는 데는 실상 하루 5분, 10분이면 충분했다. 일곱 살 딸아이의 보드랍고 조그만 손이 옆구리를 파고들어 나의 배를 스쳐가는 짧은 순간도 놓치지 않고 바라보면, '아! 세상에 이렇게 눈물나게 따뜻한 위로가 있을까?' 두 눈에 눈물이 왈칵 고일 만큼 감동적인 순간이 되곤 했다. 아이의 따스한 손이 내 몸을 감싸고 지나간 시간은 불과 10초도 안 되는 찰나지만, 아이의 사랑이 내게 전해지는 순간을 '멈추고 바라봄'으로써 세상 속에서 쌓인 하루의 피로가 봄눈 녹듯 사라지곤 했다. 멈추고 바라보는 대상이 반드시 아이처럼 특별한 애정의 대상이어야 하는 것도 아니었다. 눈앞에 있는 그 어떤 대상이라도 관심을 가지고 온 마음으로 집중하면 나는 온전히 '지금 이 순간'에 머물 수 있었다.

● 햇볕이 따사롭게 찾아온 베란다로 발길이 향했다. 올망졸망한 화분들이 게으름을 피우며 따사로운 햇살을 즐기고 있었다. 화분들 옆에 나도 화분인 양 자리 잡고 앉았다. 아니, 아니지. 나는야, 햇볕을 즐기는 철학자 디오게네스! 베란다 창문 너머 뭉실뭉실 피어오른 구름과 봄 하늘, 파도처럼 하얗게 부서지는 햇살을 즐기다 나란히 일광욕을 즐기는 화분으로 시선을 옮겼다.

집에서 키우는 화분들도 이모할머니가 다 돌봐주시는 덕분에 화분에 물도 한 번 줘본 기억이 없다. 당연히 유심히 쳐다본 적도 없었다. 그냥 식물이고 화분이거니 했더니만 며칠 전 큰아이 학교 숙제 때문에 사온 '바이올렛'을 빼고는 이름도 모르겠다. 음…… 할 수 없이, 화분 1, 화분 2, 화분 3이라고 불러야겠다.

하나하나 잎을 만져보았더니 놀랍게도 화분마다 잎의 촉감이 달랐다. 바이올렛은 겨울 커튼 재료로 쓰이는 융처럼 폭신폭신했고, 화분 1은 말랑말랑한 것이 꼭 고무 같았다. 화분 2의 잎은 야들야들한 게 둘째아이 엉덩이처럼 보드라웠다. 와우! 끝내주게 환상적인 촉감이다. 가만히 들여다보니, 화분 3에서는 미처 알아채지 못했던 새순이 가지 끝 여기저기서 바늘처럼 솟아 있다. 새끼손톱만큼 작게 피운 꽃잎 하나는 마치 입술연지

를 바르고 휴지에 찍어낸 듯 새초롬한 입술 모양이다. 요 이쁜 녀석들.(3월 23일)

따뜻한 위로와 촌철살인의 가르침으로 존경받는 스님들이 공통적으로 하시던 그 말씀, "지금 이 순간을 살아라"는 말에 담긴 일상적 의미가 무엇인지 이제 알겠다. 망상으로 흔들리는 나의 마음을 알아차릴 때마다 잠시 멈춘다. 그리고 지금 내 눈 앞에, 나와 함께 시공간을 함께하고 있는 것에 온 마음을 다해 집중해 본다. 과거에 대한 부질없는 후회와 미래에 대한 근거 없는 불안에 마음과 생각을 묶어두던 몹쓸 버릇이 더딘 걸음이나마 조금씩 사라지고 있다.

하루 중 가장 많은 시간을 보내면서도 온갖 불행의 원천이었던 직장에서도 이 방법은 효과적이다. 상사의 짜증 섞인 핀잔과 호통, 동료간의 잦은 오해와 상처 그리고 무관심, 존중은커녕 거침없는 무례함, 끝도 없이 쏟아지는 과중한 목표, 치열한 경쟁, 낙오와 잔류를 가르는 상대적이고 냉정한 평가…… '당장 직장을 때려치우고 싶은 101가지 이유'는 어제도 오늘도 내일도 변함없이 잡초처럼 무성하게 피어오를 게다. 하지만 그렇게 남을 탓하고 상처타령만 하는 사이 행복은 저만큼 멀어져가고 만다. 일터에서도 따뜻한 눈으로 멈추고 바라보는 노력이 필요하다.

빈틈없이 이어지는 업무와 회의 시간중에 정신없이 목으로 쏟아붓던 커피 한 잔도 이젠 정성스럽게 다린 약차를 마주하듯 오감으로 느껴본다. 머그잔 너머로 전해지는 따뜻한 온기와 코끝으로 스며드는 은은한 커피향이 어수선하고 조급해진 마음의 속도를 가만히 늦춰준다. '그래, 그렇게 조바심 낼 일이 아니야.' 사무실 창틈으로 스며드는 상쾌한 산들바람이 내게 속삭이는 것 같다.

빵 한 조각, 과자 한 봉지를 풀어놓고 동료들과 가벼운 넋두리, 시시콜콜한 농담 몇 마디를 주고받는 잠깐의 휴식도 마음을 다른 곳으로 빼앗기지 않고 온전히 집중하면 그것으로도 충분한 힐링이 되었다. 서로의 눈과 눈을 마주치고 사소한 먹을 것도 아낌없이 나눠 먹으며 동료의 대단할 것 없는 이야기에 활짝 웃음꽃을 피우는 것만으로도 불쾌함, 두려움, 불안에 빼앗겼던 마음이 어느새 현재로 돌아와 있었다. 부처는 절에만 계신 게 아니라 산에도 들에도 논두렁에도 계신다는 법륜 스님의 말씀이 명징하게 다가온다. '지금 이 순간'에 머무는 것이 다름 아닌 행복의 순간에 머무는 것이다.

내 마음을 알아주니, 남의 마음도 보이네

남편은 내가 너무 예민하다고 종종 불평한다. 인정하기 싫지만 어느 정도는 사실이다. 나는 상대의 말투나 표정, 말의 속도와 목소리 톤의 변화, 시선 처리 하나에서도 상대의 감정 변화를 민감하게 알아차린다. 잘만 활용하면 대인 관계 측면에선 그건 좋은 능력에 속한다. 그러나 내가 그것을 지혜롭게 활용하지 못하는 게 늘 문제였다.

관계 속에서 상대가 느끼는 짜증, 불만, 귀찮음, 노여움, 무관심 하나

하나에 나는 필요 이상으로 속상해하고 위축되고 서러워했다. 대범하고 품이 넉넉한 사람이 되고 싶었던 나는 내 안에서 올라오는 이런 소심하고 나약한 마음 또한 무척 싫었다. 겉으로 태연한 척 애써 무시하고 외면했다. 하지만 해결하지 않은 채 대충 뭉개어 눌러둔 마음의 상처는 나를 무안하고 당황하고 억울하게 만든 상대를 향한 원망으로 슬그머니 변했다. 저 사람은 왜, 나를 이렇게 힘들게 하는가! 누군가와의 관계 맺음이 피곤한 일이 되고 때론 두려움이 되기도 했다. 남편이, 동료가, 엄마가, 친구가 이따금 날선 종이가 되어 나를 베는 것만 같았다.

마음의 소리에 귀 기울이니 상대의 감정과 행동에 탁구공처럼 반사적으로 튀어 오르던 내 감정이 보였다. 무안한 나, 당황한 나, 부끄러운 나, 억울한 나, 서운한 나, 빈정이 상해버린 나…… 이전처럼 서둘러 아픈 감정들을 추스르려고 노력하지 않았다. '나 지금 이렇게 아프구나' 하고 바라보았을 뿐이다. 그러던 중 조금 거리를 두고 떨어져서 나의 감정을 바라본다는 것이 단순히 관조만이 아니라는 것을 알게 되었다. 그것은 마치 누군가 조용히 손수건과 물 한 잔을 준비해와 가만히 옆에 있어주는 것과 같은, 따뜻한 위로가 되곤 했다.

'너 지금 많이 아픈 게로구나. 이리 오렴, 내가 안아줄게.'

내 마음을 먼저 안아주고 나니 타인을 향한 노여움이 스스로 가라앉았다. 부족하고 서투른 어린 내 마음을 이해하니, 나약하고 위로받고 싶은 남의 마음을 이해하는 폭이 조금 더 넓어졌다. 대개의 경우

그들의 찌푸린 얼굴과 높은 톤의 목소리, 거친 숨소리가 나에 대한 실망,
비난과 분노를 의미하는 것이 아니었는데도 종종 그렇게 내 멋대로 곡해
해 왔다. 설령 그들의 부정적 감정의 타깃이 나라 한들, 그 감정의 책임을
온전히 내가 다 짊어져야 할 필요가 없음을 깨닫고 나니 마음이 한결 편
해졌다.

다른 사람을 할퀴지 않으면서도 내 마음의 상처를 드러내는 일이 가능해졌다. 섭섭했던 감정을 털어놓으니 진흙탕처럼 혼탁했던 마음의 앙금도 사라졌다. 앙금이 사라진 텅 빈 마음엔 감사와 칭찬이 스며들면서 이전엔 보이지 않던 상대의 좋은 점도 하나둘씩 보였다. 나와 많이 달라서 사사건건 불편했던 그들이, 내겐 너무 부족했던 점들을 요모조모 보완해 주는 고마운 사람으로 보이기 시작했다. 관계에 대한 긴장과 두려움이 그렇게 조금씩 줄어가고 있다.

나는 정말 더 오게네스를 꿈꾸는 걸까?

마음의 소리에 한층 예민해진 감각은 '게으름과 나태의 유혹'이라 치부하며 억눌러왔던 '휴식과 놀이에 대한 절절한 욕구'마저도 깊은 겨울잠에서 깨워냈다. '생존하는 인간'에서 '노는 인간'으로 다시 태어나고 싶어졌다. 이전에 없던 행동을 하기 시작했다. 조금은 무절제하게, 가끔은 즉흥적으로, 잘하지 못할 것이 뻔한데도 해보고 싶다는 이유로 손을 번쩍 들어본다. 말하자면 이젠 나 스스로에게 그리 엄격하지 않게 살려고 노력중이다. 안간힘을 쓰며 지키려 노력했던 완벽한 모습은 많이 무너졌지만 스스로 묶어두었던 경계를 무너뜨리면서 삶은 좀 더 다이내믹하고 풍성해졌다. '결정적 한 방'은 없지만, 깨알 같은 재미가 많아졌다.

하지만 이전의 성공과 행복의 기준에선 점점 더 멀어져가는 것만 같다. 솔직히 아직 나는 이 점이 몹시 불안하다. 일중독과 네트워크,

스펙 쌓기에 매몰되었던 삶에서 멀어진 만큼, 사회적 지위와 돈, 세속적 성공도 저만큼 멀어져간다. 내가 정말 세상의 인정을 갈구하지 않는 삶을 살 수 있을까? 누군가의 성공 소식에 은근한 질투의 밤을 지새우지 않을 수 있을까? 하다못해 소유와 안정(돈!)에 대한 끊임없는 불안감에서 벗어날 수는 있을까?

알렉산더 대왕에게 "다 필요 없으니, 햇빛 가리지 말고 저리 좀 비켜줄래?"라고 내뱉을 수 있는 디오게네스의 당당한 자유, 그의 작고 단순한 행복이 부럽다지만, 그 화려한 일화에 가린 나머지 99.999999퍼센트의 단순하고 소박한 삶, 사람들의 존경과 주목을 받지 않는 디오게네스의 삶이 과연 내가 정말 원하는 삶인지 아직은 잘 모르겠다. 냉담한 속물근성(알랭 드 보통, 《불안》)이 지배하는 사회에서 속물이 아닌 모습으로 살아가는 것은 외롭고 불안한 곡예일 수밖에 없다. 나다운 행복한 삶의 길에서 아직 풀지 못한 과제가 이렇게 내 앞에 남아 있다.

대단할 것 하나 없는 소박한 행복 실험에 기대어, 그래도 누군가가 내게 단 하나의 행복 비법을 묻는다면, "'어떻게 하면 더 행복해질까?'라는 질문을 단 하루도 잊지 말고 가슴에 품으라고 답하고 싶다. 아는 만큼 보이고 생각한 만큼 알게 되는 법이다. 무엇이든 많이 생각하고 많이 고민해 봐야 그것에 한층 더 가까워지는 것 같다.

행복도 마찬가지다. '행복'이란 주제를 가슴속에 담고 지내온 시간만큼 행복은 더 일상적이고 더 실제적인 제 민낯을 내게 보여주었다. 어떤 날은 장문의 일기를 쓰고, 어떤 날은 스마트폰의 메모장에 적어둔 짧은 한 줄에 불과했지만 그것으로도 충분했다. 그 누구의 행복도 아닌 나 자신의 행복에 대한 단서들이 수북하게 쌓일수록 행복으로 가는 길이 점점 뚜렷해졌다. 오늘은 내일보다 조금 더 행복하겠다고 결심하고, 오늘의 행복 노트를 적는 간단한 실천만으로도 행복은 실재가 되어 나에게 걸어온다.

"진심으로 행복해지길 원한다면 적극적으로 노력해야 한다.
불행으로 가는 길은 쉽지만(아무것도 하지 않으면 된다)
행복으로 가는 길은 쉽지 않기 때문이다."
— 탈 벤 샤하르, 《해피어》

나만의 행복 코드를 찾다

일지의 시작: 깨알 기분 일지

행복에 대한 30일 일지를 쓰기로 결정했을 때, 내 머릿속에는 바로 얼마 전에 읽은 《돈 한 푼 안 쓰고 1년 살기》라는 책의 프롤로그 부분이 떠올랐다. 영국의 어느 젊은이가 제목 그대로 한 해 동안 돈 한 푼 없이 살아낸 이야기를 담은 책이었다.

나는 퇴직한 후 벌이는 거의 없이 공부한답시고 돈만 쓰는 생활이 지속되면서 슬쩍슬쩍 불안한 마음이 엄습할 때가 있었다. 불안에 대한 촉수가 민감한 내게 행복을 위한 기본 조건은 의식주의 안정이었고, 그것은 바로 '돈'과 연결된 것이어서 마음이 늘 편치 않았다. 자본주의 사회에서 살아가는 누군가가 돈 한 푼 쓰지 않고 1년을 살아냈다는 것을 확인하고 나면 내 마음이 좀 편해질 듯싶기도 했다. 또 그런 범상치 않은 야무진 다짐을 한 사람의 일상은 평범한 우리와 뭔가 다를 것 같은 기대감도 있었다.

그런 마음으로 펼친 책의 프롤로그는 그 젊은이가 '아무것도 사지 않는 날'을 시작하기 전날 밤 상황을 거의 분 단위로 깨알같이 묘사하는 것으로 시작하고 있었다. 낱낱이 묘사해 놓은 일상에서, 그는 뜻밖에도 우리와 다를 바 없이 실수도 하고 짜증나는 상황에서 화를 내기도 하는 평범한 사람이었다. 하지만 그 평범함을 확인한 바로 그 순간 나는 좀 더 현실적인 관점에서 돈 한 푼 쓰지 않고 살아갈 그의 앞날에 본격적으로 관심을 가지기 시작했다. 그가 어떻게 하루하루를 살아갈지에 마음이 쏠렸다. 그가 해낸다면 나도 해낼 수 있고 그가 좌절한다면 나도 좌절할 것 같았다.

그래, '일지'라면 이런 느낌을 줄 수 있어야지. 나는 행복 일지를 그 프롤로그처럼 쓰고 싶어졌다. 내게 큰 인상을 남긴 그것처럼, 하루 일상을 낱낱이 펼쳐 내가 접하는 사건들이 어떤 감정을 불러일으키는지 잡아채고 싶었다. 그 감정들 중에 행복하게 여겨지는 것들을 모으면 나만의 '행복 코드'가 될 것 같았다. 워낙 머리로 생각하고 분석하며 따지기에 익숙하다 보니 있는 그대로의 감정을 자주 놓칠지도 모를 일이고, 어쩌면 의외의 장면에서 행복을 느낄지도 모를 일이었다. 평소의 나는 행복한 기분일 때가 많을까 그렇지 않을 때가 많을

까도 궁금해졌다.

여러 가지 마음이 뒤섞인 가운데 나의 30일 행복 일지는 분 단위로 펼쳐지는 일상의 모든 사건에 대한 내 기분을 관찰하는 것으로 시작되었다.

행복 일지 1일째

● 기상. 역시나 아이들이 등교한 후다. 전날 새벽 4시 넘게 〈세븐 시즈 7SEEDS〉라는 만화를 보다가 늦게 잠들었던 탓이다. 오늘은 건강 검진하는 날. 피를 뽑고, 위내시경하고, 자궁암 검사 등 몸에 이것저것 들이댈 생각을 하니 착잡하다. 드디어 그날이 오긴 왔네.(8시 40분)

● 건강 검진하러 가다. 엎어지면 코 닿을 거리에 검진 병원이 있는 게 고맙다. 오늘도 좋은 날씨. **순간적으로 상쾌하고 행복한 기분**이 들었던 것이 가까운 거리에 병원이 있는 것 때문인지, **좋은 날씨** 때문인지 잠시 헷갈린다.(9시)

● 마지막으로 위내시경하는 시간. 5년 전에 한 번 해본 게 다인데……힘들었지만 할 만하다 싶은 생각에, 그리고 내 의지와는 상관없이 수면 주사를 맞고 의식을 잃는 것에 대한 거부감, 빨리 끝내버릴 수 있다는 점 등등 여러 가지 때문에 고민하다 일반 내시경을 청했는데 드디어 그 시간이 다가왔다. 아주 작은 종이컵에 무슨 물약을 가져와서 마시라고 한

다. 다 마시니까 다른 약을 부어주며 마저 마시라고 한다.(10시 30분)

- 진료실로 들어가니 목청이 보이도록 입을 크게 벌리란다. 목을 마
취한다고 분무기 같은 것에 담긴 약을 칙칙 뿌려댄다.(10시 35분)

- 자리에 누웠다. 목이 마취되니 침을 넘기지 못하겠다. 아니, 침을
넘겨도 느끼질 못하는 걸까? 호스가 들어간다. 5년 전에 할 때보다
목이 마취되어 있어서 그런지 목구멍 안으로 뭔가 지나가는 느낌이
별로 없다. 하지만 곧 거북함이 밀려온다. 가능하면 트림을 하지 말라
고 했는데 두 번 정도 트림 비슷하게 구역질을 뱉었다. 계속 눈을 감
고 있었다. **간호원이 친절하게 진행 상황을 내 귀 가까이에서 일러줘
서 그나마 견딜 수 있었다.** '아, 이건 정말 못할 짓이야'라는 생각이
들 무렵, 호스를 뺀다고 간호원이 일러준다.(10시 40분)

- 자리에서 일어났다. 준비 시간을 빼면 호스가 실제 몸속에 들어갔
던 시간은 2분도 채 되지 않은 것 같다.(10시 42분)

- 모든 것이 끝났다. 수납을 하고 집으로 돌아온다.(10시 45분)

- 병원에서 준 두유 팩에 빨대를 꽂아 마시면서, 긴장을 풀고 **조용한
집안을 만끽했다.** 행복하다.(10시 50분)

• 오늘은 기필코 끝내고 말리라. 새벽까지 보다 만 〈세븐 시즈〉 부분을 다시 펼쳤다. 내일 수업 준비와 읽어야 할 책, 정리해야 할 자료가 있지만, **보고 싶은 건 일단 봐야** 다른 것에 집중할 수 있다는 걸 알기에 **즐거운 마음**으로 내용에 집중한다.(11시)

• 점심시간에 맞춰 밥을 먹으려고 했는데, 금식한 것 때문인지 배에서 소리가 요란하다. 밥을 먹는다.(11시 30분)

• 다시 〈세븐 시즈〉를 펼쳤다. 아이들이 학교에서 돌아오기 전 몇 시간 동안은 아무도 **나를 방해할 것이 없다는 현실이 아주 고맙다.**(12시)

• 건강 검진의 긴장이 풀리고 피곤했던 모양인지 나도 모르게 잠이 들었다.(14시)

• 눈을 떠보니 아이들이 모두 학교에서 돌아와 있다. **잠을 아주 맛있게 자고 난 뒤라 그런지 무척 개운하다.** 돌이켜보니 새벽까지 만화를 붙들고 있지 않았더라면 다른 책을 붙들고 있었을지도 모르겠다는 생각이 든다. 의외로 건강 검진에 대해서 부담감이 있었던 모양이다. 은연중에 긴장했던 마음이 무엇엔가 의지하고 싶었던 건 아닌가 생각을 해본다.(17시)

• 은채와 백화점에 들러서 남편 허리띠와 은채 옷가지를 몇 개 골랐다.

수요일부터 은채의 수학 여행이다. 고 1이나 되었으니 자기 취향에 맞게 고르도록 해줬는데, **은채도 고른 옷에 내심 만족스러워하는 것 같아 나도 기분이 좋아진다.**(19시)

● 옷 정리를 시작한다. 원래 어제 오후에 하려고 했는데 밀린 빨래 때문에 못했고, 다시 오늘 오후에 하려고 생각했으나 나도 모르게 낮잠을 자버려서 저녁 시간으로 미뤄졌다. 다행히 남편이 늦는다니 후다닥 해치우면 될 터.(21시)

● 마침내 정리를 끝냈다. 옷 정리에서 시작했는데, 자연스럽게 그와 관련된 속옷이나 스카프, 액세서리까지 정리하게 되었다. 피곤하다. 하지만 마음은 개운하다. **뒤엉켜 있던 것들을 정리했더니 마음까지 정리된 기분이다.**(24시)

일지의 중반: 시행착오, 일지 쓰기 방식을 고민하다

첫날 일지를 쓰고 느낀 것은 '하루가 이렇게나 길었나?' '하루 동안 느낀 내 기분이 이렇게 다양했나?' 하는 것이었다. 첫날 일지에는 좀 더 긍정적이고 즐거운 기분을 진한 글씨로 표기했다. 어떤 순간에 그런 기분이 드는지를 알아채고 싶었던 것이다.

그 후 일지는 매일 조금씩 형식을 달리했다. 첫날 일지에서는 즐거운 기분만 진하게 표시했지만 이후에는 모든 감정을 알아채고 싶어 더욱 구체적인 단어로 감정을 묘사하는 '감정 일지'로 발전했다. 시간별로 간략하게 묘사하려 했던 사건들이 내게 큰 여운을 준 일일 때는 한 장면의 인상을 에세이마냥 길게 풀어쓰기도 했다.

그렇게 17일째 되던 날, 나는 일지 쓰기 방식을 전격적으로 바꾸기로 했다. 그날의 고민이 아래 일지에 담겨 있다.

행복 일지 17일째

● 시간대별로 사건을 나열하고, 감정을 나타내는 '깨알 일지'의 방식에 회의가 느껴진다. 시간이 많이 걸리기도 하고, 초점이 없는 것 같아서이다. 타인에겐 내 일지가 쾌 꼼꼼히 들여다볼 수 있는 남의 이야기일 테니 흥밋거리로도, 우연한 깨달음이나 비교를 제공하는 기회로도, 일상을 저민 장면에서의 통찰이나 비교로도 괜찮을지 모르지만, 정작 일지를 쓰는 내게 무슨 효과가 있는지 의문이 들기 시작했다.…… 행복해지기 위해 시작한 일지 쓰기가 스트레스가 되기도 하고, 밤에 더 늦게 잠드는 원인이 되기도 한다. 역설적이지만 사실이다. 힘들어도 끝까지 가볼까 생각도 해봤다. 그런데 며칠 전부터 일지를 쓰려고 생각만 해도 마음속에서 저항감이 심해졌다.

일지 쓰기 10일이 지나자 일상의 반복적인 패턴이 드러나면서 똑같은 일상을 매일 그대로 쓰는 것 같았다. 색다른 변주를 주고 싶었지만, 일상의 실체가 그러한데 일지를 거짓으로 쓸 수도 없었다. 게다가 하루가 끝날 즈음 일지를 정리하다 보니 하루 동안 있었던 일들을 순차적으로 기억하고 감정을 또렷이 확인하게 되면서 잠자기 직전 느슨해져야 할 신경들이 오히려 곤두서곤 했다. 좋은 감정과 그렇지 않은 감정 모두에 직면하고, 연이어 떠오르는 오만가지 생각과 느낌이 머리를 헤집었다. 결과적으로 일지 쓰기도 내가 생각한 틀대로 완벽하게 하려다 스트레스를 받은 꼴이다. '상상 속에 갇힌 행복'이라는 말이 다시 한 번 되새겨진다. 똑같은 구조다.

아니다…… 이건 아니다. 이젠 상상 속의 완벽이 아니라 순간의 경험에 충실하게 살고 싶다. 다시 일지를 쓰면서 행복해지고 싶다.

일지의 후반: 다시 내게 익숙한 방식으로, 그러나 조금 다르게

다음날부터 나의 행복 일지는 하루 중 기억에 남는 즐겁고 행복한 순간을 깊게 파고드는 식으로 바뀌었다. 뭔가 하나를 붙잡고 그것에 대해 깊이 탐구하듯 파헤쳐가는 글쓰기가 내게 익숙한 방식이었다. 그러나 이전과 분명히 다른 점은 이렇게 하루 중 즐겁고 행복한 순간만을 포착해 음미하는 글쓰기를 매일 한 적은 없다는 것이다.

그전까지 내 일기의 단골 테마는 스스로 나아져야 할 것, 배워야 할 것, 부끄럽고 유치해서 남에게 말 못한 것, 후회스러운 일 등이었다. 즐겁고 좋은 건 당연하니 지나치고, 나쁘고 못난 것은 되새김질해서 어떻게든 더 낫게 만들어야 하는 줄 알았다. 지금 생각하니 참 피곤하게 살았다 싶다.

즐거워야 오래할 수 있다더니, 나는 확실히 깨알 기분 일지를 쓸 때보다는 지금 이 방식의 일지 쓰기를 즐기고 있었다. 생긴 대로 산다는 말, 습관을 바꾸고 변화해서 지금보다 더 나아질 수 있다는 말 모두 나름대로 일리가 있었다. 문제는 내가 그 다른 두 힘의 어디쯤에 새로운 균형점, 즉 무게 중심을 둘 것인가 하는 것이었다. 하다못해 행복 일지 쓰기도 직접 시도하며 내게 어울리는 방식을 새롭게 찾아냈는데, 행복 역시 마찬가지 아니겠는가? 내 행복은 내가 직접 부딪치고 경험해 봐야 안다는 것, 그리고 그 과정에서 내 행복의 무게 중심은 예전 직장 생활 때와는 많이 달라졌다는 것이 느껴졌다.

일지에서 발견한 행복 코드 네 가지

불과 한 달 남짓한 기간 동안의 실험이었지만, 일지 곳곳에서 느껴지는 내 행복감은 그동안 내가 막연하게 생각했던 것보다 훨씬 단순하고 감각적일 때가 많았다. 30일간의 행복 일지에서 기쁘고 만족스럽고 즐거운 장면을 발췌해 비슷한 부류끼리 묶어보았더니 대략 네 가지 코드─감각적 즐거움, 배움과 성장, 관계, 나다움으로 중심 잡기─로 모아졌다. 각 코드별로 일지에서 발췌한 부분을 나열해 본다.

첫 번째는 감각적 즐거움이다. 스쳐 지나가듯 짧은 순간이지만 가장 자주 느낀 것으로, 맑고 청명한 날씨, 눈이 즐거운 풍경, 맛있는 음식, 포근한 잠자리, 스킨십처럼 일차적이고 감각적인 만족을 주는 것들이었다. 마치 매슬로우의 '욕구 5단계 이론'의 가장 아랫단을 차지하고 있는 '안전' 욕구처럼 '감각적 즐거움'은 내게 결코 무시할 수 없는 첫 번째 행복 코드였다.

• 오늘도 좋은 날씨. 순간적으로 상쾌하고 행복한 기분이 들었던 것이 가까운 거리에 병원이 있는 것 때문인지, 좋은 날씨 때문인지 잠시 헷갈린다.(1일째)

• 눈을 떠보니 아이들이 모두 학교에서 돌아와 있다. 잠을 아주 맛있게 자고 난 뒤라 그런지 무척 개운하다.(2일째)

• 5분 늦게 필라테스 학원 강의실에 들어섰다. 조용한 음악이 흘러나오는 가운데 사람들이 몸을 풀고 있다. 이제까지 나를 고민하게 했던 문제에서 운동으로 주의가 쏠린다.(2일째)

• 낮잠이 정말 달콤했다. 사실 밤에 자는 잠보다 이렇게 아주 깊게 자는 짧은 낮잠이 피로 회복에는 훨씬 도움이 된다. 노곤함에 잠시

감은 눈에서 느껴지는 따뜻한 주황빛의 오후 햇살이 어느새 나를 달콤한 잠으로 이끈다. 편안하고 기분 좋고 다시 힘이 난다. 천국에서 엔돌핀 주사를 맞고 온 듯하다.(6일째)

● 점심으로 토마토 바지락 스파게티를 해서 먹었다. 맛있어서 기분이 좋아졌다. 오후 날씨가 아주 좋다. 마음이 밝아진다.(7일째)

● 이른 저녁을 먹고 〈런닝맨〉 시청. 아무 생각 없이 맘껏 웃을 수 있는 시간이 있어 좋다.(7일째)

● 좋은 날씨, 파란 잔디, 은은한 음악…… 거기에다 몸도 풀고 적당히 땀도 흘리고 나면 정말 상쾌하다. 뜨거운 물에 샤워하는 것도 뺄 수 없는 낙이다. 집에서 샤워하는 건 의무감 같아 좋아하지 않는데, 운동 뒤의 샤워는 피로가 모두 녹아내리듯 개운하다.(9일째)

● 아파트 앞 현관의 감나무에 감이 조롱조롱 달린 것이 보기 좋아 사진을 찍었다. 가을을 만끽하는 기분이다. 충만하다.(9일째)

● 설핏 잠이 들었다. 일지를 쓰다 보니, 정기적으로 섭취하는 피로 회복제처럼 주말 비슷한 시간대에 낮잠을 잔다는 사실을 알 수 있었다. 꿀맛 같다. 눈을 감을 때 오후 햇살이 일주일 전과 똑같이 포근했다.(14일째)

● 〈런닝맨〉을 보면서 저녁으로 커다란 양푼에 비빔밥을 만들어 넷이서 나눠 먹었다. 맛있다. 그리고 즐겁다.(14일째)

● 비가 많이 온다. 거세게 바람까지 분다. 이런 날 하루 종일 집에만 있으니 직장에 나간 남편이 한편으로 고마우면서 한편으론 안쓰럽기도 하다. 학교에 간 아이들은 이제 고생 시작이구나 싶다. 옷은 잘 챙겨 입고 갔는지 걱정스럽다. 하지만 지금 난 하루 종일 집에만 있어도 된다는 게 진짜 좋다. 오늘 하루 이 공간은 겨울잠 자는 곰의 따뜻한 은신처가 될 것이다.(15일째)

● 아이들과 함께 저녁 식사, 그리고 모과차 한 잔씩. 포근하고 평화롭다.(15일째)

● 더 미룰 수 없어 새치 염색. 한때는 정기적으로 염색해야 한다는 사실을 받아들일 수 없어 괜스레 마음만 힘들었던 적이 있는데, 이젠 일상이 되었다. 그리고 염색과 파마를 견뎌내는 내 머리카락에게 고맙다.(15일째)

● 더 자고 싶다는 생각이 굴뚝같았으나, 필라테스를 하러 나섰다. 운동을 하면 잠도 달아나고 기분도 좋아졌던 그간의 경험에 근근이 의지했다. 결과적으로는 역시 운동하길 잘했다는 것. 뿌듯했다.(16일째)

● 온 가족이 남편의 '꿈벗 소풍'(괴산 여우숲)에 동참해서 1박2일로 괴산에
간다. 일기예보대로 아침부터 비가 주룩주룩 내리지만, 비 오는 단풍 숲
이 기대된다.(20일째)

● 토요일 가을비에 이어 활짝 갠 괴산 여우숲의 가을 정취를 만끽했다.
이 풍경에 녹아들고 싶다. 행복하다.(21일째)

● 오전 수업은 호흡을 가다듬고 몸을 풀어주는 것으로 시작한다. 가부
좌하고 앉아 깊이 호흡하고, 목을 길게 뽑아 좌우로 돌려준다. 이에 맞춰
나오는 음악이 자연스럽게 몸에 젖어드는 느낌이 좋다. 그렇다고 몸 풀기
정도로 시시하게 끝나는 게 아니라, 온몸이 더워지며 등은 땀으로 젖고
몸은 부들부들 떨릴 정도로 강도가 세서 운동을 하고 있다는 느낌이 확
실히 들어 좋다. 오늘도 아침에 미적거리던 기분은 잊어버리고, 오길 잘
했다 하며 끝까지 마쳤다.(30일째)

행복 코드 2. 배움과 성장

두 번째는 배움과 성장이다. 마흔이 넘어 책을 쓰겠다고 마음먹은 것,
또 대학원에 입학해 다시 공부를 시작한 것, 다 배움을 아주 즐겁고 의미
있는 것이라고 여기는 나의 가치관, 삶의 지향과 분명 관련이 있을 것이
다. 굳이 학교의 강의나 독서뿐만 아니라 택시 기사 아저씨나 아이와의
대화에서도 뭔가 새롭게 깨치는 것이 있을 때는 무척 기쁘고 행복했다.

《논어》에 나오는 "세 사람이 길을 걷다 보면 그 중에 반드시 내가 배워야 할 스승이 있다"는 말은 정말 진리라는 생각이 든다.

● 수업 시간에 들은 설명이 무척 매력적이었다. 다시 공부하게 돼 정말 좋다. 다른 데 정신 쏟지 말고, 배울 때 배우는 것에 좀 더 몰입해야겠다는 마음이 저절로 든다.…… 실습 동영상을 그룹별로 보면서 코멘트도 하고 의견도 교환했다. 내가 배우는 것도 많고, 내 의견이 다른 분들에게 도움이 되기도 한다. 제대로 배우는 것 같아 무척 만족스럽다.(2일째)

● 느지막하게 조간 신문도 보고, 정리 못한 스크랩 자료들도 정리했다. 반납 일자를 넘긴 책들도 필요한 부분만 핸드폰으로 사진을 찍어두었다. 밀린 숙제를 해치운 듯 마음 한 구석이 조금 홀가분해진다.…… 수업 도중에 살짝 확인한 메일에는 읽고 싶던 자료가 도착해 있다. 가슴이 두근거린다. 빨리 읽어보고 싶어서.(4일째)

● '씨앗책'이라는 폴더에 저장된 발췌문 중에서 마음에 드는 것 몇 개를 읽어봤는데, 발췌할 당시의 마음이 다시 되살아나며 기억이 새록새록해진다. 내가 작년 한 해 동안 전에 없이 책 읽기와 생각하는 일에 깊이 파고들었다는 것을 알게 되었다.(6일째)

• 지난 수업 과제 및 노트 정리. 지난 시간까지의 유인물을 노트에 이리 저리 잘라 붙이는 등 정리를 했더니 깔끔해졌다. 미뤄둔 것을 정리하니 뿌듯하고, 내일 수업 준비도 든든해진 기분이다.(8일째)

• 짧은 롤 플레이 시간이었지만, "시간이 된다면, 왜 그렇게 남편이 선생님(나)에게 중요한 의미인지 더 탐색해 보고 싶다"고 한 교수님의 말씀이 마음에 남는다. 내겐 의미 있는 시간이었다.(9일째)

• 이상 심리를 배우며, 피상적으로 알고 있던 사람 마음의 양상에 전혀 생각도 못했던 일면이 있다는 걸 발견했다. 무척 놀랍고 흥미로웠다.(10일째)

• 2층 건물 지붕까지의 높이를 묻는, 어려운 계산식을 써야 풀 수 있는 시험 문제에, 물리학자 닐스 보어가 "그냥 밖에 나와 재면 된다"고 대답했다는 에피소드가 기억에 남는다. 양자역학 세미나지만 문득문득 학교에서 듣는 철학사 내용과도 겹치는 구석이 있다. 과학과 철학, 서로 전혀 다른 분야라고 생각했는데…… 몸은 피곤하지만 정신은 맑고 빛나는 기분이다.(12일째)

• "택시를 타면 아무 말도 마시고 기사가 가는 대로 놔둬보세요. 그러면 막히는 길도 가보고, 빠른 길도 가보고, 모르던 길도 가보고 하면서 더 알게 되는 거지요. 어떤 길이 빠르다고 만날 그 길만 다니면 다른 길

은 모르는 거예요. 손님들은 기사가 괜히 시간 끈다고 생각하시는데, 길 막히면 기사가 더 답답해요. 빨리빨리 손님 순환시켜서 잠시 태워드리고 5, 6천 원 버는 게 낫지, 막히는 길에 10분 더 있으면서 3, 4천 원 벌면 뭐해요?"

"그렇군요."

나는 고개를 끄덕이면서 기사 아저씨의 말에 공감했다.

"저희도 손님한테 배우거든요. 손님이 가르쳐주는 길을 새로 알게 되기도 하구요. 그리고 손님도 저희한테 배우는 거죠. 사람이 그렇게 서로서로 배우는 건데, 자기 알던 대로만 하면 새로 배우는 게 없죠."

그랬다. 택시 기사의 말은 뭐 하나 틀린 게 없었다. 그분의 이야기가 사람과의 만남이나 상담, 배움과도 모두 연결되어 들렸다. 덕분에 빨리 목적지에 도착했다. 무척 유쾌한 시간이었다.(18일째)

● 구본형 선생님의 말씀 중 성경 속 '밀과 가라지' 이야기가 가슴에 깊이 남았다. 다음날 괴산 여우숲 김용규 씨의 나무 이야기도, 그 풀어가는 말솜씨가 탐이 날 정도로 감칠맛이 있었다.(21일째)

● 오전 강의 때 배운 《논어》의 '인仁' 개념과 오후 강의 때 들은 칸트의 《순수이성비판》 중의 '정언 명령'이 서로 연결되는 비슷한 개념이란 걸 알고 깜짝 놀랐다. 어떠한 경지를 넘어서면 서로 통하는 것일까?(26일째)

세 번째는 관계다. 하루의 기분은 누군가와의 관계에서 불편함을 느꼈는지, 인정과 공감, 유대감을 느꼈는지에 따라 하늘과 땅 차이만큼 달라졌다. 화려한 색채의 꽃처럼 두드러지게 내 가슴에 감동을 주는 건 아니었지만, 그림 속 튀지 않는 잔잔한 배경색에 보는 사람 마음이 편안해지듯, 관계에서의 소소한 행복감이 내 일상을 포근하게 물들이곤 했다.

이제껏 사람들과의 관계라는 측면에 조금 무심했던 경향이 있었다. 행복 일지에서 관계에 일희일비하는 내 모습을 확인하고는, 앞으로 사람들과의 관계에 좀 더 관심을 기울이고 타인을 더욱 배려하자고 마음먹게 되었다.

● "여러 가지로 준비가 부족해 도와드리지 못할 것 같다. 수업에서 뵙겠다"고 문자를 보냈다. 걱정과 달리 바로 "네ᄊ"라는 답문자가 왔다. 마음이 가벼워진다. 모처럼의 부탁인데 내 준비 부족으로 안 된다는 말을 하기 힘들어 마음이 한참 무거웠었다. 준비 부족이 부끄럽기도 했고. 하지만 어쩌랴, 그게 사실인 걸…… 괜히 아닌 척하면서 일을 더 꼬이게 하고 싶지 않아 솔직하게 대처하길 잘한 것 같다.(2일째)

● 내 게시글에 달린 댓글에 마음이 환해졌다. 사실 글을 올리면서도 이렇게 시시콜콜 쓰는 것이 과연 누구를 위한 것인가 하는 생각이 문득문득 들곤 했다. 그런데 "솔직한 일상이 도움이 되었다"는 댓글에 그래

도 헛수고가 아니었구나 싶어 꺼져가던 불씨가 되살아나듯 다시 글을 쓸 힘이 났다.(3일째)

● 둘째아이 학교 운동회에서 만난 담임선생님과 간단하게 인사. 내가 대학원에서 상담심리학을 공부한다 하니 관심을 보이며 필요하다면 반 아이들 대상으로 집단 프로그램을 해봐도 좋겠다고 얘기한다. 내심 놀랐다. 오늘이 첫 만남인데, 잠시 나눠본 대화에서 선생님과 마음이 통한다는 느낌이 든다.(5일째)

● L 선생님과 이야기. 여러 이야기 중에 내게 "직관이 있는 것 같다"고 말해주었는데, 순간 기뻤다. L 선생님도 사람의 마음이나 상태에 대한 통찰력이 있어 보여 좋았는데, 그 사람이 내게 그렇게 얘기해주니 얼마나 기쁜지 모르겠다.(인정받은 느낌, 가까워진 느낌, 도와주고 싶은 느낌)(5일째)

● 친구와 충무로에서 만났다. 며칠 전 내가 남편과 다퉜다고 한 이야기가 화제로 올라 이런저런 이야기를 나눴다. 누군가와 이야기 나누며 털어버리고 싶었는데 그럴 수 있어 좋았다.(5일째)

● 남편 이모님이 수술을 받고 입원중이다. 오늘 같이 가보려 했는데 남편이 일이 있단다. 내일은 내가 저녁 수업이 있어 안 되는데……

남편이 그냥 내일 저녁에 혼자 가겠단다. 당연한 배려라 볼 수도 있지만, 그런 일에 꼭 나랑 같이 가야 한다고 생각하지 않는 남편의 유연성이 고맙다.(10일째)

• 학교에서 집으로 돌아오는 시간. K 선생님 차를 타고 삼성역까지 왔다. 늘 고맙다. 그리고 차에서 이런저런 얘기를 나누는 재미도 꽤 쏠쏠하다.(11일째)

• 기분이 처져 있었는데 L 선생님에게서 그룹 카톡이 왔다. 라디오 〈두시탈출 컬투쇼〉에 관련된 웃기는 동영상인데, 그걸 보며 웃기도 하고 선생님들과 카톡을 주고받다 보니 그 분위기에 동화되어 기분이 풀렸다. 기분이 풀리고 나니 아까 내가 왜 그랬나 싶다. 공부뿐만 아니라 이런 커뮤니티 효과로도 내게는 학교가 참 의미 있는 곳인 것 같다.(15일째)

• 저녁 9시 좀 넘어 퇴근한 남편이 유쾌해 보였다. 바깥에서 몰고 온 그 유쾌한 기분 덕분에 덩달아 나도 기분이 좋아졌다.(22일째)

• 학교에서 과제 때문에 만난 동료 선생님과 자연스럽게 일상의 고민 몇 가지를 이야기하게 되었다. 과제를 계기로 이렇게 인간적으로 가깝게 느껴지게도 되는구나 싶어 참 흐뭇했다.(25일째)

네 번째는 나다움으로 중심 잡기이다. 이와 관계된 언급이 많지는 않지만, 순간의 행복함이라는 느낌의 수준을 넘어 내 존재감을 안정적으로 유지하게 하는 주춧돌과 같은 이 부분을 나의 행복 코드에서 빠뜨릴 수 없었다. 뛰어난 사람들의 깊이 있는 세계에 접하고 감동을 느낄 때는 그 사람을 닮고 싶은 마음 때문에, 또 사람들과의 관계에서 나다움을 거부당하거나 부정당하는 일이 있을 때는 내가 중요하게 여기는 가치가 별것 아닌가 싶은 마음 때문에 흔들리곤 했지만, 그럴 때마다 중심을 잃지 않고 나다움을 유지하고자 필사적으로 노력했다. 그런 장면을 적은 부분들에서 '나'라는 사람이 나다움이라는 정체성에 얼마나 중요한 의미를 부여하는지 다시 확인할 수 있었다.

● 남편과 한강변을 산책하던 중 내가 학생이냐 주부냐 운운하다 감정 다툼으로 번졌다. 나는 학생이라고 대답했고, 남편은 그 대답이 영 못마땅한 듯했다. 남편은 남편대로 이해가 안 되고 섭섭한 것 같고, 나는 나대로 집안일을 안 하는 것도 아닌데 남편이 그걸 몰라주는 것 같아 섭섭하고 서글펐다. 그러나 서로 길게 말을 끌지는 않았다. 말로 해결될 문제도 아니고, 그렇다고 남편이 내 평소 생활에 일일이 이래라저래라 하는 것도 아니니까. 나는 그저 내 입장에 충실해야겠다고 마음먹었다. 엄마, 아내, 주부 노릇 하면서 내가 의미를 느끼는 일에 충실한 것이 내 삶 아니겠는가? 남편의 반응이 섭섭하긴 했지만 큰

동요 없이 담담하게 내 갈 길을 생각하는 내 모습이 정말 이전과는 많이 다르다. 마음속의 단단함이 느껴졌다.(14일째)

● S 선생님 이야기를 들으면서, 칸트의 철학이나 보어의 양자 조건 모두 S 선생님 말대로 "자기 삶에서 나온 '소박한 질문'을 버리지 않은 사람들이 일궈낸 결실"이라고 느껴졌다. 나도 내 삶에서 나온 '소박한 질문'을 버리지 않으련다. 하긴 난 버리지도 못할 사람이기도 하다.(19일째)

● K 선생님이 아인슈타인 얘기를 한다. 아인슈타인의 얘기가 매우 설득력이 있어 빨려 들어가는 느낌이었고 무척 재미있었다고…… 나는 그 설득력이 '자기 세계'를 가진 사람의 아우라에서 비롯되는 것 같다고 얘기했다. 나도 그런 '자기 세계'를 꼭 가지고 싶다.(26일째)

● "발표는 늘 확신을 전달해 주는 것. 그들을 설득하려 하지 마라. 그들의 인정도 바라지 마라. 오직 너의 관심, 네가 깨달은 것, 그리고 너의 제안과 견해를 너의 방식으로 전해라."(구본형, 변화경영연구소 홈페이지 게시글) 참으로 깊이가 있는 말이다. 나도 내 세계, 내 말로 된 내 감흥을 전달하고 싶다. 다음 주 목요일, 학교에서 진행되는 저자와의 소박한 대화, 짧은 강연에도 그런 마음으로 사람들 앞에 서고 싶다. 미미한 시도이지만, 그렇게 조금씩 내 세계를 넓혀나가고 싶다. 그런 생각을 할 때 가슴이 떨리고 흥분된다.(26일째)

행복은 찾지 않는 순간 찾아왔다

그저 투명하고 환하게 보이는 햇빛이 프리즘을 통과하면 빨주노초 파남보 일곱 빛깔로 나누어져 보인다. 내게 30일간의 실험도 일지라는 프리즘을 통해 일상에서 무심히 흘려보내던 감정들의 갈래를 하나하나 음미하며 들여다보는 작업이었다. 그러면서 내 행복의 저울추가 이전과는 다른 무게중심을 찾고 있다는 걸 알게 되었다. '감각적 즐거움'과 '관계'라는 이슈가 큰 비중을 차지했다는 것이 나에게는 내 삶의 양상이 변화하는 과정에 접어들었다는 신호로 보였다.

전에는 자기 능력을 무엇보다 중요하게 여겼고, 가정을 이루고 직장을 다니며 얻은 성취감이 내 자존감과 행복의 주요 에너지원이었다. 때때로 중간에서 코디네이터 역할을 자청할 정도로 인간 관계가 좋다고 자평하기도 했고, 맞벌이로 착실히 모은 덕에 30대 초반에 집도 마련했다. 아이들도 무탈했고, 남편도 착실했다. 내가 그리던 행복의 모습은 겉으로는 모두 이뤄진 셈이었다. 나름대로 행복했다.

그러나 30대 중후반부터 나는 뭔가를 잊어버리고 사는 것 같은 느낌에 문득문득 휩싸이곤 했다. 어쩌다 지인이 여유 있게 했다며 나눠 먹자고 보낸 김장 김치 한 박스에 눈물이 날 만큼 가슴이 벅차오르며 고맙다 싶으면서도 내가 왜 그러는지 몰랐다. 정작 김장 김치는 매해 양가 어른들로부터 꼬박꼬박 받고 있어 부족한 것이 아니었는데도 말이다. 그러나 부모형제는 늘 멀리 있었고, 일로 만날 사람은 있어도 사적으로 편하게 만날 사람은 가까이 없다는 기분이 불쑥불쑥 들곤 했다. 마음이 내킬 때면 편하게 슬리퍼 끌고 나가 허물없이 이야기 나눌 사람이 없다는 것이 갈수록 허전했다.

이 책을 시작할 즈음 내 마음은 그런 '미약한 불안'이 이미 '만성화'된 상태였다. 글쓰기와 공부로 새로운 삶을 살자면서도 그게 잘될까, 더 열심히 해야 하는 것은 아닐까, 내가 뭘 모르는 것은 아닐까 등등…… 그래서 아주 기꺼이, 지금 여기에서 만족스럽다는 느낌을 맛볼 기회가 드물었다. 나는 끊임없이 그 불안한 마음을 내가 안심할 수 있는 틀로 구조화시키려 했다. 행복도 마찬가지였다. 그때그때 느끼는, 있는 그대로의 감정을 음미하고 즐기는 대신 미리 생각해 둔 행복의 기준에 맞는지 판단하려 했다. 그래서 한동안 행복이란 말은 내게 피곤하고 애써 노력해야 하는 어떤 것 같았다.

'메마른 나'라는 화분, '관심'으로 물주기

그런 와중에도 몸은 내가 가야 할 방향을 먼저 알았던 것 같다. 상쾌한 햇볕과 바람, 맛있는 음식이 주는 기쁨과 즐거움, 운동을 하고 난 후의 기분 좋은 피로감을 내 몸은 지나치지 않고 하나하나 느끼고 있었다. 예전보다 내가 부쩍 밝아지고 여유 있어 보인다는 말을 흘려듣기만 했는데, 그것도 어쩌면 글쓰기 모임과 학교에서 만난 동료들과 친해지면서부터인지 몰랐다.

남편과 다퉈서 속상할 때 '부부 사이의 대화법' 같은 책을 찾는 대신 소박한 분식집에서 마음 편한 친구를 만나 이야기하며 털어버리는 모습이 그랬고, 누군가 내게 부탁을 해오는 것이 살갑게 느껴지면서 반가워하는 모습이 그랬다. 잠시 기분이 처져 있을 때 마침 그룹 카톡방에 올라온 웃기는 동영상으로 기분 전환을 할 수 있을 땐 고마운 마음이 들기도 했다. 이것저것 재지 않고 마음으로 만날 수 있는 누군가가 있다는 것이, 그리고 일상의 소소함을 나눌 수 있는 누군가가 가까이 있다는 것이 내겐 대단한 위로요 행복이었다.

단순하지만 그만큼 원초적인 즐거움들, 예컨대 글쓰기 멤버들과 행복이 뭘까 처음 이야기 나눌 때 떠오른 어린 시절의 떠들썩하던 골목길, 엄마가 밥 먹으러 들어오라고 할 때까지 정신없이 어울려 놀던 동네 친구들, 학교에 들어가 책을 읽기 시작하면서 멀어지기 시작한 그 과거의 장면들이 다시 재생되었다. 그동안 살아남기 위해 애쓰면서 삶을 장악하려면 알고 이해해야 한다 싶어 책을 읽고 글을 쓰면서도 정작 나 자신은 생명력이 모자라 시들시들 죽어가는 화분 속 화초 같은 모습으로 살아왔다는 걸 알았다. 돌이켜보니 지난 30일간 '메마른 나'라는 화분에 '관심'의 물을 주었던 것 같다. 그러면서 일상의 사소한 기분을 그냥 지나치지 않고 하나하나 음미하며 돌보게 되었던 것 같다.

알고 보니 나는 그렇게 쿨하고 정 없는 사람도 아니었고, 다른 사람 없이 살 수 있는 사람도 아니었다. 오히려 사람들과의 어울림 속에서 에너지를 얻고 생기를 되찾아갔다. 몸과 가슴은 참 현명하다. 내 삶이 어느 한쪽으로 쏠린다 싶으니까 저절로 모자라는 한쪽에 귀를 기울이라고 속삭였다. 더 늦기 전에 알아챈 것이 고맙다.

이제 중고생이 된 아이들이지만 지금이라도 예쁘면 예쁘다고 더 많이 말하고 안아주고, 남편에게도 고마우면 고맙다고 더 자주 얘기해야겠다. 누군가가 그리우면 먼저 연락해서 어울리며 살아야겠다. 이제 행복은 그

렇게 애써서 힘들게 달성할 목표가 아니라, 편안하고 충만하게 느껴지는 순간순간의 스침이고 나눔이란 걸 알았으니까.

그리고 가끔은 차라리 '행복'하지 말자!

사실 요즘엔 '행복'이라는 말이 너무나 많이 범람한다. 각종 행복 테라피, 행복 처방, 행복론이 오히려 행복의 원뜻을 오염시키고 마케팅 수단으로만 쓰이는 듯해서 거부감이 들 때도 있다. '행복'을 주제로 글을 쓰면서, 나 역시 그런 세태에 보탬질을 하는 건 아닌가 싶기도 했다.

《공지영의 지리산 행복학교》에서 박남준 시인은 '꽁지' 작가에게 이렇게 말한다. "내가 왜 시를 못 쓰는 줄 아니? 내 시의 바탕이 슬픔인데 여기 지리산에 온 이후로 그게 자꾸 없어져. 그래서 시가 안 되는 거야. 사람들은 말하지. 그럼 기쁜 이야기를 써라. 행복하다고 말이야. 그런데 기쁘고 행복한데 어떤 놈이 시를 쓰겠냐고."

나 역시 공감한다. 이 글을 쓰는 나도, 이 글을 읽는 그 누군가도 스스로 정말 행복하다고 여겼다면 이 책을 통해 서로 만날 일이 없었을지 모른다. 홍수처럼 밀려드는 행복 처방에 지친다고 여겨진다면, 그저 방법은 하나뿐이다. 차라리 행복하지 말자! 행복이 자연스러움이 아닌 또 하나의 규범이나 의무로 다가온다면, 행복을 구하기보다 그저 있는 그대로 살기를 권하고 싶다.

30일 동안 행복한 순간들을 주의 깊게 살펴보았더니, 대부분 의도

하지 않는 순간에 저절로 이루어진 것들이었다. 행복할 것이라고 기대하면 행복은 그 자리에 없었다. '침대에 누워서 아무것도 안 하고 있으면 마음 편하고 행복할 거야'라고 미리 생각하고 그 자세를 취하면, 몸은 편한데 마음은 무언가를 기다리듯 편하지 않았다. 그러다가도 주말 오후에 잠시 소파에 누워 있노라면 나도 모르게 스르륵 눈이 감기며 꿈결같이 낮잠에 빠져들었고 일어나서도 개운했다. 행복에 안달하면 행복을 느낄 수 없다. 이 책의 이야기들이 가슴을 파고드는 대신 피곤하게 읽힌다면 이 자리에서 바로 책을 덮는 것도 방법이겠다. 가끔은, 차라리 행복하지 말자!

행복이 머물 공간을 만들다

행복을 부르는 작은 습관, 정리

운동을 시작했다. 인정하고 싶지는 않지만, 중년에 접어들자 겉으로 드러나는 몸매도 그렇고 무엇보다 건강도 관리가 필요하다는 생각 때문이다.

몇 개월이나 헬스장을 다녔을까, 트레이너가 다가와 "지금 하고 있는 운동이 어디를 강화시켜 주는 운동인지 기억나느냐?"고 물었다. 처음에 배울 때 듣긴 했는데 도무지 기억이 나지 않았다. 트레이너는 어이가 없다며 혀를 찼다. 근력 운동을 하면서 이 운동이 도대체 몸 어느 부분의 근육을 키우는 것인지 알지도 못한 채 몸만 기계적으로 움직이면 무슨 효과가 있느냐는 것이다.

그저 끙, 소리 날 만큼 힘만 주면 저절로 지방이 연소되고 근육이 짜잔 나타나는 줄 알았다. 예를 들어 아령을 들어 올리는 동작은 다 팔 운동이라고 생각했는데 꼭 그런 것만은 아니란다. 팔 운동이라고 생각한 동작이 등이나 허리와 관련된 운동이기도 했다. 트레이너는 운동을 할 때 그 동작이 어디 근육을 늘려주는지 아는 것이 중요하다고 했다. 신경을 쓰고 집중하는 부분에 힘이 잘 들어가는지를 느껴야만 제대로 운동이 되고 있는 것이란다. 마당쇠 장작 패듯 우악스럽게 힘만 주며 운동을 했으니 효과가 있을 리 없었다.

직장을 그만두고 전업주부로 살면서 2년이 넘는 시간을 집과 아파트 단지 내 몇 킬로미터 안팎의 좁은 동선 안에서 보냈다. 겉으로 보기에는 안정되고 평화로운 나날이었지만 사실 내 내면은 매일 같은 일상이 되풀이되는 데서 오는 지루함, 다가오지 않은 먼 미래에 대한 걱정으로 혼란스러웠다. 가정의 일들은 도로를 쌩쌩 신나게 달리는 자동차처럼 잘 굴러가는 듯 보였지만, 오히려 '나' 자신의 미래는 불투명하고 부옇게 보였다. 어쩐지 집 안 어딘가에서 슬며시 매몰되어 가는 하나의 '물건'이 된 것 같기도 했다.

그즈음 글쓰기 모임에서 행복 프로젝트 논의를 하기 시작했고 행복에 관한 몇 권의 책을 뒤적거리던 중 한 구절이 유독 눈에 띄었다. "당신이 가진 것에 집중하라. 행복은 근육처럼 단련할 수 있다. 행복은 마음먹기만으로 안 된다. 몸도 이용해야 하고 영혼과 정신까지 채워야 한다."(레오

보만스, 《세상 모든 행복》)

　인생에서 제대로 된 행복의 근육을 늘리려면 그저 행복에 대해 생각하거나 입으로만 행복을 외칠 것이 아니라 실제로 어떤 근육 운동이 필요한지 바로 알고 움직여야겠다는 생각이 들었다. 뒹굴거리던 소파에서 일어나자 답답하게 가려진 책장, 치우지 못한 식탁 위의 그릇들이 눈에 들어왔다. 눈앞에 보이는 것들을 하나씩 치우다 보니 '이렇게 몸을 움직여보는 것이 내가 지금껏 사용하지 않았던 삶의 다른 근육을 쓰는 것 아닐까?' 하는 생각이 들었다. 늘 머리로만 생각했지 행동을 취해본 적은 별로 없었다. 몸을 움직여 노력을 할 때, 그때서야 비로소 행복이 내게로 오는 것일지도 모른다.

행복이 머물 공간을 만들다

정리 이야기 1. 책을 정리하는 것은 삶의 테마를 확인하는 것

　오늘부터 시작이다. 모두가 나가고 혼자 남은 시간, 거실 한복판에 서서 주위를 둘러보자 한숨부터 삐져나왔다. 어디서부터 시작해야 할지 아득했다. 여기저기 서성이다가 굵고 노란빛을 띤 한낮의 햇살이 거실 깊숙한 곳까지 들고 나서야 정리를 시작할 수 있었다. 제일 먼저 키 높은 책장 세 개가 눈에 들어왔다. 순서 없이 빽빽이 들어찬 책들 앞에 서니 숨이 턱 막혔다. 가지고 있는 책이 많아질수록 자존심이 높아지는 것처럼 느껴지던 때도 있었다. 아이들 책을 구입하면서는 공부에 연연해하지 않고 책과 함께 생활하는 것을 가르치는 엄마라는 은근한 자부심을 가졌다. 그런데 왜일까? 어느 순간 체증이라도 걸린 것처럼 쌓여가는 책들이 갑갑하게만 생각된 것은.

이미 수십 번도 넘게 본 책들, 언젠가는 다시 꼭 한 번 읽어보리라 다짐하며 버리지 못하고 꽂아둔 책들, 지금은 손도 대지 않는 오래된 동화책, 싸다고 덥석 들여놓은 위인전을 비롯한 전집류…… 책 표지를 훑어나가다 보니 뜬금없기만 했던 갑갑함의 이유를 알 것 같다. 그동안 침묵을 강요당한 책들이 얼마나 많았던지, 살아 숨 쉬는 책이 아니라 화석이 되어버린 지 오래된 책들이었다. 사람도 며칠 목욕을 안 하면 스멀스멀 피부가 간지럽고 짜증스러운데 공간인들 짜증스럽지 않았을까? 공간도 사람처럼 말을 할 수 있다면 틀림없이 내게 무어라 투덜거렸을 것이다. 집과 내가 서로 전혀 소통하지 못하고 있었다는 증거였다.

책을 치우며 스스로에게 물었다. 책을 꽂아둔 것일까, 욕심을 진열해둔 것일까? 아이들 육아, 교육 관련 책들 제목을 보니 왠지 낯부끄럽다. 두뇌를 좋게 만드는 법, 공부법, 독서법, 말하는 법…… 이만큼 읽었으면 아이가 천재나 적어도 영재가 되었어야 하지 않을까? 아이고, 앓는 소리를 하며 우선 큰 박스를 가져다두고 척척 책을 담기 시작했다. 모든 사물은 각자 고유의 에너지를 가지고 있다고 들었다. 그 물건을 소유한 사람들의 감정이 기氣를 통해 영향을 받는다는 것인데, 그렇다면 나는 내 욕심에 치이고 있던 것인지 모른다.

내가 읽던 소설이나 단행본은 한 권씩 인터넷 중고 서점에 되팔기로 등록하고, 아이들이 다 읽은 전집류는 중고 판매 사이트에 올려놓았다. 팔 책, 다시 볼 책, 절대로 팔고 싶지 않은 책으로 분류를 해나갔다. 이런 작업은 내 삶의 주요 테마를 확인하는 과정이 되었다. 예를 들어 몇 년 전만 해도 내게 가장 중요한 테마는 육아였다. 그 전에는 물론 출산이나 태교였을 것이고, 아이들이 초등학교에 들어가면서 자연스레 교육으로 관심이 흘러갔다. 한동안 자기 계발에도 폭발적인 관심을 가졌던 것 같고, 독서와 글쓰기는 오랫동안 관심을 기울여온 분야라는 것도 확인할 수 있었다.

앞으로 내 인생의 다른 테마는 무엇이 될까? 비워진 책장 속, 약간은 헐거워진 책꽂이는 아마도 앞으로 내가 만들어갈 삶의 테마로 채워질 것이다.(1일째)

정리 이야기 2. 평균치의 행복, 절정의 행복

전집은 권수가 많아도 의외로 수월하게 잘 팔린다. 60권이건 70권이건 가격만 적당히 책정하면 살 사람이 적지 않다. 반대로 단행본은 책꽂이에서 빼내는 순간부터 갈등이다. 넣다가 빼기를 수십 번, 팔아야 할지 말아야 할지 선택이 어렵다. 아이들에게 협조를 구해본다. 전집은 흘깃 보고는 읽었다 싶으면 "팔아도 돼!" 하며 흔쾌히 고개를 끄덕이던 아이들도 단행본은 나만큼이나 손에서 놓지 못하고 고민에 고민을 거듭한다. 저희나 나나 살 때 그만큼 고심하던 책들이라 더 그럴 것이다. 한 권 한 권 아이의 연령이나 시기에 맞추어 직접 고르고 리뷰까지 꼼꼼히 챙겨 읽으며 고른 책들이다.

어쩌면 단행본을 살 때와 전집을 살 때 내가 가졌던 기대치가 처음부터 확연히 달랐기 때문인 것 같기도 하다. 단행본들을 사면서는 아이들에게 이 책이 얼마만큼 '감동'을 줄 수 있을까를 먼저 생각했다. 그런데 전집을 살 때는 아이들에게 얼마만큼 '효과'가 있을까를 기준으로 삼았다. 출판사의 홍보에 빠져 우르르 책을 사 꽂아놓고 1번부터 차례대로 읽히고 나면 아이가 책의 내용을 얼마나 가슴에 담아두었나는 상관없이 나 혼자 내심 뿌듯해했다. 이러니저러니 해도 많은 권수를 읽히고 싶은 엄마의 욕심을 감출 수가 없었던 것이다.

전집을 살 때는 권수가 많은 만큼 '평균치에 대한 기대감'이란 것이 있다. 책마다 그림이나 글이 고루 좋은 것은 아니더라도 평균을 채워주는 다른 책들로 그 불만이 상쇄될 수 있으니 다수의 책들이 그럭저럭 괜찮다고 느껴지면 쉽게 구입하기로 마음 먹는다. 그러나 단행본을 볼 때는 입장이 달라진다. 명화라도 감상하듯 책 한 권에 최대 최고의 기대치를 품게 된다. 표지, 색감, 활자체 등 겉모습에서 시작해 작가의 철학, 글에 들어맞는 일러스트, 그리고 감동까지 살아있기를 바란다.

살면서 내가 바란 것은 단행본처럼 권수는 적지만 깊은 행복감이었을까, 전집처럼 권수가 많고 다양한, 잔잔한 행복이었을까? 매순간 최고로 행복했던 것은 아니지만 현재의 나는 일상의 작은 기쁨들이 웬만큼 불행을 상쇄시켜 주는 평균치의 행복 속에서 살고 있었다. 그 사실을 안 것만으로도 유쾌한 발견이 아닐까?(3일째)

싱크대를 뒤져 그릇을 몽땅 꺼내고 정리를 하기 시작했다. 하루 중 제일 많은 시간을 보내는 곳이면서도 제일 정리가 안 되는 곳이 바로 부엌이고 또 그릇들이다. 싱크대 깊숙한 곳에서 불쑥 시어머니가 주신 옥빛 찬그릇 세트가 나왔다. 지금 보면 촌스러운 색상이지만 아마도 옛날에는 틀림없이 곱다 이야기 들었을 그런 색이다. 그런데 시어머니와 10년 가까이 한 집에서 살림을 하며 살았는데도 이 그릇들이 식탁에 나온 것을 본 적이 없다. 도대체 어디 숨어 있었던 것일까?

정리하느라 꺼내둔 다른 그릇들을 보니 나 역시도 평상시 손이 가는 그릇은 따로 있었다. 모양이 예쁜 것은 아낀다고 넣어두고, 특이하거나 무거운 것은 쓰는 경우가 많지 않았다. 살 때는 분명 세련된 것이라고 생각했을 것이다. 그곳에 담길 음식의 질감과 색상을 생각하며 기대에 부풀었으리라. 그 순간에 멋지게, 제대로 활용했다면 좋았을 것이다. 처음에는 아낀다고 모셔두었던 것이 순식간에 유행에 밀려 부엌 선반 깊숙한 곳으로 쫓겨나더니 이사 갈 때나 되어야 햇빛을 보게 된다. 비싸고 폼 나면 뭐하나? 우아하고 예쁘면 뭐하나? 정작 제 용도대로 쓰여보지도 못하고 어두운 선반 안에서 쭈그리고만 있다면 말이다. 아낀다는 것이 가끔은 이렇게 어리석을 때가 있다.

비슷한 경우가 또 있다. 2년 전 사다놓은 커다란 아로마 향초가 여태 새것이나 마찬가지다. 타버리는 것이 아까워 초를 켜지 않다니 얼마나 멍청한 짓인가? 모든 물건이 심적·물적 가치가 최고일 때 사용

해야 한다. 그것이 물건에 대한 예의다. 그래야 일상이 자연스럽게 빛이 나는 법이다.(5일째)

정리 이야기 4. 최선이 가능한 지점을 파악하는 것

창가에 길게 늘어져 있던 화분을 정리했다. 2단짜리 기다란 선반 두 개를 가득 채운 화분의 초록 잎들이 시들면서부터 벼르던 일이다. 오래 다니던 직장을 그만두고 집에 있게 되면서 가장 먼저 하고 싶었던 일이 화초 키우기였다. 베란다 근처에 크고 작은 화분 몇 개를 두고 화초를 예쁘게 기르는 것. 손톱만한 씨앗을 심어 싹이 나고 잎이 벌어지고 꽃이 피기를 기다리며 그것을 보고 즐기는 그런 사람이 되고 싶었다. 아마도 그렇게 식물들이 자라는 것을 기다릴 수 있을 만큼 시간적 여유가 있는 삶에 대한 로망을 가지고 있었나 보다.

꽃집 주인에게 물어서 물을 많이 안 줘도 되고 생명력이 질기다고 추천해 준 몇몇 화초들은 처음에는 정말 내가 신경을 쓰지 않아도 잘 자라는 것처럼 보였다. 꽃도 피고 잎도 수북해졌다. 그러나 이상하게도 내가 전업주부로서의 삶에 익숙해지고 일상에 적응해 가기 시작하자 반대로 잎이 누렇게 변했다. 뒤늦게 햇빛이 너무 강한가 싶어 커튼을 내려보기도 하고 물이 너무 적은가 싶어 물을 듬뿍 주기도 했다. 자리를 바꾸어놓아도 보고 흙을 갈면서 큰 화분으로 교체도 해봤지만 한번 시들기 시작한 화초들은 영 회복될 기미를 보이지 않았다. 죽어버린 허브 화분 몇 개를 갈아엎으며 식물 키우기가 내게는 로망이었을 뿐임을 깨달았다.

식물도 사람의 마음을 느낀다고 한다. 아끼고 관심을 기울여주어야 하는데 내가 가진 것은 폼 나고 우아한 삶에 대한 갈증일 뿐이었다. 꿈과 현실은 엄연히 다르다. 식물에 대한 애정 없이 꿈만 꾸던 내게 현실이 준 교훈이었다. 이번 기회에 과감히 화분들을 정리하는 편이 낫겠다는 생각이 들었다. 내 수준에 맞게 가끔씩 물주는 것을 잊어도 잘 자라주던 것만 남기고 잔손이 많이 필요한 것들은 싹 치워버렸다. 다 정리하고 났더니 작은 화분 일곱 개만 선반 하나에 남았다. 이만큼이 내가 최선을 다해 키울 수 있는 정도이다.

머릿속으로 꿈꿔 오던 순간이 현실로 이루어져도 그것이 꼭 나를 만족시켜 준다는 보장은 없다. 부러워 마지않던 옆집 아무개의 삶을 내가 갖게 된다고 해도 꼭 행복해지는 건 아니라는 말이다. 행복은 나의 한계를 알아내는 것이다. 그래야 억지로가 아니라 감당할 수 있을 만큼의 행복을 갖고 그것을 즐길 수 있다.(8일째)

정리 이야기 5. 추억도 정리가 필요해

유치원과 초등학교에 다니는 두 아이에게는 저희들이 학교나 유치원에서 만들어온 물건 하나하나가 엄청나게 자랑스러운 것들이다. 그런데 내가 무정한 부모인지 요즘 들어서는 아이들이 만들어온 작품들이 썩 기쁘게 느껴지지만은 않는다. 무덤덤해지고 심지어는 귀찮게 느껴지기도 한다. 아이들이 좀 더 어렸을 때는 일주일에 한두 개씩 만들어오는 것들을 보면 놀랍고 신기했다. 저 작은 손으로 어떻게 이런 것들을 만들었을까, 혼자 감동받기도 하고 뿌듯해서 절로 웃음이 나오기도 했다. 누가 말하지 않아도 벽에 걸고 붙이고 식탁에 올려놓고 열심히 장식하곤 했는데 이제 그런 시기들이 지났나 보다. 자꾸만 쌓여가는 종이 작품들, 지점토, 그림, 작은 메모 쪽지들…… 아이들은 정작 나한테 선물이라고 주고 나서는 팽개치곤 돌아보지도 않는다. 그림은 파일에 넣어서 보관할 수나 있지 덩치 큰 공작품들은 어쩌란 말인가?

장롱과 창고에도 아이들 작품을 모아둔 것이 몇 상자나 더 있었다. 아이들을 불러 정리를 하자고 설득을 했다. 버릴 것은 버리고 남길 것은 남기자고. 아이들은 하나같이 다 아깝다고 입을 쭉 내민다. 나는 다시 설명을 했다.

아이들이 아깝다고 말은 했지만, 아이들이나 나나 어디 있는지도 몰랐고 있어도 없어도 상관없이 살아온 것들이다. 물론 추억은 소중하다. 무엇인가를 만들어낸 순간의 순수한 기쁨만큼 기분 좋은 것이 또 있을까? 그렇다고 특별히 기억에 남지도 않은 것들까지 몽땅 끌어안고 살 수는 없지 않은가? 아이들과 협상을 시작했다. 오래 보관할 수 있는 그림 중에서 특별히 잘 그렸다고 생각하는 것들, 일기장이나 상장, 사진이 붙어 있는 것들은 우선 보관함에 넣기로 했다. 만들어온 공작품들도 이참에 조건을 걸었다. 한 계절을 전시해서 보관하고 이후에는 새롭게 만들어온 것으로 교체해 전시하겠다고. 아이들은 그제야 순순히 받아들였다.

인간이 살아온 모든 장면을 다 기억하는 것은 아니다. 이유도 없이 생각나는 장면도 있긴 하지만 대부분 그 순간에 얽힌 기억이 아주 특별하기 때문이다. 물건도 그렇다. 그것을 만들 때의 상황에 얽힌 특별한 기억이 물건을 소중하게 만드는 것이다.

물건을 정리하는 것은 과거를 정리하는 것이라고 한다. 나는 '추억'을 정리하는 것이라고 말하고 싶다. 애틋한 감정을 유발시키는 것, 특별히 좋아하는 것, 나를 기분 좋게 만드는 것, 잊으려고 해도 여전히 기억나는 것, 추억으로 간직하고 싶은 것을 선택해서 남겨두자. 무감각해진 것들은 과감히 정리하는 것도 나쁘지 않다. 오히려 그런 과정을 통해 내가 지닌 추억이 더욱 소중해지고 깊어질 수 있지 않을까?(10일째)

정리 이야기 6. 시작하는 것보다 어려운 것은 유지하는 것

며칠 동안 정리했더니 집안이 조금씩 말끔해지며 가벼워지고 있다. 많던 책을 정리한 덕분이다. 책장도 한결 여유로워졌다. 그동안 집이란 것이 탄력 있는 풍선이라도 되는 것처럼 그 안에 마냥 짐만 늘리며 살았나 보다. 걷어내고 치워내고 버렸더니 집이 한결 넓어진 듯 느껴졌다. 책장을 정리하고, 아이들 장난감이며 책상을 정리한 뒤 일주일이나 지났을까, 모처럼 한가한 시간에 소파에 앉아 책을 읽고 있는데 왠지 뒤꼭지가 따끔거렸다. 얼마 전만 해도 그냥 넘어갈 아이 책상 위의 작은 물건 몇 개가 이제는 너무 신경이 쓰인다. 사실 아이들의 책상 위는 늘 아무렇게나 던져놓은 가방이나 책, 지우개나 연필, 기타 잡다한 물건이 널려 있어 우리 집에서 제일 지저분하다. 지금 이대로도 상당히 발전한 상태이건만 이제는 그마저도 참기 힘들어졌다. 책을 덮고 벌떡 일어나 연필은 연필꽂이에 꽂고 물통은 부엌으로 옮겨놓았다.

행복 실험 프로젝트로 '정리'라는 주제를 선택한 지 12일이 되었다. 어떤 습관이 몸에 익숙해지고 자리를 잡기까지는 최소한 21일이 걸린다고 한다. 작심삼일이라는 말이 자꾸만 흐트러지기 쉬운 사람의 심리를 적절하게 표현한 말이라는 걸 새삼 실감한다. 그래도 난 이제 절반을 넘어서고 있다.

번화가의 쓰레기통 옆은 언제 보아도 지저분하다. 쓰레기통이 넘치고 누군가 근처에 쓰레기를 버리기 시작하면 순식간에 산더미처럼 쓰레기가 쌓인다. 치우지 않고 있으면 아이들은 쉽게 여기저기 어지럽히고 쓰레기를 버렸다. 이미 하나를 어지럽힌 곳에 두 개 더 어지럽히는 것은 일도 아니다. 그런데 말끔한 바닥, 깨끗한 방이 되자 나 자신조차 무엇인가를 섣부르게 어지럽히기 싫어졌다. 치워놓고 나니 이제 정리된 상태가 주는 느낌이 어떤 것인지 비로소 알게 된 것이다. 각각의 물건들이 제자리를 찾아 말쑥하게 정돈되어 있을 때의 그 상쾌함이라니. 눈에 보이는 것만이 아니라 내 몸과 마음도 막 목욕을 한 것처럼 개운해진다는 것이 놀랍다.

학창 시절, 시험 전날이면 긴장 때문에 책은 손에 안 잡히는데 유난히 어지럽혀진 책상은 눈에 띄어 안 하던 청소를 하느라 엄마한테 혼나던 일이 생각난다. 그러고 보면 무언가 심적으로 가로막힌 일이 있을 때 집 안을 뒤집어엎고 이리저리 가구를 바꾸고 나면 한결 홀가분해지곤 했다.

그래, 하고 자꾸만 흐트러지려는 마음을 다잡는다. 지금의 흔들림을 극복해야 나는 '이대로'가 아닌 '저만큼' 앞서 나갈 수 있을 것이다.

운전할 때 시동을 걸고 가속 페달을 밟아야 멋지게 도로를 질주하는 것처럼, 습관도 자연스럽게 시동이 걸리고 자동으로 가속을 할 수 있게 될 때까지 해보아야 한다. 눈앞의 잡동사니를 치우는 일은 인생의 문제(잡동사니)들을 치우는 것이라는 글을 읽었다. 그 말을 믿고 싶다. 오늘의 나는 바로 지금, 시작점과 마찬가지로 그것을 유지해 나아가는 것이 중요하다는 것을 깨닫게 되는 포인트 지점을 막 돌고 있는 중이다.(12일째)

정리 이야기 7. 정리는 주도권이다

좋은 세상이다. 선반 정리법, 그릇 정리법, 서랍 정리법…… 인터넷 검색창에 글자를 치고 엔터키만 누르면 어느 낯선 도시, 낯모르는 이의 정리 방법을 배울 수 있다. 인터넷을 뒤져 '정리 블로거'들의 글과 사진을 보니 정말 대단하다. 그저 며칠 해보고 나온 솜씨가 아니라 매일 정리하고 궁리하고 실험하고 경험해서 나온 노하우다. 그런 것을 단 몇 초 만에 찾아서 볼 수 있다는 것이 새삼 대단한 일이라는 생각이 든다. 갑자기 시야가 확 넓어진 느낌이다.

냉장고를 정리한다. 우선 칸칸이 들어 있던 먹을거리들을 다 꺼내고 찌꺼기가 붙어 있는 칸막이들을 다 닦아서 넣었다. 인터넷에서 본 대로, 자주 먹는 음식은 네모난 용기에 차곡차곡 담아 쟁반에 받쳐서 넣거나 바구니를 이용해 각을 맞춰 정리를 해 넣었다.

결혼하기 전까지 나는 쌀을 제대로 씻어 밥을 해 먹어본 적이 없다. 할 줄 아는 음식이라야 고작 라면 끓여 먹는 정도였을까? 일하느라 바쁜 엄마가 차려주는 밥을 아무 생각 없이 코앞에서 받아먹고 살던 철없는 딸이었다. 그랬으니 부엌일에 대해서는 아무것도 모르는 상태에서 결혼을 했다. 결혼 후 줄곧 시어머니와 함께 살면서도, 직장을 다닌 탓에 집에 돌아가면 그저 시어머니 옆에서 보조를 맞추며 거드는 정도였다. 요리도 서툴렀지만 잘했다 해도 몇십 년간 살림을 해오신 시어머니의 솜씨를 따라잡을 수는 없었다. 그러다 보니 시키는 대로만 할 뿐이고, 억지로 공부하는 학생마냥 부엌일에 흥미는커녕 스트레스만 쌓였다.

알려주는 대로만 하는 것은 재미가 없다. 어머니의 오래된 그릇들과 살림살이는 순전히 어머니의 것이고 내게는 쉽게 정을 주지 않는 것 같았다. 부엌이라는 공간이 유일하게 여자들이 능력을 발휘하고 주도권을 쥐고 장악할 수 있는 공간이라는 생각이 들었다.

본격적으로 내 살림을 시작한 지 2년, 처음에는 기계적으로 하던 것이 조금씩 손에 익고 슬슬 재미가 생겼다. 음식을 한번 해도 이렇게도 해보고 저렇게도 해보고, 실패하면 어떠랴 싶어서 새로운 시도도 해보았다. 살림살이에 조금 더 자율적이고 능동적인 태도를 갖게 되었다. 이제야 내가 냉장고뿐만 아니라 이 공간에 주도권을 가졌다는 사실을 깨닫는다. 그렇게 생각하자 정리가 힘들고 짜증나는 일이 아니라 즐거운 일이 되었다.

이 공간이 다른 사람의 영역이라면 내가 굳이 책임지고 정리할 일도 없을 것이고 정리를 한다 해도 그것이 즐거운 일이 될 리 없을 것이다. 반대로 내 공간인데 다른 사람이 시키는 대로 해야 한다면 불쾌한 일이 될 것이다. 많은 사람들이 학창 시절에 자기 책상 위를 마음대로 치워버리곤 하는 엄마에게 화를 내본 경험이 있을 것이다. 내 고유 영역에 대해서는 그것을 잘 정리해 놓든 어질러놓든 내가 자유롭게 선택할 수 있고 그에 따른 책임도 오롯이 나한테 있는 것인데, 그것을 무시하고 엄마가 대신 주도권을 행사해 버린 것이 불쾌했기 때문일 것이다. 한 공간에 대한 주도권이란 이렇듯 선택할 수 있는 자유와 그 선택에 대한 책임까지도 포함하는 것이리라.

지금 이 공간의 주도권은 나에게 있다. 버리는 것도, 모으는 것도, 만드는 것도 모두 내가 선택할 수 있다. 어떤 일의 결과를 자신의 능력과 노력으로 이루었다고 생각하는 사람이 진짜 행복한 사람이라고 한다. 물론 이 말 앞에는 "진정으로 자신이 선택하고 책임질 수 있는 일에 한해서"라는 전제가 붙는다. 냉장고를 정리하며 비로소 그 의미가 이해되었다.(13일째)

정리 이야기 8. 건망증이 아니라 적당증이 문제!

"엄마 이거 뭐야?"

툭하면 아이들은 부엌의 서랍 하나를 열고 내게 묻는다. 이 서랍은 아이들에게 절대 건드리지 말라고 신신당부한, 이른바 '엄마의 서랍'이다. 그런데 아이들은 "절대로 안 돼!"라고 하면 더 하고 싶은 것인지 시시때때로 아무렇지 않은 척 되묻는다.

잡동사니처럼 보여도 내가 기억해야 할 중요한 물건들이 여기 다 들어 있다. 자동차 보험 서류, 각종 전자 제품의 사용설명서, 자동차 보조 키, 아이들 통장, 핸드폰 충전 잭, 아파트 커뮤니티 이용 카드 등…… 자주 사용하는데다가 중요한 물건들이니 잃어버리면 안 된다는 생각에 아이들이 서랍 쪽으로 향하면 늘 신경이 곤두서게 된다. 아이를 낳고 나이를 먹으면 어느 정도는 건망증이 생기게 마련이라지만 핸드폰을 손에 들고 통화를 하면서 핸드폰을 갖고 나왔나 주머니를 뒤지고 있는 나를 발견할 때는 어이도 없고 황당하기도 하다. 그래서 서랍 속 물건들을 잃어버릴까봐 더 노심초사하는 것 같다.

오늘은 '엄마의 서랍'에 있는 것들을 정리해 볼까 싶었다. 들여다보니 자주 쓰는 물건과 중요한 물건이 뒤죽박죽 섞여 있다. 《소중한 것을 먼저 하라》라는 책에서는 긴급하면서 동시에 중요한 것, 중요하지만 긴급하지 않은 것, 긴급하지만 중요하지 않은 것, 긴급하지도 않고 중요하지도 않은 것을 구별하라고 한다. 그 분류 방법을 정리에 응용한다면, '사용 빈도가 높으면서 중요한 것' '중요하지만 사용 빈도가 낮은 것' '중요하지도 사용도 많이 하지 않는 것' 이런 식으로 구별이 가능할 것 같다.

손톱깎이는 자주 쓰지만 중요한 물건이라고는 할 수 없고, 통장은 자주 쓰지 않지만 중요한 물건이다. 이런 물건들이 분류되지 않고 마구잡이로 엉켜 있으니 수시로 서랍이 열리고 그 틈에 중요한 물건을 잃어버리는 것도 당연한 일이다. 이 서랍의 산만함이 어쩌면 내 삶의 방식을 대변

하는 것 같다는 생각이 들었다. 툭하면 잃어버리거나 잊어버리고……
그저 나이 들어 생기는 건망증이라고 치부했지만 그것보다 큰 문제
는 물건이 놓일 자리를 제대로 찾아주려고 노력하지 않았다는 사실
이다.

서랍 하나를 열고 마치 쓰레기를 버리듯 모든 물건을 던져 넣었다.
아무리 건망증이 심해도 물건들이 늘 정해진 자리에 놓인다면 큰 실
수는 하지 않을 것이다. '이따가 가져다놔야지' '여기 두면 알겠지' 하
고 그때마다 나 편리한 대로 대충 던져놓던 버릇, 지금 해도 되는 일
을 굳이 미루는 버릇, 과정이 어떻든 빨리 끝내버리려는 버릇, 느리게
해서 완벽한 성과를 얻으려 하기보다는 대충 하더라도 빠른 성과를
바라는 버릇, 한 가지 일에 집중하기보다는 두세 개를 한꺼번에 해치
우려는 버릇…… 이런 나의 '적당증'이 문제였다.

이렇게 적당히 해치우려는 버릇이 정리에도 가장 큰 벽이 되었는
지 모른다. 문제는 그 버릇이 내가 삶을 대하는 태도에 늘 투영되고
있었다는 것이다. 이번 실험을 통해 내가 얻은 것 중 하나는 나의 이
런 태도에 대한 반성이었다.(14일째)

정리 이야기 9. 행복한 중독

운동에 중독이 되었나 보다. 하기 전에는 싫은데 막상 하고 나면
개운해서 하루라도 안 가면 왠지 서운하다. 겹겹이 쌓인 지방도 많이
덜어졌다. 뛰고 들고 할 때는 힘이 들기도 하지만, 운동을 마친 뒤 스

트레칭으로 마무리를 하고 나서 땀을 닦고 시원한 물 한 잔 마시면 몸도 마음도 가볍고 뿌듯하다. 몸 곳곳에 쌓여 있던 독소들이 죄다 땀으로 빠져나간 느낌이다. 종이처럼 구겨져 있던 몸이 다림질한 와이셔츠처럼 쫙 펴진 것 같다. 마라톤을 한 것은 아니지만 이런 것이 '러너스 하이Runner's High'라고 부르는 것과 비슷하지 않을까? 러너스 하이란 통상 30분 이상 달릴 때 얻어지는 도취감 혹은 달리기의 쾌감을 말한다.

고통을 견뎌내고 그 속에서 최상의 쾌감을 느껴본 사람은 좀처럼 그 느낌을 잊지 못해서 이전의 고통을 잊고 다시 한 번 그 쾌감을 추구하게 된다고 한다. 이 예가 적당한 것인지 모르겠지만 내 생각에는 여자들이 아이를 낳는 순간이 바로 그런 순간인 것 같다. 죽을 것 같은 출산의 고통을 견뎌내고 아이를 배 위에 올렸을 때 말로 표현할 수 없는 행복감을 맛보기에 다시 둘째를 낳고 셋째를 낳을 수 있는 것이다.

어느 정도의 고통은 그 뒤에 올 기쁨이나 행복의 순간을 더욱 충만하게 해준다. 힘든 운동을 끝내고 날아갈 것같이 가벼운 몸으로 집으로 돌아와 현관문을 열었을 때, 단정하게 정돈된 거실의 모습이 보였다. 안방 문을 열자 잘 정리된 책들이 나를 반긴다. 어쩐지 모든 물건들이 온통 나를 반기는 기분이다. 평화롭다. 평온하다. 이런 기분을 또 느끼고 싶은 것은 당연하다. 마치 운동을 할 때처럼 한번 맛보면 잊을 수 없는 행복한 중독이다.(16일째)

행복 실험을 시작한 지 17일째. 나름대로 정리 습관이 조금씩 자리 잡아간다는 생각이 들었다. 테이블 위와 책장이 정리되자 구석구석 감춰져 있던 바닥들이 반짝이며 모습을 드러낸다. 오늘은 수납 정리의 달인이라는 사람이 낸 책을 책장 속에서 찾아냈다. 몇 년 전에 산 것 같은데 한 번 보고 휙 던져놓았던 모양이다. 옷을 개는 법, 서랍에 넣는 방법, 양말이나 속옷 넣는 법, 박스를 이용해 수납하거나 부엌의 사소하고 작은 소품들을 정리하는 방법까지, 읽다 보니 입이 벌어진다. 어쩌면 이렇게 수납에도 많은 아이디어가 있는지?

비디오 케이스를 잘라서 영수증이나 쿠폰함으로 사용하는 것, 접시도 그냥 쌓아두는 것이 아니라 회사에서 사용하는 파일꽂이를 사용하면 더 많은 공간을 편리하게 활용할 수 있다는 것, 부엌 싱크대 안에 그릇을 넣을 때도 사용 빈도에 따라 동선을 최단 거리로 해서 넣는다는 것 등…… 알고 나면 쉬운 일이지만 이런 것을 알아내기 위해서 사람들은 얼마나 많은 생각을 짜내는 것일까? 그러고 보니 지금까지 살아오면서 내가 정리라고 생각한 것은, 그저 가구를 여기서 저기로 옮기는 것 정도의 단순한 것뿐이었다. 그것은 그저 '변화'에 불과했다. 나는 왜 좀 더 창의적인 생각을 살림에 불어넣지 못했을까? 왜 변화가 아니라 진화할 수도 있다는 사실을 깨닫지 못했을까?

순간 번쩍 하고 떠오른 사람이 J였다. 친한 동생 J의 집에 갔을 때 파일 속지를 떼어내 냉장고 앞에 붙여놓은 걸 본 게 생각났다. 학교

와 유치원에서 오는 아이들 공문이 매번 여기저기 돌아다니기 일쑤였는데, J는 냉장고 앞에 투명한 파일 속지를 붙여 공문을 넣고 매주 내용물만 교환하고 있었다. 사소한 것인데도 나는 삶을 더 편리하게 해주는 방법이 있다는 것을 생각해 본 적도, 그래 볼 엄두도 내지 못했다. 생각난 김에 그 아이디어를 따라서 실행해 보았다. 해놓고 나니 냉장고 자석을 이용해 삐뚤빼뚤 붙여놓는 것보다 훨씬 보기도 좋고 무엇보다 잃어버릴 염려가 없어서 좋았다. 세상에는 이처럼 일상을 풍요롭고 편리하게 만들고 삶을 더 행복하게 가꿀 수 있도록 하는 아이디어가 수도 없이 많을 것이다.

살림이라는 말은 어떤 것을 '살려내는 것'이라는 의미가 있다고 한다. 지금까지 내가 해온 것들은 살림이 아니었다. 어쩌면 이제부터 같은 자리 맴돌기 식으로 변화하기만 하는 것이 아니라 한 발 앞선 진화를 경험할 때도 되지 않았을까? 살림의 진화 말이다.(17일째)

<u>정리 이야기 11. 망가질 공간이 필요해</u>

거실, 안방, 책장, 장롱, 다시 책장, 가운뎃방, 아이들 방, 부엌…… 이런 순으로 며칠 동안 정리가 계속되었다. 집안을 휘휘 둘러보니 그런대로 괜찮아 보여 만족스러웠다. '거봐, 하니까 되잖아.' 뿌듯한 마음으로 청소기를 찾아 창고 문을 열었다. 그런데 이런, 한 평도 안 되는 작은 공간이 발 디딜 틈 없이 꽉 차서 지저분한 몰골을 드러냈다. 몰리고 몰려서 갈 곳 없어진 놈들이 모인 최후의 요새 같았다. 그러나 정말 대책이 없었다. 살

고 있는 아파트는 지은 지 얼마 안 돼 거실이 베란다 쪽으로 전부 확장되어 있다. 그래서 창고라고는 눈꼽만큼이나 협소한 이 공간뿐이다. 시골에서 보내온 쌀, 여름에만 쓰는 대형 아이스박스, 제기祭器, 교자상, 청소기, 고구마와 야채가 든 상자, 쓰다 만 압력밥솥…… 종류나 재질, 용도와는 전혀 상관이 없는 이 모임을 어떻게 해체하고 분류해야 할지 난감했다. 이전에 살던 집은 베란다가 넓어서 시어머니는 베란다에 장독도 놓고 커다란 화분도 놓고 사과 박스에 흙을 담아 상추도 키울 정도였다.

그런데 이사 와 베란다가 없으니 곤란한 점이 한둘이 아니다. 가장 곤란한 점은 살림의 실체가 낱낱이 드러난다는 것이다. 아무리 정리해도 걸러지지 않는 잡동사니들이 그득한 창고는 마치 화장하지 않은 내 민낯과 같다. 손님이 와서 휘휘 집안을 둘러볼 때는 '제발 그곳만은 보지 마세요!!' 하고 속으로 외친다. 규격에 맞지 않고, 울퉁불퉁하고, 애매모호하고, 제멋대로인 것들에게도 갈 곳이 필요하다. 사람도 가끔은 세수도 안 한 채 제멋대로 입고 마음대로 행동할 수 있는 자유 구역이 필요한 것처럼 물건도 그렇다. 버릴 것은 버리고 과감하게 창고 문을 닫았다. 당분간이나마 새로운 수납 아이디어를 발견하기 전까지는 이곳은 망가져도 되는 공간으로 남겨두자고!(18일째)

정리 이야기 12. 습관은 빗물처럼

토요일, 비가 왔다. 《인생이 빛나는 정리의 마법》이라는 책에 보니 정리에는 '일상의 정리'와 '축제의 정리'가 있다고 한다. 지금까지 축제를 벌이듯 한번에 왕창 정리를 했다면 이제부터는 매일 꾸준히 일상의 정리에 돌입할 때다. 마치 창밖에 똑똑 떨어지는 빗물처럼.(20, 21일째)

정리 이야기 13. 정리 이전에 소비의 문제

정리를 했다고는 해도 책은 여전히 많다. 책장 앞에 서서 첫줄 왼쪽부터 오른쪽 맨 아래까지 죽 훑어보았다. 많이 팔기도 하고 보내기도 하고 선물도 해서 내 딴에는 엑기스 같은 책들만 남겨두었다고 생각했는데 더 버려야 한다니, 또다시 보내야 할 것과 남겨야 할 것으로 책을 가르는 작업을 해야 한다니, 스르륵 맥이 빠지기도 했지만 갑자기 책 한 권 한 권에 대한 애정의 농도가 짙어진다.

내가 책을 정리하는 동안 아이들에게는 작은 비닐 팩을 던져줬다. 굴러다니는 작은 장난감들을 종류별로 분류하도록 했다. 아이들이 하는 모습을 살펴보면 정말 '지금 이 순간'을 산다는 것을 알 수 있다. 언제는 죽자고 필요하다며 사달라던 장난감, 한때는 그것 없었으면 어떻게 할 뻔했나 싶은 물건도 과감히 쓰레기통으로 수직 낙하하니 말이다.

버려지는 것들을 가만히 살펴보니 제일 많은 것이 플라스틱 장난감이다. 약국에서 비타민과 함께 포장되어 있던 작은 장난감 같은 것들. 그나마 버리는 것에서 늘 뒤로 순서가 밀리는 것들은 인형이나 책, 노트 따위다. 공들여 만든 물건은 무엇이든 아이들 손에 오래 남아 있다. 싸고 쉽게 구해지는 물건은 쉽게 구한 만큼 참 쉽게 버리거나 되팔았다. 인스턴

트적인 욕구로 구입한 물건들은 그러한 욕구가 충족되면 끝이 나는 것이다.

정리를 하다 보니 내 소비 습관의 경박함을 깨닫게 되었다. 항상 필요한 것보다 많이 산다는 것. '한번 볼까?' '써볼까?' 하는 가벼운 마음일 때가 많았다는 것. 앞으로는 절실한 필요 때문인지, 단순한 마음의 허기 때문인지 생각해 볼 필요가 있을 것 같다.

시간이 지날수록 정리가 필요한 것은 집과 잡동사니만이 아니라는 생각이 든다. 나의 몸도, 생각과 일상의 습관에도 정리가 필요하다. 정리란 나를 행복하게 하는 물건만 주변에 남겨두는 것이라고 했다. 나의 생각과 마음, 습관에 나를 행복하게 만드는 것만 남겨두도록 해야겠다.(26, 27일째)

정리 이야기 14. 때론 목표에서 눈을 떼어보자

헬스장. 러닝머신 50분을 세팅하고 걷기 시작한다. 몸은 견딜 만한 것 같은데 머릿속에서 이런저런 꼼수가 모락모락 피어나기 시작한다. '오늘만 짧게 걷자. 대신 식사량을 조금 줄이면 되지.'

'지루하다' '힘들다' '하기 싫다' 별별 생각을 다 하면서 시간을 체크하니 몇 분 지나지도 않았다. 러닝머신의 버튼들을 가만히 바라보았다. 보통 운동을 하다 보면 어떤 운동이든 10회, 10분…… 이런 식으로 끝자리가 '0'으로 끝나면 깔끔하게 느껴진다. 그 점을 생각하며 시간이 10분이 되어갈 즈음 칼로리 표시에 눈을 돌린다. 칼로리가 131이면 140이 될 때까지 걷고, 140이 되면 이번에는 몇 킬로미터를 걸었는지를 확인한다. 예를 들어 2.3킬로미터라면 3킬로미터까지, 이렇게 번갈아가면서 눈을 돌려 할당량을 채웠더니 결국 50분을 채울 수 있었다.

시간이 촉박하거나 해야 할 일에 대한 부담감이 심해지면 오히려 목표에 대해서 강박감이 생긴다. 오늘 여기서 여기까지 완벽하게 정리해야지, 이만큼 운동 횟수를 늘려야지, 억지로 목표를 늘려놓으면 이내 압박감과 부담감이 밀려왔다. 그런데 이렇게 운동할 때처럼 처음부터 큰 목표를 세우기보다는 작은 목표들을 수정해 가면서 늘려 잡아가는 방식도 괜찮은 것 같다. 나를 속이는 것 같지만, 그렇게 하면 압박감을 훨씬 줄일 수 있다.

읽던 책을 꽂으며 책 몇 권을 더 정리하고, 설거지한 그릇을 그릇장에 넣으면서 손에 잡힌 접시들을 몇 개 정리한다. 쓰레기를 버리면서 옆에 쌓인 비닐 봉투를 정리한다. 큰 목표에서 눈을 떼고 손에 잡히는 대로 간단한 정리에 집중하기로 했다. 오히려 정리에 들이는 시간은 줄어들고 마음에 부담감도 훨씬 덜하다. 그러고 보니 정리를 잘하고 사는 사람 치고 시간 내서 따로 정리를 한다는 사람은 별로 없었다. 작은 것들을 미루고 지나가면 그것이 결국 산처럼 쌓여 마치 힘겨운 과제처럼 느껴질 수밖에 없다.

슬슬, 살살, 그렇게 꾸준히 하자. 내가 시간을 보내는 방법이 결국은 삶을 사는 방법이 되는 것이니까.(25일째)

30일간의 프로젝트가 끝이 보이나 싶더니 막판에 덜컥 감기에 걸렸다. 사흘 정도 끙끙대다가 일어나보니 모든 것이 프로젝트 이전으로 리셋된 것 같다. 며칠 정리하지 못했다고 널브러진 의자며 소파 위 방석들, 식탁과 책상 위에 널려 있는 잡동사니들. 좀 치웠다 싶은데 뒤돌아서면 온통 정리할 것투성이다. 책에서는 이런 현상을 '정리 리바운드 현상'이라고 했다. 내가 보기에는 다이어트 후에 찾아오는 요요 현상과 똑같다. 살을 뺀 후에도 조금만 소홀하면 다이어트 전보다 더 쉽게 살이 붙는다. 솔직히 정리를 하면서 넓어진 집 안의 공간을 보자 '액자를 좀 사서 걸까? 화분을 더 살까? 꽃병은? 서랍장이나 테이블을 하나 더 살까?' 하는 마음이 들며 이런저런 쇼핑의 유혹에 사로잡히기도 했다. 그래도 썩 잘 참았으니 다행이다. 간신히 정리된 말끔한 공간이 크게 필요 없는 물건들로 다시 꽉꽉 들어찬 상태가 되어버릴 뻔했으니까.

30일 가까운 시간, 이 시간만큼은 최선을 다해 정리를 한다고 했지만 남들 눈에 확 들어올 만큼 대대적으로 바뀐 것은 없다. 여전히 쓰레기는 나오고, 청소기를 돌려도 먼지는 쌓인다. 치워놓아도 아이들이 한번 후루룩 지나간다 싶으면 정돈되었던 공간이 폭탄이라도 맞은 것처럼 변하기 일쑤이다. 30일을 정리했다고 일상이 움직임을 멈추고 정리된 공간이 그대로 유지될 리 없다. 나는 겨우 변화의 첫발을 내딛은 것뿐이다. 음식을 먹고 소화를 시키고 나면 이내 배설을 하듯이 모든 것이 되돌아갔다고 실망할 필요는 없다. 내 삶을 소화시키기 위해서는 매일 배출되는 물건들이 어김없이 발생하는 법이니까. 정리 요요 현상? 아니다. 삶의 소화 작용이다.(28, 29일째)

장롱 속의 행복을 꺼내다

행복의 두 가지 얼굴: 힘과 성취감

장롱에서 먼지 쌓인 면허증을 꺼낸 것은 2년 전, 회사를 그만두고 일산으로 이사 와 작은 경차를 구입하면서였다. 면허를 처음 딴 것이 15년 전이니 핸들을 잡아본 것도 어림잡아 10년은 넘었을 것이다. 오랜만에 양손에 핸들을 잡는 순간 심장은 두근거렸고 간은 콩알만 해졌다. 손에 땀이 얼마나 많이 나는지 연신 닦아내도 소용이 없었다. 처음부터 넓은 도로를 다니는 것은 엄두도 못 낼 일이었다. 근 1년 동안은 걸어도 충분할 집 근처에서만 운전을 했고, 정작 차를 타고 갈 만한 거리는 버스나 지하철을 이용했다. "뭐 하러 차를 샀냐?"며 남편은 핀잔을 줬다. 내가 생각해도 바보 같았다.

하지만 차들이 빽빽이 들어선 주차장에 들어가면 우선 기부터 죽었다. 그럴듯하게 주차된 다른 차들 틈에 자신 있게 끼어들 자신이 없었다. 가장 큰 문제는 주유소에 들어가지 못하는 것이었다. 지금 생각하면 별것도 아닌데 땀을 뻘뻘 흘리며 당황해하는 내 모습을 들킬까 겁이 났다. 지레 타인의 시선을 겁내며 의기소침해지고 말았다. 그러던 내가, 이제는 운전에 자유로워졌다. 마치 막 걸음마를 시작한 아이가 하루 한 걸음씩 걸음이 늘며 뒤뚱거리면서도 신나게 걷는 것처럼 한 정거장 두 정거장 갈 수 있는 거리가 길어졌다. 서울도 다녀오고, 남편을 대동하기는 했지만 고속도로도 타보고, 조금 큰 차도 운전할 수 있게 되었다.

핸들을 잡으면서 내가 느낀 것은 어느 길로 어떻게 갈지 스스로 선택할 수 있다는 사실이 나를 행복하게 한다는 것이다. 더 멀리도 갈 수 있고, 돌아서 가든 직진을 하든 '길'을 선택하는 것도 내 자유다. 먼 곳으로 떠나는 일에 대한 두려움도 사라졌다. 늘 누군가에게 의지하기만 했는데 혼자 무엇인가를 할 수 있게 된 것이다. 아침 일찍 영화관에 다녀오기도 하고, 멀리 살아서 못 만나던 친구도 찾아가 만날 수 있다. 멀어서 자주 못 가던 친정에도 마음만 먹으면 언제든지 다녀올 수 있고, 분위기 있는 카페나 식당에 갔다 오는 것도 어려운 일이 아니다. 그런 가능성이 내게 열려 있다는 것을 깨닫자 즐겁고 뿌듯했다. 마치 줄곧 음악을 귀로 감상만 하다가 자유롭게 악기를 다루고 곡을 연주할 수 있게 된 사람처럼 말이다.

지난 30일 동안, 장롱 속에 넣어두었던 운전 면허증을 꺼내듯 수많은 물건들을 꺼내고 정리했다. 물건을 하나하나 대하고 떠나보낼 때마다 그것이 내 삶에 어떤 영향을 미칠지 심사숙고해야 했다. 꼭 필요한 물건만 남기기 위해서는 매일 고민해야 했고 끊임없이 선택해야 했다. 마치 운전하면서 내가 갈 길을 선택하듯이 말이다. 고민하고 선택하는 과정에 처음에는 거부감이 들었다. 무엇인가를 선택해야 하는 순간이 부담스러웠다. 그러나 지금은 오히려 그 선택하는 행위에서 '힘'과 '성취감'을 느낀다. 이 행위를 통해 내가 경험하고 싶었던 것은, 비록 작은 공간이지만 그것을 어떤 모습으로 만들지 스스로 결정하는 데서 오는 힘과 성취감을 맛보는 것이었는지도 모르겠다.

행복과 거리두기? 이제는 NO!

정리를 하면서 내 행복의 방해물은 바로 나 자신이었음을 깨달았다. 늘 '행복'을 내가 뜯어보기엔 너무 큰 선물쯤으로 여기고 그것과 '거리두기'를 하는 습관이 있었던 것이다. 내게는 아주 오랫동안 이상한 버릇이 있었는데, 당장 필요한 물건을 사놓고는 그걸 곧장 사용하지 못하는 것이

었다. 새로 산 물건을 포장도 뜯지 않은 채 장롱 속에 넣어두고 장 묵히듯 오래 보관해 버릇했다. 적게는 일주일, 길게는 해가 바뀔 동안 꺼내지 않은 적도 있다. 문구나 생활용품일 경우는 큰 문제가 없지만 옷 같은 경우는 몸매가 변하거나 유행이 지나 못 입는 경우도 있었다. 포장을 뜯지도 않은 새로운 물건이 장롱 어딘가에 있다는 것, 그것만으로도 나는 어쩐지 뿌듯하고 부자가 된 느낌이었다. 그 느낌을 가능하면 오래 유지하고 싶었던 것 같다.

아마도 나는 행복을 가지고 와서는 풀지도 않은 채 장롱 속에 고이 넣어둔 바보였는지 모른다. 행복이 저쪽 어딘가 들어 있다고 생각하며 막상 꺼내서 눈앞에 펼쳐볼 엄두는 못내는 겁쟁이였다. 옷장 속에 넣

어두면 그것이 언제나 신선한 행복 그 상태로 있을 거라고 생각하면서 그렇게 하면 행복의 유효 기간이 자동 연장될 줄 알았던 것이다.

정리를 하면서 나는 내가 버려야 할 것들이 무엇인지 알았다. 또한 꺼내놓아야 할 것이 무엇인지도 알았다. 장롱 속에서 운전면허증을 꺼내자 내 삶의 반경이 넓어지고 움직임이 훨씬 자유로워진 것처럼, 이제 '행복'이라는 면허증을 꺼내 더욱 풍요롭고 자유롭게 살 때가 된 것이다.

물론 면허증은 면허증일 뿐, 이것을 어떻게 써야 할지, 어느 길로 갈지 결국 선택은 내가 해야 한다. 그 '선택의 권리'를 스스로 행사할 때 나는 비로소 행복해질 수 있을 테니까.

일상 곳곳에 숨어 있는 행복을 만나다

일상의 행복은 어디에 있는 것일까?

일상 탈출. 말 그대로 내게 일상이라는 말은 탈출이라는 말과 동의어였다. 단 사흘이라도 똑같은 일상이 반복되면 '이렇게 살아서 뭐 하나' 하는 회의가 들었다. 떠나지 않으면 답답하고 지루했다. 여기가 아닌 어딘가에 있을 것 같은 행복을 찾아 떠나고, 돌아오고, 또다시 떠나고. 그래서 난 행복했을까? 떠날 때만 행복했고, 그 행복이 오래 지속되지는 않았다. 멀리 떠나고 다시 돌아오는, 원심력과 구심력의 무한 반복이 이어질 뿐이었다.

늘 어딘가로 떠나야 하는 나…… 글쓰기 멤버들과 얘기를 나누다

보니 '일상 속에서 어떤 의미를 발견한다면 안주할 수 있지 않을까?' 하는 생각이 들었다. 그래서 일상을 있는 그대로 받아들이고 그 속에 숨어 있는 행복을 찾아보자는 마음으로 30일 동안 오직 '오늘'에만 집중해 보기로 했다. 몸과 마음의 모든 감각을 활짝 열고 매일 일지를 써나갔다. 평소와 별로 다르지 않은 일상이었지만 새로운 시각으로 바라보니 하루가 특별한 의미로 다가왔다. 생생하게 느껴지기도 했다.

그 일지를 지면에 다 실을 수 없어 그 중 열 장면만 추려보았다. 조금은 특별하다고 느꼈던 순간, 내 마음이 행복해하는 곳을 찾아 몸을 움직였던 순간들이다. 그 장면 중에는 우연히 마주친 행복도 있고, 행복이지만 행복인 줄 몰랐던 것도 있으며, 느닷없이 불안 속으로 빠져들었던 장면도 있다. 김춘수의 〈꽃〉이라는 시에서 "내가 그의 이름을 불러주었을 때 그는 나에게로 와서 꽃이 되었다"고 하듯, 일상에 의미를 부여하고 바라보니 모든 일상이 나에게 기쁨으로 다가왔다.

어라, 행복이 여기 숨어 있었네!

숨은 행복 1. 맛있는 수다

여고 동창 모임이 있는 날이다. 친구가 그리웠을까, 아니면 수다가 고팠을까, 아홉 명이 다 모였다. 늦은 점심을 먹고 우리가 2차로 온 곳은 노래방. 큰소리로 웃고 떠들어도 아무도 신경 쓰지 않고, '방'이라는 공간이 주는 편안함과 오붓함이 우리 사이를 더욱 끈끈하게 해준다. 수다의 장소로는 그만이다. 캔 맥주 하나씩 손에 들고 노래방 소파에 엉덩이를 깊게 묻고 앉자 노래가 아닌 수다가 시작된다.

우리의 수다 테마는 '5분 스피치-나 할 말 있어'이다. 마음속에 쟁여둔 것이 많은 중년 여자들은 듣는 것보다 말하는 것이 더 좋은 법. 시간을 재는 친구의 "시작" 소리에 맞춰 한 사람씩 돌아가며 5분 동안만 하고 싶은 말을 한다. 말수가 적은 친구는 채 5분이 지나기 전에 끝내기도 하지만 할 말이 많은 친구는 5분을 초과하다 "땡" 소리와 함께 청문회에서 마이크 꺼지듯 가차 없이 입이 틀어 막힌다. 다 못한 얘기는 아홉 명이 돌아가고 난 뒤 자유롭게 한다. 모임 때마다 두세 명씩 짝을 지어 떠들다 헤어지던 예전에 비하면 반짝이는 눈과 활짝 열린 귀, 따스한 가슴이 있어 좋다.

수다는 대부분 소소한 일상의 얘기지만 중점적인 소재는 나이를 먹어감에 따라 달라진다. 한동안은 갱년기 증후군이 주된 얘기더니 얼마 전부터는 자식의 결혼 문제가 주요 이슈로 떠올랐다. 얼마 전 시어머니가 된 친구는 아들네 집 아파트 비밀번호가 어느 날부터 바뀌어 있더라고 서운해했다. "어머, 너 정말 서운했겠다.""그래, 아들 길러봐야 다 꽝이야.""우리, 자식한테 기대하지 말자.""결혼하면 아들이 아니라 며느리 남편인 거라잖아, 서운해하지 마.""아들 이민 갔다고 생각해. 맘 편하게."…… 끝없는 위로의 말이 오고갔다.

나는 은퇴를 앞둔 남편 얘기로 5분을 다 썼다. 일주일에 두어 번 삼식이(은퇴 후 바깥에 나가지도 않고 집에서 세 끼를 꼬박꼬박 챙겨 먹는 남편을 가리키는 말)가 되는 얘기며 잔소리가 늘었다는 얘기, 잠깐 외출이라도 하면 "어디냐? 언제 오냐?" 꼬치꼬치 묻는 통에 짜증이 나 죽겠다는 얘기 등등. "나도!" "나도, 미치겠어." "도대체 나이 먹은 남자들은 왜 그렇게 집이 좋은 거야?" "젊었을 때는 그렇게 밖으로만 쏘다니더니."…… 무논의 개구리 울듯했다.

서로 박수를 쳐가며 공감을 표할 즈음, 한 친구가 벌떡 일어나 소리쳤다. "야 이것들아, 남편 고마운 줄 알고 살아. 남편 없으면 얼마나 서러운지 알기나 해?" 남편과 사별하고 20여 년 혼자 살고 있는 친구의 한마디에 모두 반성 모드로 돌입, 누가 먼저랄 것도 없이 슬며시 가방을 찾아 들었다. 때로는 정신 번쩍 나게 쓴소리하는 친구도 필요하다.

혼자 맛없는 저녁을 꾸역꾸역 먹고 있을 남편이 생각나 서둘러 집으로 왔더니 남편이 밥을 차리고 있었다. "어? 왜 이렇게 일찍 왔어?" 혼자 먹는 밥이 아니어서 다행이라는 듯 전에 없던 환대를 했다. 만면에 웃음을 머금고 있는 남편 얼굴을 보자 '그래, 내 남편이 옆에 있다는 것이 진짜 복이지' 하는 생각이 들었다. 남편에 대해 한바탕 수다를 떨고 난 뒤의 밥맛, 꼭 남편이 해준 밥을 먹는 기분이었다.

여자들에게 수다는 그냥 수다가 아니라, 자기 안에 쌓인 노폐물을 밖으로 배출하는 일이다. 배출하는 동안 "맞아, 맞아" 맞장구치며 공감해 주는 것만으로도 충분한 위로를 받는다. 수다 중에서도 최고는 학창 시절 친구들과의 수다가 아닐까 싶다. 고유명사가 생각나지 않아 "그거 있잖아?" 하면 누군가가 "응, 그거?" 하고 대답하고, 또 누군가는 "그게 그

거지?” 하며 받는다. ‘그거’는 때로 음식점 같은 장소도 되고, 노래나 영화 제목이 되기도 한다. 무슨 암호같이 애매모호한, ‘그거’라는 한마디 말로도 소통이 되는 친구들. 30여 년간 함께 공유한 시간과 경험의 힘, 친구의 힘이다. 행복감은 오래 묵은 것일수록 더 진한 모양이다. 가족이 그런 것처럼.

숨은 행복 2. 위치 바꿔보기

《책과 집》이라는 책을 보다가 벌떡 일어났다. 거실이 책으로 장식된 멋진 사진을 보니 우리 집 거실을 서재로 바꿔보자는 생각이 들어서였다. 마침 안방 책장에 책이 넘쳐 방바닥에 돌탑처럼 쌓여가고 있는 중이었다. 생각나면 바로 행동에 돌입해야 직성이 풀리는 나는 곧장 거실을 서재로 바꾸는 작업에 들어갔다. 원칙은 있는 가구를 그대로 활용하기.

남편이 좋아하는 텔레비전은 그냥 두고 거실장 위의 자질구레한 장식물을 치운 뒤 장식장 안의 양주병은 주방으로 옮겼다. 가볍게 읽을 수 있는 여행 책, 에세이, 소설책은 거실장 위에, 오래된 책이나 아끼는 책은 장식장에 고이 모셔놓았다. 두꺼운 책은 북엔드로, 시리즈 책은 버팀대나 다른 책의 디딤돌로 썼다. 책의 두께와 크기에 따라 쌓기도 하고 꽂기도 하면서 정리하고 났더니 거실장과 장식장이 본래 책장인 듯 잘 어울렸다. 자리가 사람을 만든다는 말처럼 물건도 제자리에 있을 때 빛을 발하는 것 같다. 안방에서 거실로, 거실에서 주방으로 위치만 바꿨을 뿐인데 이사라도 온 듯 새로워진 느낌이 들었다. 나는 왜 진작 이렇게 옮겨볼 생각을 안 했을까? 위치를 조금 바꿔주는 것만으로도 이렇게 좋은데.

그날 이후, 나는 자주 내가 있는 위치를 바꿔보곤 한다. 책상 위에 있던 노트북을 식탁 위로 옮겨 글을 써보기도 하고, 책을 읽을 때는 베란다로 나가 벽에 기대고 앉아 읽기도 한다. 마음을 흔드는 문장을 발견한 순간 마침 눈에 들어오는 아파트 정원의 풍경은 느티나무 그늘에 앉아 책을 읽고 있는 기분이 들게 한다. 혼자 먹으면 맛없는 점심도 베란다로 들고 나가 자리를 깔아놓고 먹으면 도시락을 까먹는 듯 훨씬 맛이 좋다. 커피 한 잔 들고 밖으로 나가 나무 벤치에서 마시면 그 맛은 또 얼마나 좋은지! 별다를 게 없어 보이는 일상도 공간의 위치를 조금 바꾸는 것만으로 마음을 새롭게 해주는 것 같다. 위치를 바꿔보면 좋은 게 어찌 물건뿐일까? 아내라는 나의 위치를 남편의 위치로 바꾸어본다. 남편의 마음을 조금 더 이해할 수 있을 것만 같다.

숨은 행복 3. 향기를 선물하다

들꽃차는 눈으로 먹고 향기로 마신다던가. 훅 끼쳐오는 노란빛 향기에 코끝이 황홀하다. 들국화차에 찻물을 붓자 물 색깔이 서서히 노랗게 변하더니 꽃잎이 파르르, 본래의 모습으로 피어난다. 하늘과 바람, 햇살이 깃든 꽃잎을 후후 밀어내며 한 모금 마시니 쌉싸래한 청량감이 혀끝에 감돈다. 금세 몸이 따뜻해지고 마음까지 평온해진다.

들국화차는 지난 가을 평창 언니네에 갔을 때 따다 말린 것들이다. 산자락에 별꽃처럼 노랗게 피어 있는 들국화를 보니 혼자 보고 있는 것이 아까웠다. 고마운 사람들과 함께 나누고 싶어 한 바구니를 따왔다. 가녀린 꽃의 목을 똑똑 부러뜨리는 게 미안해서 '미안해, 미안해' 속말을 하며. 그 꽃잎이 말간 유리잔에 다시 피어난 걸 보니 평창의 가을 풍경 한 채가 가득 들어와 앉아 있는 것 같다.

아직 고스란히 남아 있는 향기를 전하고 싶어졌다. 인터넷을 뒤져 네모난 유리병과 핸드메이드라고 써진 스티커, 포장 끈을 샀다. 유리병에 들국화차를 담고 스티커를 붙인 후 밀봉했다. 마트로 가 박스를 사서 병 세 개를 쪼르르 넣고 포장을 하고 나니 근사한 향기 선물 꾸러미가 되었다.

'이 들국화 향기를 정말 좋아할 거야' '이 차를 마시면 마음까지 여유로워지겠지?' 꽃잎을 유리병에 넣고 포장 리본을 맸다 풀렀다를 반복하는 내내 마음은 설렘으로 가득했다. 오랜만에 경험해 보는 감정이었다. 일상 속에서 설렘을 경험하기가 어디 그리 흔한 일인가.

고마운 지인에게 보냈더니 그녀의 '카카오 스토리'에 내가 보낸 선물 상자를 찍은 사진이 올라왔다. "마음에 감동하고, 향기에 취하다"라는 글귀와 함께. 사진에도 향기와 마음이 찍히는 건가, 실물보다 사진이 더 예쁘게 나왔다. 선물은 주는 행복도 있지만 주기 전의 행복, 받은 사람이 좋아하는 모습을 상상해 보는 행복도 있다. 아, 기분이 좋다! 선물도 사랑처럼 받는 것보다 주는 것이 더 행복한 것인가 보다.

<u>숨은 행복 4. 몰입의 즐거움</u>

'어, 시간이 벌써 이렇게 됐나?' 고개를 들어 시계를 보니 정오를 지나고 있었다. 나도 느끼지 못하는 사이 세 시간이 훌쩍 지나가 버렸다. 그제야 어깨도 뻣뻣해 오고 허리도 아파온다. 시간이 어떻게 흘러가는 줄 모르고 글을 쓰고 있는 나를 요즈음 자주 발견하곤 한다. 이게 바로 몰입이라는 거구나 싶다.

미국의 심리학자인 미하이 칙센트미하이 교수는 "삶이 고조되는 순간에 물 흐르듯 행동이 자연스럽게 이루어지는 느낌"을 몰입이라고 했다. 그러고 보니 글을 쓰고 있는 동안 아래층 어린이집의 아이들 소리도, 우리 아파트 상공 위를 굉음을 내며 지나가는 비행기 소리도 들리지 않은 것 같다. 자판 소리에만 집중하면서 글을 쓰다 보니 생각지도 않은 곳에서 좋은 문장이 튀어나와 횡재한 기분이 들기도 했다. 요리를 하거나 화초를 가꿀 때, 영화를 보거나 운동을 할 때는 전혀 느껴보지 못한 감정이었다.

생각해 보면 이런 몰입의 경험은 그냥 온 것이 아니었다. 매일 아침 두세 시간, A4 용지 한 장 정도의 글을 쓰자는 목표를 정해놓고 영감이 떠오르지 않아도 무조건 책상에 앉아 자판을 두들겼다. 그날그날 내가 발견한 일상의 기쁨과 감정의 흐름에 대해서. 그러다 보면 뭔가가 써져 있었고, 그것을 다시 읽어보면서 나도 모르게 깊은 충만감을 느꼈다. 글쓰기를 통해 발견한 몰입의 행복감은 다른 잡념이나 필요하지 않은 감정들이 끼어들 틈을 주지 않았다. 우연히 얻어지는 행복감은 그 순간이 지나면 사라지지만, 몰입해서 얻는 행복감은 무한하다는 것을 조금은 알 것 같다. 또한 몰입의 즐거움은 몰입할 때 즐거운 것이 아니라 몰입 후 되돌아보면 즐거워지는 것이었다. 글을 쓸 때보다 쓴 글들을 하나하나 다시 읽어볼 때 그렇게 행복할 수가 없었다. 내 열정을 온전히 쏟아 부을 수 있는 것을 발견해 몰입하는 일, 그것이 일상을 지루하지 않게 보내는 지름길이라는 생각이 든다.

숨은 행복 5. 궁금하면 5천 원, 타로점

신촌 현대백화점 근처를 지나는데 비닐 천막이 쳐진 타로점집들이 죽 늘어서 있었다. 점이라면 눈빛부터 달라지는 나. 그래도 무심한 척 지나가려는데 문을 살짝 열어놓고 손님을 기다리고 있던 타로점 총각과 눈이 딱 마주쳤다. 총각이 머쓱한 미소를 지어보였다. 그 미소에 빨려 들어간 것인가, 나도 모르게 안으로 들어가 동그란 의자에 앉았다. 총각 앞에 앉는 순간 마술에라도 걸린 듯 궁금증이 번개처럼 떠올랐다. '곧 출간될 내 단행본이 과연 잘 팔릴까?'

질문 하나에 5천 원이란다. 총각은 손 안 가득 쥔 타로 카드를 부챗살처럼 펴서 테이블 위에 놓았다. 카드 다섯 장을 고르라고 했다. 나는 '제발 좋은 것만 골라져라' 하는 심정으로 가장자리부터 골고루 간격을 두어가며 다섯 장을 골랐다. 손끝이 살짝 떨려왔다. 과연 어떤 말이 돌아올까? 내 손에 골라진 기기묘묘하고 '야리꾸리한' 그림 카드를 한참 들여다보던 총각은 마술사 같은 신비한 목소리로 말했다.

"첫 책은 그닥 많이 팔지는 못하겠는데요. 하지만 골수 마니아가 생길 것 같아요."

골수 마니아가 생긴다고? 책을 많이 팔지 못한다는 말보다 골수 마니아가 생긴다는 말에 귀가 번쩍 열렸다. 사람은 자기가 듣고 싶은 것만 듣는 법이라더니 내가 그 꼴이었다. 총각 말솜씨의 유려함 때문일까? 또 다른 궁금증이 꼬리를 물고 일어났다.

"그럼 그 책은 언제쯤 나오게 될까요?"

다시, 다섯 장의 카드를 뽑았다.

"3월에 안 나오면 시간이 좀 걸리겠는데요."

"남편에 대한 두 번째 책도 준비중인데, 그 책은요?"

"두 번째 책은 아주 반응이 좋을 것 같아요."

"지금 행복에 대한 공저 책도 쓰고 있는데, 그 책은요?"

"두 번째 공저네요? 첫 번째 공저보다 훨씬 반응이 좋겠는데요."

'와, 귀신이다. 이번 공저가 두 번째 공저라는 건 어떻게 알았지?' 나는 벌어진 입을 손으로 가리며 속으로 소리쳤다. 아무튼 점 보길 잘했다고 생각하며 5천 원을 내려고 했더니 2만 원이란다. 어이쿠, 이 죽일 놈의 건망증! 질문 한 개에 5천 원이라는 걸 깜빡했다. 단 몇 분 만에 날아간 내 돈 2만 원. 2만 원을 벌려면 얼마나 힘든데! 아깝다고 생각되는 순간 나의 긍정적인 성격이 발휘된다. '내 책도 골수 마니아가 생길 것이고, 행복 공저 책도 반응이 좋을 거라잖아.' 반짝 생기가 돌았다. 길 가다 우연히 만난 점집의 희망적 예언! 희망을 때로는 돈 주고 사기도 하는구나 싶다. 그 예언이 맞지 않으면? 지나갈 때마다 한 번씩 눈 흘겨주면 되지 뭐.

설렌다. 혼자 영화 보러 가는 날은 준비 없이 떠나는 여행 같다. 광화문 씨네큐브를 가는 날. 이성복 시인의 《남해 금산》 시집과 수첩과 볼펜, 지갑을 챙겨 크로스백에 넣었다. 민낯에 한번 눌러 짜 바른 썬크림, 늘 입고 다니던 무릎 나온 면바지에 점퍼, 굽 낮은 로퍼. 이런 날은 편하면 편할수록, 자연스러우면 자연스러울수록 더 좋다. 마음을 풀어놓고 오로지 영화에 몰입하는 나를 만나는 시간. 그래야 진짜 나를 만나게 되고 나와 친해진다. 외적인 것에 신경 쓸수록 내적인 것과는 멀어진다.

평일의 광화문행 버스에는 나를 포함해 여섯 명뿐이다. 한가하고 헐렁해서 좋다. 목동 사거리를 지나고부터 책을 보기 시작했는데 눈을 들어보니 신촌을 지나고 있었다. 곧 흥국생명 빌딩 앞에 도착했다. 빌딩의 회전문을 피해 왼쪽 계단으로 내려가니 분수대의 물줄기가 시원하다.

예술 영화 전용관은 분위기부터 다르다. 흥행과는 거리가 먼 극장, 왁자지껄 떠드는 사람도 없고 음료수에 팝콘 냄새도 없다. 여러 사람이 온 것보다 혼자 온 사람들이 쉽게 눈에 띈다. 회사에서 외출 나왔다가 들렀는지 넥타이를 매고 온 중년 남자도 보이고 허리가 잘록한 양복을 입은 청년도 있다. 청년의 손에는 스마트폰 대신 영화 카탈로그가 들려져 있다. 멋지다. 페이즐리 문양의 그린색 스카프를 두른 중년 여자도 눈에 들어온다. 그녀와 스카프가 아주 잘 어울린다는 생각이 든다. 나이든 여자는 여럿이 있을 때보다 혼자 있을 때, 특히 영화관에서 만나면 더 아름답다는 생각이 들 때가 있다.

극장 안에는 열댓 명의 사람들이 영화가 시작되기를 기다리고 있다. 하얀 스크린. 광고 없이 바로 시작될 영화를 기다리는 잠깐의 시간이 좋다. 푹신한 의자 팔걸이에 팔을 걸치고 가장 편안한 자세로 〈우리도 사랑일까〉를 본다. 영화는 사랑이라는 감정이 어떻게 비워지고 채워지기를 반복하는지 보여준다. 새로운 사랑도 사실은 일상의 빈틈을 채우려는 무한 반복의 한 고리라고. "때때로 나는 그저 새로운 걸 원해. 왜인 줄 알아? 새 것은 빛나거든.""새것도 헌것이 된다우.""인생에는 빈틈이 있게 마련이야. 그걸 미친 사람처럼 일일이 메워가며 살 순 없어"라는 대사들이 그것이다.

이 영화의 원제이기도 한 〈Take this waltz〉라는 제목의 음악이 영상과 함께 내 마음 구석구석을 휘저어놓았다. 영화가 끝나고 엔딩 크레디트가 다 올라갈 때까지 그대로 앉아 있었다. 영화 끝났으니 얼른 일어나 나가라는 듯 불을 환하게 켜지 않는 것이 더없이 좋다.

'설렘이 없다고 사랑이 아닌 건 아냐. 지금은 너무 익숙해져서 지루하기 짝이 없는 남편과의 관계도 시작은 설렘이었어. 그래, 그렇지, 맞아, 아 그렇구나.' 수없이 잉태되는 긍정의 말들을 무슨 주문처럼 외우며 밖으로 나왔다. 극장 앞의 '해머링 맨Hammering Man' 조각상이 쉬지도 않고 망치질을 하고 있다. 고개를 한껏 젖혀 올려다보는데 어느새 나도 그를 따라 내 안의 각지고 뭉쳐진 것들에 망치질을 하고 있었다. 햇빛이 스러진, 조금 늦은 오후였다.

한동안 집안에만 콕 박혀 있느라 가끔 하던 산책도 잊고 지냈다. 차일피일 미루다 저녁을 먹고 남편을 따라나섰다. 각자의 엠피쓰리를 귀에 꽂고. 현관문을 나서자 집 공기와는 다른 신선한 바람이 머릿결을 훑고 지나갔다.

오랜만에 산책을 나오니 오늘 이사 온 사람처럼 동네가 새롭게 보인다. 아파트 단지를 지나 훤하게 잘 닦인 길보다 주택가 길을 택해 걸었다. 주택가 골목은 간판 없는 문방구, 구멍가게, 철물점, 녹슨 철제 방범창이 둘러쳐져 있는 다세대 주택들이 시간의 흔적을 간직하고 있어 나도 모르게 발걸음이 느려진다. 집집마다 창문에 행복의 주황색 불빛이 환하다. 그 불빛을 받으며 까만 가방을 맨 중년 남자가 집 안으로 들어간다. 가족들이 따뜻하게 맞이해 주는 집에서 지친 몸을 뉠 것이다.

골목 한쪽 구석에는 길 고양이 두 마리가 서로 곁을 붙이고 앉아 있다. 가로등도 껌뻑거리며 잠잘 궁리를 한다. 어디선가 나타난 자동차의 헤드라이트 불빛이 우리 등 뒤로 바짝 다가온다. 남편이 얼른 내 어깨를 감싸더니 위치를 바꿔 자신이 자동차 쪽으로 선다. 아, 연애 때나 느껴봤던 매너. 아직 죽지 않고 살아있었구나! 남편의 느닷없는 배려에 마음이 따뜻해져온다. 같이 산책 나오니까 이런 애틋한 경험도 하는구나 싶다.

골목의 풍경을 뒤로 하고 아파트 단지가 있는 큰길가로 나오자 도로
엔 중앙선 표시가 도드라져 보이고 지나가는 차들은 뜸하다. 넓은 도로를
따라 걷다가 도로 끝 공사장 앞을 유턴해서 다시 큰길로 나왔다. 아파트
단지 앞 소나무 위로 휘영청 밝은 보름달이 떴다. 얼마 전까지만 해도 어
제 자른 손톱 끝만 하던 달이 어느새 통통하게 살이 올랐다. 초승달에서
보름달로 서서히 차오르다가 그믐달로 마감하는 달의 주기. 우리 부부의
삶도 보름달과 그믐달의 중간 어디쯤에 있을 것이라고 생각해 본다. 내가
움직이니까 세상의 풍경도 움직이고 나의 생각도 움직인다. 이 느낌이 아
주 좋다.

아파트 입구로 돌아오자 꽃집 앞이 양란으로 환하다. 아저씨 두 분이
양란 꽃가지를 정리하고 있다. "아, 정말 이쁘다!" 내가 탄성을 내지르자
남편은 빨리 가자고 내 소매를 잡아끈다. 참새가 방앗간 그냥 못 지나가
듯 꽃집 앞에서 내가 시간을 끌 것이 뻔하기 때문이다. 나는 남편의 손을
뿌리치고 아저씨에게 물었다.

"이거 한 송이만 팔 수 있나요? 얼마예요?"

"이거, 안개꽃 넣어 포장하면 2만 원인데, 에이 그냥 3천 원만 줘요."

"와, 감사합니다, 아저씨."

꽃집 아저씨는 마음씨도 꽃 같다며, 나는 횡재라도 한 사람처럼 양란
가지를 우산처럼 쓰고 집으로 왔다. 떡갈나무 화분의 잎사귀를 하나 떼어
내 오브제로 삼아 유리 화병에 꽂았다. 텔레비전 옆 거실장에 올려놓으니

마음이 꽃보다 더 환해졌다. "와, 진짜 예쁘다, 그치?" 하며 남편을 바라봤다. 무심히 나를 바라보던 남편이 한마디 했다. "그래, 징그럽게 예쁘다!"

징그럽게 행복한 저녁이다.

숨은 행복 8. 훌쩍, 섬으로 떠났다

문득 짭조름한 바닷바람이 그리웠다. 무의도 가는 인천공항행 리무진을 탔다. 우리 집에서 한 시간 반이면 도착하는 나의 보물섬, 무의도. 섬이라고 하면 으레 하룻밤쯤은 자고 와야 하는 것으로 생각하기 쉽지만, 무의도는 아침에 떠났다가 해지기 전에 돌아와 저녁밥을 지을 수 있는 곳이다.

리무진의 의자는 푹신하고, 승객들의 표정에는 아침의 신선함과 어딘가로 떠난다는 설렘이 가득하다. 김포공항을 지나 신공항고속도로로 진입하자 리무진 버스는 거침없이 달린다. 텅 빈 들판과 바다, 그 위를 나는 철새들을 눈 사진으로 찍으며 가는 사이 어느새 버스는 인천공항에 도착했다. 인천공항 6번 출구 앞. 정류장에 서 있던 아저씨에게서 무의도 가는 표를 받았다. 리무진을 타면 무의도까지 가는 셔틀 버스비와 승선료가 무료다.

셔틀 버스를 탄 지 10여 분 만에 섬 매표소에 도착했다. 버스표를 승선표로 바꾸고 대기중이던 무룡호라는 이름의 배에 올랐다. 육지의 소란스런 풍경이 멀어지는가 싶더니 5분도 채 안 돼 큰무리 선착장에

닿았다. 집에서 출발한 지 불과 1시간 30여 분 만에 도착한 섬. 신의 손에 의해 순간 이동이라도 한 듯하다.

선착장 앞에 서 있던 마을버스를 탔다. 종점인 소무의도로 갈까 하다가 하나개해수욕장 앞에서 내렸다. 드라마 〈천국의 계단〉〈꽃보다 남자〉의 촬영지였다는 안내 입간판이 먼저 눈에 들어온다. 드라마 촬영지? 그래, 오늘은 내가 드라마 주인공이다.

하나개해수욕장은 큰 갯벌이라는 뜻에 걸맞게 끝도 없는 모래사장이 펼쳐져 있고 농익은 햇살이 해변 가득 펼쳐지고 있다. 저 멀리 연인으로 보이는 남녀 한 쌍과 청년 몇 명이 장난을 치며 놀고 있을 뿐 한산하다. 쓸쓸함보다는 고요함이 먼저 내 안으로 들어왔다. 얼굴을 훑고 지나가는 바람 소리도, 뒤척이는 파도 소리도 그 고요함을 방해하지 못한다. 지금은 내가 드라마의 주인공. 드라마를 찍고 있다고 생각하니 해변을 지중지중 걷고 있는 발걸음이 한결 우아해지는 것 같다. 나는 두 손을 번쩍 들어 손바닥으로 스쳐가는 바람결을 느끼고 파도가 밀려오면 종종걸음을 치며 뒤로 물러섰다가 다시 다가서기를 반복하면서 놀았다. 함민복 시인은, 모든 경계에는 꽃이 핀다고 했던가. 그랬다. 나는 바다와 육지의 경계에서 나만의 완벽한 자유의 꽃을 피우고 있는 중이었다.

해변을 나와 선착장으로 향했다. 버스로 왔던 길을 이번엔 걸어서 가기로 했다. 눈앞에 호룡곡산으로 올라가는 길이 가르마처럼 펼쳐져 있다. 포도밭을 끼고 언덕을 올라가자 마을이 한눈에 내려다보이고 그 뒤로 또 다른 바다가 보였다. 해변에서 바라보는 바다와 마을을 끼고 바라보는 바다는 느낌이 다르다. 풍경 사진에도 사람이 있어야 더 생동감이 느껴지듯 바다도 마을과 어우러지니 더 아름다워 보였다.

은근히 솟아나는 땀을 닦으며 한 시간여를 걸어 도착한 선착장. 굴을 까서 파는 아주머니에게서 젖빛 윤기가 나는 굴 한 봉지를 샀다. 오늘 저녁엔 쌀을 불려서 무를 착착 채 썰어 넣고 굴밥을 해먹어야지. 부웅~ 뱃고동 소리가 어서 가서 저녁밥을 해먹으라고 나를 불렀다. 마음은 벌써 집으로 가 쌀을 씻고 있었다.

숨은 행복 9. 스위치 끄고, 아무것도 안 하기

입술이 부르텄다. 피곤이 극에 달했다는 표시다. 입술은 목청을 돋워 제발 좀 아무것도 하지 말고 가만히 있으라고 핏대를 세우는 것 같다. '아무것도 안 하기.' 내게는 무언가를 하는 것보다 아무것도 안 하는 게 더 힘이 든다. 왜 그럴까? 가만히 있으면 불안하기 때문이다. 가만히 있으면 지금은 가만히 있을 때가 아니라고, 죽도록 뛰어야 할 때라고 누군가가 내 등을 떠미는 것만 같다. 행복이라는 욕망이 가져온 강박증. 행복하려면 무언가를 해야 한다고 강요받아 온 탓일 게다. 오늘은 그 불안에서 빠져나와 자유로워지고 싶다.

그림자처럼 나를 따라다니는 3종 세트의 스위치를 껐다. 휴대폰, 책, 컴퓨터. 금세 이상 증세가 나타났다. 어디선가 나를 찾는 벨이 울리는 것 같고, 어제 배송되어 온, 이윤기 님의 산문집 《내려올 때 보았네》가 자꾸 내게 말을 거는 것만 같다. 손을 가만히 두고 있는 것도 허전하고 눈도 초점 안 맞는 카메라 렌즈처럼 어디에 시선을 맞춰야 할지 모르겠다.

무엇을 어떻게 해야 하는 걸까? 그냥 우두커니 식탁에 앉아 허공을 바라봤다. 소파 밑에서 잠을 청하던 강아지가 슬그머니 다가와 내 발목을 핥았다. '오늘 왜 그래요? 좀 이상하네요' 하는 표정으로 나를 올려다본다. 부스럭부스럭, 사르락사르락, 토독토독, 온갖 소리를 만들어내던 내가 아무 소리도 안 내니까 강아지도 낯설게 보였는가 보다. 그 모습이 귀여워 얼른 강아지를 안아 올렸다. 솜사탕처럼 하얗고 부드러운 털에서 전해지는 포근한 체온. 그러고 보니 강아지와 눈을 맞추고 놀아본 지도 오랜만이다. 강아지를 안고 거실 바닥에 가로로 길게 누웠다. 내 겨드랑이에 얼굴을 묻고 누운 강아지에게서 전해오는 숨소리. 아, 편안하고 좋다!

강아지와 함께 마룻바닥에 누워 바라본 거실 창. 네모난 프레임 속의 하늘 캔버스엔 흰 크레파스로 칠한 듯 구름이 몽실몽실하게 그려져 있다. 순간, 약간의 어지럼증이 일었다. 내가 어지러운 건가, 구름이 움직이는 건가? 커튼의 한쪽 끝에 시선을 고정하고 보니 그건 내 현기증이 아니라 구름이 바람에 실려 가는 중이었다. 구름을 비추고 있는 아침 햇살도 오렌지 알맹이처럼 탱글탱글하다. 아침이라 햇빛도 방금 딴 과일처럼 신선하게 느껴지는 것일까?

눈을 거실 안으로 돌리니 떡갈나무 화분이 보인다. 여리고 파릇한, 새로 나온 잎새들. 언제 저렇게 파란 잎새를 틔웠을까? 내가 눈을 주지 않고 있는 사이에도 떡갈나무는 그 자리에서 잎들을 피워내고 있었구나. 새로 나온 잎들 중 창가 쪽 잎새들만 유난히 반짝이고 잎도 크다. 그 큰 잎이 내게 악수라도 청하는 듯하다. 절실함이 있는 것들은 어디서나 반짝거리는 모양이다. 아무것도 안 하고 뒹굴대자 비로소 보이는 것들, 다 소중하게 다가온다.

마룻바닥의 만실만실한 느낌이 온몸으로 전해지는 동안, 본래의 나와 또 다른 내가 분리된다. 벌러덩 누워 있는 본래의 나는 '그대로 있고 싶다' 하고, 분리된 나는 '얼른 일어나 뭔가를 해야 하지 않느냐?'고 충고한다. 오늘은 아무것도 안 하리라 작정한 본래의 내가 조금 더 힘이 세다. 안방 문을 닫고, 그린색 우드 블라인드를 치고 따끈한 흙침대에서 두 시간쯤 낮잠을 즐겨야지. 낮잠을 자본 지도 옛날옛적 같다. 뭐 그리 바쁜 일 있다고. 내게 행복할 권리가 있다면 아무것도 안 할 권리도 있는 것. 오늘은 하루 종일 심심해 보기로 작정했다.

숨은 행복 10. 어두운 터널, 병원 응급실

호사다마라던가. 평온하던 내 일상에 일대 폭풍이 몰아쳤다. 혼자서 룰루랄라 2박3일간의 여행을 마치고 밤늦게 돌아와 보니 남편이 배가 아프다며 누워 있었다. 오후부터 배가 아파 저녁도 먹지 못했다고 했다. 내가 없는 사이 제대로 먹지 못해 그런 건 아닐까? 나는 미안함을 만회라도 하듯 남편의 배를 문질러주다 그만 까무룩 잠이 들었다. 남편은 밤새 뒤척이며 괴로워했지만 나는 가끔 코를 골았던 것도 같다. 아침이 되어서도 남편의 복통은 가라앉지 않았고, 거의 초주검이 돼서야 응급실로 실려 갔다.

불난 집 같은 긴박함과 안타까움이 교차하는 응급실. 남편이 응급 처치를 받는데 뭔가 이상했다. 혈압을 재던 간호사는 고개를 갸웃거리면서 연거푸 혈압을 재더니 서너 명의 의료진이 긴박하게 움직였다. 곧이어 커튼이 쳐지고 나는 커튼 밖으로 내보내졌다. 남편의 침대를 가리고 있던 커튼이 요동을 치듯 흔들렸다. 잠시 후 커튼이 걷히고, 환자복으로 갈아입은 남편의 오른쪽 목 동맥에는 콘센트처럼 여러 개의 링거 호스가 꽂혀 있었다.

의사는 패혈증 쇼크 상태라고 했다. 그것도 사망 확률 50퍼센트의 중증 패혈증. 황수관 박사의 사망 원인이었다는 말도 했다. 게다가 심장 수술을 받은 지 얼마 되지 않아 더 심각하다고 했다. 아, 어떡해! 두 무릎이 스르르 꺾였다. 남편은 중환자실로 옮겨졌고 늦은 밤이 돼서야 정상 혈압으로 돌아왔다. 혈압이 정상으로 돌아오고 나서 일주일 뒤 퇴원했다. 왜 의사들은 꼭 최악의 경우를 먼저 얘기하는 것일까?

남편이 시간을 다투는 응급 치료를 받는 동안 죽음이라는 단어가 자꾸 떠올랐다. 그때마다 나는 정신을 놓지 않으려고 애썼다. '정신을 똑바로 차려야 해. 잠시 어두운 터널을 지나가는 중이야. 곧 괜찮아질 거야.'

견딜 수 있었다. 뼈가 녹아내릴 것 같은 절박한 순간이었지만, 내 감정 상태를 알아채는 것만으로도 고통은 줄어들었다. 행복하려면 행복한 마음의 상태에 도달하려고 노력해야 하듯 고통도 마찬가지였다.

다시 아무 일 없었던 듯 돌아온 일상. 남편을 위해 불려놓은 쌀에 잣을 넣고 믹서에 갈아 죽을 끓이면서 선물처럼 다가온 일상에 감사하고 또 감사한다. 일상의 소중함이란 '고통'이라는 도구를 통해서 더 절실하게 느껴지는 건지도 모른다. "소중한 건 옆에 있다고 먼 길 떠나려는 사람에게 말했으면" 하는 노랫말이 가슴 깊이 다가온다. 행복 실험 마지막 날, 신은 내게 병 주고 약 주고, 소중한 것은 옆에 있다는 깨달음을 주었다. 행복도 불행도 똑같은 무게로 존재하는 것이라는 걸 내 온몸으로 느끼게 해주고 싶었던 것일까?

행복, 일상에서 기쁨을 발견해 내는 기술

설레는 아침이 시작되다

눈이 부셔 잠이 깼다. 아침 햇살이 내 침대 위까지 들어와 어서 일어나라고 헤살을 놓는다. 창밖에는 짙고 푸른 참나무 잎이 깊은 바닷속 수초처럼 흔들린다. 바람이 불고 있나 보다. 우리 집 강아지 '페로'도 창문 아래에 길게 몸을 뉘고 햇살을 즐기고 있다. 하얀 털이 햇살을 받아 백설보다 더 하얗게 빛난다. 집 안은 밖의 나뭇잎 떨어지는 소리도 들릴 듯 고요하다. 남편은 출근을 했는지 아무 기척이 없다. 온 우주가 나의 행복을 위해 음모를 꾸민 것 같은 이 평화로운 아침을 어루만지며 생각한다. 일상 속에서 기쁨을 발견하지 못했다면 나는 행복이 뭔지 알기나 했을까?

행복해지기로 마음먹고 일상 속에 숨어 있는 행복을 찾아다녔던 한 달. 습관적으로 눈뜨고 아무 생각 없이 일어나 아침을 맞았던, '그렇고 그런 아침'이 아니라 뭔가 설레는 아침을 맞기 시작했다. '오늘 하루 어떤 기쁨을 발견해 낼 수 있을까?' 하고.

일상 하면 떠올려지는 지루함이나 반복, 그래서 탈출해야 한다는 생각은 저 멀리 사라졌다. 일상은 행복을 찾아 떠나야 할 곳이 아니라 행복한 순간을 찾아 실험하고 연습하는 곳이 되었다. 내가 그토록 떠나고 싶어 안달하던 일상 곳곳에 행복이 숨어 있었다니!

행복해지려면 자신이 행복한지 아닌지 묻기보다 어떻게 하면 좀 더 행복해질 수 있을지 물으라고 했던가? 밖으로만 향해 있던 관심을 일상으로, 나의 내면으로 돌리자 예전과 다른 행복감이 조금씩 내게로 왔다. 행복은 거창한 것이 아닌 아주 소소한 것에 있다고 아무리 강조해도 예전에는 몰랐던 사실이었다.

지금은 행복을 복습하는 시간

내게 행복은 저절로 주어지는 것이 아니었다. 평범한 일상을 새로운 눈으로 바라보고 아주 미세한 내 감정의 변화를 알아채는 만큼, 나 자신에게 안부를 묻고 그 답에 맞게 내가 움직이는 만큼 오는 것이었다. 행복 실험이 끝난 후, 나는 매일 조금씩 행복을 복습한다. 복습하는 동안 소소한 일상의 기쁨들을 목도한다.

아침잠에서 깼을 때 침실 가득 들어오는 햇살, 남편의 조간신문 넘기는 소리, 크림치즈를 바른 모닝빵에 핸드드립 커피를 마시는 순간, 기지개를 켜며 창을 열 때 들어오는 상쾌한 초록 바람, 난초며 로즈마리, 떡갈나무 화분들에게 주는 아침 눈인사, 출근하는 남편과 딸의 옷매무새를 만져주며 배웅하는 눈길, 텅 빈 집안을 콘서트홀처럼 바꿔주는 음악소리, 내 열 손가락이 자판기를 연주하는 소리, 책장을 넘기다 우연히 발견하는 보석 같은 한 문장, 어스름한 저녁에 온 집안에 퍼지는 밥 냄새와 찌개 냄새, 먼지 묻은 신발을 끌고 돌아오는 가족의 가방을 받아드는 손…… 매일, 내 눈 앞에 있어도 잘 보이지 않던 것들이었다.

행복은 일상 속에서 기쁨을 발견해 내는 기술이다. 내면의 설렘을 찾아 나서고, 무심코 지나치던 것들에 주의를 기울여 잡아채고, 배우고 연습하는 것. 루쉰은 "희망이란 본래 있다고도 할 수 없고 없다고도 할 수 없다. 그것은 땅 위의 길과 같다. 본래 땅 위에는 길이 없었다. 걸어가는 사람이 많아지면 그것이 곧 길이 되는 것이다"라고 했다. 이 말을 빌려 행복을 표현하자면 이렇게 말할 수 있을 것 같다. "행복이란 본래 있다고도 할 수 없고 없다고도 할 수 없다. 그것은 멀리 보이는 신기루와 같다. 본래 행복이라는 실체는 없었다. 어느 순간, 일상 속에서 행복하다고 느끼면 그것이 곧 행복인 것이다."

행복과 불행은 손등과 손바닥 같은 존재, 행복해지기는 손바닥 뒤집기처럼 쉽다. 지금 이 순간부터 자신의 삶을 받아들이고 행복해지기로 마음만 먹는다면. 아침에 눈을 떴을 때 더 이상 설렘이 없다면 자문해 보라. 내가 행복해지려면 무엇을 먼저 해야 하는지를. 설렘 없는 하루하루는 지금 현재, 오늘에 집중하지 않아서일지도 모른다.

내가 잠깐 방심하고 있는 사이에 우울하거나 불행하다고 느끼는

순간이 찾아오기도 하겠지만 그래도 나는 괜찮다. 한 달간의 실험을 통해
발견한 행복의 순간들을 기억해 내고 복습하면 되니까. 독일의 성자 안젤
름 그륀 신부도 일상의 행복을 노래하며 나를 응원해 주는 것 같다.

당신이 체험할 수 있는 최고의 것은
당신을 둘러싼 사물 안에 있다.

장미의 기적,

산의 기적,

우리 앞을 지나가는 딱정벌레의 기적,

인간의 모습을 하고 있는 기적들.

집 앞에 있는 초원에

책상 위에 있는 꽃에

당신이 듣는 음악의 선율에

당신이 향유하는 고요함에

아름다움은 이미 존재한다.

당신은 이것을 알아차리기만 하면 된다.

— 안젤름 그륀, 《하루를 살아도 행복하게》 중에서

내면의 따스한 불을 밝히다

'존재 불안' 고질병을 진단하다

"좌불안석, 존재 불안증." 김정운 교수의 책 《나는 아내와의 결혼을 후회한다》를 펼치자마자 앞장 책갈피에 적힌 이 말이 눈에 콱 들어와 박혔다. 이와 함께 떠오르는 전 직장 동료의 말 한마디.

"그때 갑자기 마이크를 콱 뺏어서 얘기하는데 꼭 마이크를 집어삼킬 것 같더라."

중국 항조우에서 개최된 직원 리더십 교육에 참석한 후 저녁 시간에 세 여자가 한 마사지 숍에서 마사지를 받는 중이었다. 그녀는 낮에 있었던 교육 과정에서 강사가 마이크를 들고 돌아다니며 사람들의 의견을 물었을 때 내가 마이크를 홱 잡아채듯 뺏어서 얘기하는 모습에 놀랐다고 했다. 그때 중국인 마사지사는 잔뜩 굳어 돌처럼 딱딱한 내 목과 어깨 근육을 열심히 주무르고 있었다. 아마도 그녀의 관찰이 정확했으리라.

나는 사흘 동안의 교육 기간 내내 긴장을 풀지 못하고 언제 내 주장을 피력할지 호시탐탐 기회만 노리고 있었다. 교육 시간마다 적어도 한마디씩은 거들어야 한다는 강박 관념 때문이었다. 사실 그때만이 아니었다. 사람들이 셋 이상 모인 자리면 어디에서든 꼭 한마디씩은 의견을 내놓아야만 한다는 초조함과 강박증이 내게 있었다. 그렇게 하지 않으면 인정받지 못할 것 같은 두려움 때문이었다.

30대 직장 생활 내내 겪었던 이 병증은 '좌불안석, 존재 불안증'으로 이름 붙일 수 있을 것이다. 여러 사람이 모인 자리에서 아무 말도 않고 가만히 있으면 불편하기 그지없었다. 그렇기에 자꾸 드러나려고 용을 쓰는 것이다. 이런 연유로 전체 직원 회의 자리도 편하지 못했고 회식 자리도 늘 불편했다. 영어를 항상 사용해야 하는 업무 환경에도 원인이 있었다. 한국어도 조리와 두서가 없이 횡설수설할 때가 많은데 가뜩이나 어휘력이 달리는 영어 실력을 말해 무엇하랴? 항상 뭔가 실수를 하지 않았는지 신경 쓰다 보니 몸은 경직되고 마음은 편안하지가 못했다.

평일 아침의 나는 피곤에 전 얼굴로 일어나 질질 늘어지는 발걸음을 억지로 끌며 일터로 향하곤 했다. 내 뒷목은 항상 뻣뻣하고 목과 어깨의 근육은 팽팽히 긴장되어 단단했으며 곧잘 체하곤 했다. 저녁 무렵에는 피곤에 절어 눈이 퀭하고 피부도 윤기 없이 푸석푸석했으며, 화장이 붕 떠 각질이 일어나곤 했다. 표정에도 편안함과 자연스러움 대신 위축된 마음과 긴장이 어쩔 수 없이 드러났을 것이다. 낮 동안에는 외롭게 오그라드는 가슴으로 마치 감옥에 있는 듯한 답답함과 긴장을 느끼곤 했다. 저녁이면 하루 종일 굳은 목과 어깨가 둥글게 말려 가슴은 쿵쿵거리고 에너지는 방전된 듯했다. 그런 탓인지 주말이면 그저 집안에 가만히 들어앉아 축 늘어져 있고만 싶었다.

무언가를 해야만 했다. 우선 잡동사니가 어수선하게 쌓인 집 안을 정리할 필요가 있었고, 몸에 활기를 불어넣을 운동도 하고, 경제적 부담으로 복잡한 머리의 무게도 덜 필요가 있었다. 그리고 무엇보다도 나의 몸, 마음과의 대화가 절실했다.

이런 절실함을 안고 글쓰기 멤버들과 행복 실험을 시작했다. 내가 선택한 방법은 회사에서 어떤 마음으로 무엇을 하며 시간을 보냈고 그때 몸과 마음의 상태가 어땠는지를 기록하는 시간 일지 쓰기, 매일 저녁 이른바 '헬렐레 운동'을 하면서 몸과 마음의 대화 시간 갖기, 그리고 주말에 집 안 정리하기였다. 내가 원한 것은 내 마음의 흐름을 기록하며 스스로를 관찰하는 것이었다. 이 실험을 통해 나는 몸과 마음의 조화를 구하고 고질병인 '좌불안석, 존재 불안증'을 완치하고 싶었다.

마음과 몸, 일상과 대화하기

테마 1. 자기 중심 잡기: 내면의 따스한 불 피우기

● 13시~17시 20분: 대체로 일에 열중하긴 했지만 어둡고 서늘한 사무실이 유난히 답답하게 느껴진 하루였다. 그렇게 답답한 기운이 쌓이면 우르르 둘 셋씩 모여서 잡담을 하곤 하는데, 그럴 때면 우리의 모습이 박스 속에 갇힌 죄수처럼 느껴지곤 한다. 존재에 대한 공허감은 주로 지루한 상태에서 모습을 드러낸다(빅터 프랭클)고 한다. 사무실에서 느끼는 감정이 공허함, 답답함, 지루함일 때가 많다. 일에 대한 성취감과 만족감이 많이 줄어들었다.(10월 9일)

● 11시 10분~16시: 일하다가 문득, '지금 당장 충만하지 않으면 미래의 어느 순간에도 충만하지 않겠구나' 하는 생각이 스쳤다. 현실에서 충만함을 느끼지 못한다면 나이 들어 시골에 내려가 자연 속에서 산다고 해서 불만족을 느끼지 않고 충만하게 살 수 있으리라는 보장이 어디 있겠나? 결국 불만족이란 마음의 습관 같은 것이니, 지금 일할 수 있음에 감사한다. 비 오던 날씨가 맑게 개기 시작. 바람이 세차게 불고 쌀쌀하지만 하늘이 맑다. 점심 전에 제안서 완료해야 한다. 점심 먹고 투자 담당하는 J랑 풍력 관련 이런저런 얘기. 얘기를 마치고 나니 업무 지식과 실력이 부족하다는 생각이 든다. 뭔가 충족되지

않은 느낌이 슬며시 차오른다. 아파서 결근한 신입 후배에게 안부 문자 보냈다. 직장 생활의 만족도는 상사·직원들과의 관계, 업무·성과 만족도, 급여, 이 세 가지에 좌우되는 것 같다. 상사에게 인정받고 존중받고 싶은 욕구가 있고 동료 한 사람 한 사람과 따스한 인간 관계를 맺고 싶다는 욕구가 있다. 욕구는 마주보고 인정하면 그뿐이다. 모두에게 인정받고 모두와 따스한 관계를 맺는다는 것은 결국 욕심이다. 직장 인간 관계, 쉽지 않구나.(10월 17일)

● 9시 10분: XX협회로부터 내년 2월 풍력 관련 행사 제안서에 쓴 서비스 가격이 너무 비싸다고 조정해 달라는 메일을 받았다. 일이 순조롭게 진행되지 않아서 기운이 빠지고 짜증스러운 마음이 일었다. 10시 3분: 마음을 잘 갈무리하고 용기를 내자고 다짐했다. 전반적으로 긴장된 사무실 분위기에 햇빛도 들지 않아 위축되고 추운 느낌이 든다. 지나치게 주변 분위기나 환경에 신경을 쓰고 있는 듯해 마음을 편하게 먹으려고 한다. 순간순간 마음을 현재에 붙이면서 쓸데없는 외부 에너지에 흔들리지 않으려 한다.(10월 18일)

● 9시 40분: 긍정적인 내용의 메일이 몇 건 도착해 있었다. 기다리던 제안서의 승인 메일도 있고 일을 마무리 짓는 메일도 왔다. XX업체 서비스 제안서의 가격을 할인해 달라는 요청이 왔다. 10시 13분: 좋은 소식에 좀 들뜨는 것 같아 마음을 가라앉히자고 생각했다. 감사하는 마음이 많이

든다. 20시: 어제와 비교하여 오늘은 아침부터 기분이 상당히 좋았고 종일 그 기분이 유지되었다. 너무 외부 상황과 주변 사람들의 반응에 의해 기분이 오르락내리락하는 것이 아닌가 싶지만 어제는 생리가 시작되며 에너지가 저조해진 날이어서 생각도 그런 방향으로 흘러간 것 같다. 의식하는 것 이상으로 신체 리듬의 영향을 많이 받는 것 같다. 특히 생리 전후에.(10월 19일)

● 17시: 늦은 오후 왠지 기분이 가라앉았다. 한기가 스밀 때마다 "우리의 삶이란 햇볕에 몸을 따뜻하게 하는 것에 불과하느니라"라는 조셉 캠벨의 말이 계속 맴돌았다. 그래서 이맘때쯤 모두들 서로의 온기를 찾아 함께 모여 수다를 떠는가 보다.(10월 23일)

● 15시 24분: 에너지가 약간 가라앉으며 몽롱해지는 것을 느낀다. 잠이 온다. 15시 50분: 사무실이 조금씩 시끌시끌해져온다. 이맘때쯤 다들 한가하고 답답해져서 수다를 떠는 것이다. 주변 사람들의 왁자지껄함에 영향을 많이 받는 걸 느낀다. 내면에 에너지가 차 있고 탄탄한 날에는 괜찮은데, 에너지가 달리는 날에는 사무실 분위기가 싫고 내가 겉도는 것처럼 느껴진다.(10월 25일)

● 10시 50분: 직원 회의 마치고 나왔다. 마음이 무척 편안하다. 단단하고 편안한 기운이 마음 아래 자리 잡은 느낌이다. 텅 빈 마음으로

싫다 좋다, 옳다 그르다는 선택과 판단을 버리고 매사를 대할 수 있다면 항상 마음이 이리 평온할 텐데. 다른 후배들의 회사 내 입지에 대해 그들의 입장에서 잠시 생각해 본다.(10월 29일)

● 10시 5분: 집중하고 있던 일의 흐름을 끊는 일부 직원들 때문에 화가 난다. 마치 이 공간에 자기들만 있는 듯 사무실에서 크게 떠든다. 내가 거기 끼어들어 이야기하고 있었더라면 결코 생겨나지 않았을 짜증. 괘씸해하는 마음이 일어나는 걸 본다. 10시 40분: 마음에 브레이크를 건다. 이런저런 생각과 감정을 비워내려고 잠시 정지 신호를 켠다. 단단하고 따스한 내면의 근원 주파수에 가서 머물고 싶다. 15시 18분: 철새처럼 외로운 사람들이 무리를 짓는다. 15시 50분: '멘탈 갑'이라는 말이 생각난다. 김어준의 표현대로, "비교에 의거하지 않은, 스스로에 대한 자존감으로 탄탄하고 건강한 마음 상태", 그 편안하고 안정적인 상태를 유지하고 싶다. 내면에 온기를 일으키는 이런 따스함이 없으면 외로워하고 스스로를 소외시킨다.(10월 30일)

● 10시 33분: "지금 당신이 의도적으로 근원 주파수를 선택하고 있다면, 당신은 실제로 자신을 포함한 모든 사람을 깨달음으로 이끌고 있는 것이나 진배없다"는, 《감응력》이라는 책의 한 구절이 떠오른다. 내가 따뜻하고 안정적인 내면 상태에 머물러 있으면 주변인들의 감정과 생각의 흐름이 눈에 들어오기 시작하고 그들의 입장에 대한 공감력이 커지는 것 같

다. 어쨌든 내가 바라는 것은 따스한 소통의 흐름이다.(10월 31일)

● 14시 20분: 따스한 공감대를 형성하는 방법은 나 혼자 잘나려는 마음, 뛰어나고자 하는 마음, 두각을 나타내려는 마음을 내려놓고 윗사람과 동료들의 관점에서 바라보는 연습을 하는 것이겠다. 함께 연결되어 있지 못하고 홀로 떨어져 있다고 느낄 때가 힘들다. 15시 49분: 들뜸이 가라앉는다. 여러 잔의 커피, 햇살 부족, 운동 부족으로 슬슬 어깨가 결려오고 느긋하던 가슴도 살짝 조여지기 시작한다. 17시 16분: 몸이 노곤하고 피곤하다. 하루 종일 춥고 햇빛이 들지 않는 사무실 안에 앉아 있는 것이 신체의 에너지 흐름을 느리게 만들어 기분을 저조하게 만든다는 사실을 알 수 있다.(11월 5일)

"무대 위에 섰을 때 따뜻한 느낌이었다. 전에는 무대에서 항상 소외된 느낌이었는데 오늘은 모든 게 다 사랑스러워 보였다." 인터넷을 보다가 눈에 들어온 어느 오디션 프로그램 참가자의 말이다. 이제껏 항상 지나친 긴장으로 무대 위에서 실수를 거듭하던 그녀가 최종 생방송 무대라는 중요한 자리에서는 멋지게 제 실력을 발휘하여 마침내 최종 선발되었다고 한다.

자기를 어떤 식으로 느끼느냐에 따라 외부로 내보이는 표정, 실력, 표현, 관계 형성의 많은 부분이 달라진다. 이 따스하고 사랑스러운 느낌은 어디에서 오는 것일까? 자기 실력에 대한 믿음이 커지고, 거듭

된 실수에도 불구하고 잠재력과 실력을 믿어주는 멘토의 신뢰에 대한 고마움이 있고, 오로지 이 순간만은 내 것으로 만들고 싶다는, 자신에게 지고 싶지 않다는 옹골찬 각오도 있었을 것이다.

어린 시절 따스한 사랑과 신뢰의 느낌을 많이 받은 사람은 아무래도 일상적인 감정의 바탕이 따스함과 사랑스러움에 기초해 있어서인지 최고의 자신을 표현하는 데 주저함이 없다. 하지만 누구도 이 따스하고 사랑스러운 느낌에 항상 잠겨 있을 수만은 없다. 한 사람만을 중심으로 해서 세상이 돌아가지는 않기 때문이다.

30일간 스스로를 관찰하면서, 나는 외부 사건과 사람들의 영향을 많이 받을 뿐만 아니라 가뜩이나 햇빛이 들지 않는 사무실 공간에서 소속감을 느끼지 못하고 스스로를 춥고 외롭게 방치하는 경우가 많다는 것을 느꼈다. 이런 자신을 보면서 점점 더 외부 상황과 상관없이 내면의 따스함을 지켜가고 싶다는 열망이 강해졌다. 마침 읽게 된 《감응력》이라는 책에 나오는 '내면의 근원 주파수'라는 말이 마음속을 줄곧 맴돌았다. 추위 속에 단련되는 새싹처럼, 외부에서 주어지는 사랑이나 따스함과 상관없이 내면에서 스스로 솟아나는 사랑과 따스함의 근원을 품을 수 있다면 내면의 불꽃은 쉽게 꺼지지 않을 것이다. 이 따스함을 '자존감'이라고 표현할 수도 있을 것이다.

자신의 가치에 대한 믿음이 커지면 이 난로의 불꽃이 쉽게 꺼지지 않는다. 내면의 소외와 차가움을 견뎌내고 홀로 난로를 피워 스스로를 따스하게 덥혀본 경험이 있는 사람은 스스로를 위해 이 불꽃을 유지하고 마침내는 주변에 온기를 나누어줄 줄도 안다. 이들은 자기 가치만이 아닌 상대방의 가치도 존중할 줄 알기에 누구도 불 꺼진 낯선 방에 홀로 방치하지 않는다. 내면의 불꽃을 피워 소외의 과정을 스스로 극복해 본 경험이 있는 사람에게서 이런 힘을 종종 발견한다.

테마 2. 알아차림: 귀차니스트를 위한 몸과 마음의 대화법, '헬렐레 운동'

● 22시~22시 20분: 씻고 헬렐레 운동 대략 15분 정도. 오늘은 일에 여유가 있어 긴장하지 않고 보내서인지 어깨와 목의 뻣뻣함은 심하지 않았고, 다만 가슴과 배 부위가 편하지 않고 불규칙적으로 조그맣게 쿵덕거리는 것이 느껴졌다. 특히 숨이 얕아 한동안 일부러 아랫배까지 깊숙이 숨을 들이쉬었다. 주로 팔다리와 몸을 한껏 늘여 경직된 근육을 풀어주는 데 집중했다.(10월 8일)

● 21시 50분~22시: 헬렐레 운동. 이런저런 바람이 많아서였는지 누우니 가슴이 쿵쿵쿵 뛴다. 팔다리를 쭉쭉 펴면서 근육을 쭉 당기는 데 집중했다. 낮에 약 5분 정도 한 뜀박질이 도움이 되었는지 목과 어깨의 통증이 줄어들었고 팔다리도 좀 더 유연해진 느낌이다. 그동안은 정말 근육을 안 써도 너~무 안 썼다.(10월 10일)

• 22시: 씻고 15분 정도 헬렐레 운동. 오늘도 가슴과 배의 쿵덕거림이 컸다. 오늘은 욕심이 크지 않았을까 생각이 든다. 빗자루를 든 채 눈앞에 수북이 쌓인 낙엽을 보고 저걸 언제 다 쓸어내나 싶은 마음. 몸을 쭉쭉 늘이고 펴고 구부려서 근육을 유연히 하는 데 집중했다.(10월 11일)

• 오전: 10시 30분 좀 지나 일어났는데 감기 기운 때문에 어깨와 목이 뻣뻣하고 온몸의 근육이 뻐근했다. 12시가 좀 넘어 헬렐레 운동을 하면서 누워서 목과 어깨, 그리고 팔다리 근육을 쭉쭉 늘여보다 다시 잠들었다. 자고 일어나니 목도 부드러워지고 온몸이 한결 개운해졌다.(10월 14일)

• 11시 10분: 이것저것 해야 할 일은 많은데 집중을 못하고 여기저기 뒤적거리니 에너지가 한 곳으로 모이지 못하고 마음만 분주해진다. 상당히 가벼웠던 어깨와 뒷목도 조금 아파진다. 이렇게 미세한 불만족이 쌓이면 어깨와 목의 근육이 긴장되어 굳는가 보다.(10월 15일)

30일간 행복 실험을 하면서 밤 시간에 대략 10분 정도 헬렐레 운동을 해보았다. 헬렐레 운동이라고 이름 붙인 것은, 몸과 마음이 편안하게 '헬렐레~' 하고 풀린 상태로 집에서 누워서 하는 운동이기 때문이다. 실은 운동이라 하기에도 민망한 수준이다. 팔다리를 편안히 뻗을 수 있는 공간에 이불을 깔고 누워서 눈을 감고 사지를 허우적거리는 것이다. 눈을 감고 사지를 펴다 보면 몸과 마음이 스르르 편안하게 이완된다. 그때 눈을 감은 채로 누워서 몸을 느껴본다. 몸의 여기저기에서 아우성이 들려온다. 컴퓨터 앞에 많이 앉아 있는 내 경우, 우선 뒷목의 굳어 있는 근육이 뻐근해 죽겠다고 통증을 호소해 온다. 그러면 여전히 눈을 감은 채로 고개를 왼쪽, 오른쪽으로 천천히 여러 번 돌려본다. 뒷목 주변의 굳은 근육을 손가락으로 꾹꾹 꼬집듯 누르는 것도 좋다. 경직되어 있는 부위를 마사지해 주는 것으로도 통증이 상당히 가라앉는다.

그 다음에는 심장 뛰는 것을 지켜본다. 하루 종일 긴장했거나 근심 불안이 있는 날에는 유난히 가슴이 조여지듯 아픈 느낌으로 쿵덕쿵덕 불안하게 뛴다. 가슴의 묵직한 통증은 그저 지켜보는 수밖에 없다. 그렇게 눈을 감고 지켜보다 보면 빠르게 뛰던 심장의 박동이 느려지고 아픈 느낌도 천천히 가라앉는다. 심한 걱정이 있는 날은 가슴의 쿵쿵거림이 오래 지속된다.

가슴을 지켜본 다음에는 양 손바닥을 마주한 뒤 간격을 늘였다 줄였다 하면서 팔의 느낌을 관찰한다. 팔이 저린 느낌이 들 때가 많고 손가락과 손목, 손바닥에 통증이 느껴질 때도 있다. 그러면 한 손으로 다른 쪽 팔을 아래위로 툭툭 쳐준다. 손목 관절을 돌리기도 하고, 손가락을 쫙 펼치며 쥐었다 폈다를 반복하기도 한다. 이어서 다리도 이런 식으로 다독여준다.

운동의 중요성은 그동안 어지간히도 들어왔다. 몸의 건강만을 위해서가 아니라 우울증을 예방하고 마음의 행복지수를 높이기 위해서라도 반드시 해야 할 것이 운동이라고 했다. 난 금방 피곤해지고, 조금만 피곤해도 바로 눈이 풀리고 얼굴에 적나라하게 피곤함이 드러나는 편이다. 하지만 이제까지 큰 병치레는 해본 적이 없고 감기조차도 잘 앓지 않는 건강 체질이기도 하다. 몸을 부지런히 움직이거나 운동하는 것을 좋아하는 편이 아니라서 그동안 신경 써서 꾸준하게 해온 운동이라고는 없다. 가끔씩 한 시간 정도 뒷산을 오르거나 한강변에서 자전거 타기를 즐기긴 했지만 그나마도 뜸하다.

이러다 보니 온몸이 개운하게 느껴지는 날은 드물다. 아침에는 몸이 찌뿌둥하고, 저녁에는 뒷목이 뻐근하며 팔다리가 저린 느낌이 드는 날이 많았다. 단전 호흡을 해볼까, 요가를 해볼까 생각은 해보지만 일주일에 두세 번, 퇴근 후 최소한 두세 시간은 써야 하고 옷을 갈아입고 씻어야 하는 과정이 귀찮고 부담스럽기만 했다. 그 대안으로 개발한 운동이 바로 이 헬렐레 운동이다.

몸을 전체적으로 느끼는 데 드는 시간은 매일 다르다. 몸이 많이 저리고 뻐근한 날은 오래 지켜보고 오래 다독거리기도 하고, 몸이 가뿐한 날은 가볍게 툭툭 건드려주다 눈을 뜨고 금방 일어나기도 한다. 핵심은 굳어진 관절과 근육을 느끼고 지켜보고 다독거려주는 것이다. 그러다 보면 마음도 몸도 함께 느슨하게 이완된다. 손가락 하나도 꼼지락거리기 힘든 날에는 그저 눈을 감은 채 피곤한 몸을 느껴보는 것만으로도 도움이 된다. 손발을 까닥거릴 여유가 생기면 몸을 꼼지락거려주면 된다. 그렇게라도 하고 일어나면 굳었던 근육이 제법 많이 풀려 몸이 상당히 가뿐해짐을 느낄 수 있다.

이런 나만의 운동법은 땀을 내고 활발하게 혈액 순환을 시키고 온몸의 근육을 유연하게 사용하는 제대로 된 운동에 비하면 운동이라고 할 수 없을지도 모른다. 그래도 굳어진 근육과 관절을 다독이고 어느 정도 유연하게 만드는 데는 도움이 된다. 몸을 지켜보며 마음 또한 편안하게 다독이는 효과도 있다. 걱정이나 근심이 있는 날 쿵덕거리는 가슴을 천천히 지켜보면 가슴의 박동에 따라 마음이 느려지고 편안해지기도 한다.

테마 3. 일상의 관리가 필요해

- 16시: 오후에는 나의 수입과 지출, 저축 명세서를 엑셀로 작성해 보았다. 지금 가지고 있는 목돈으로 주택 대출금을 일부 상환하면 상당한 금액을 저축할 수 있다는 사실을 발견했다. 거기에다 지금 무계획적으로 쓰는 돈을 조금만 더 의식적으로 쓰면 꽤 큰 금액을 저축할 수 있겠다는 생각도 들었다. 현재의 지출, 저축액 그리고 상환 후의 미래 지출, 저축액을 비교·대조한 후 남편을 위해 빈 표를 하나 뽑아 갔다. 우리가 그동안 정말 빈틈이 많았구나 실감했다. 진작 이런 도표를 만들어봤으면 좀 더 의식적으로 소비했을 것 같다.(10월 10일)

- 16시 30분~19시: 마음먹은 대로 오늘은 지난번에 마저 못한 옷 정리와 서랍 정리를 하기로 했다. 옷 정리는 이미 몇 주 전에 한 번 한

적이 있는데 그때 거의 세 봉지 정도를 재활용 센터로 보냈다. 이번에도 재활용 센터로 보낼까 하다가 그냥 계절갈이만 하고 옷상자에 넣어 보관했다. 《인생이 빛나는 정리의 마법》이라는 책에서 본 방법대로, 몇 주 전 정리한 양말과 속옷이 아직도 형태를 유지하고 있는 것을 보면 정말 마법 같은 노하우다. 일단 가지런히 정리된 양말과 속옷이 주는 안정감이 꽤 크다. 세탁 방식을 제대로 맞추지 못했다거나, 다림질을 안 하거나 잘 개키지 못해 구깃구깃해진 옷들을 보며 나는 '관리'가 참 부족하다는 것을 절감했다. 그러고 나서 옷장 속 서랍과 우리 방에 놓인 다른 서랍장을 정리하기 시작했는데, 결혼 후 만들었다가 해지한 통장들과 이제껏 옮겨 다닌 집들의 전세·구매 관련 서류, 지난 여권, 쓰지도 않고 만들어놓기만 해 수북이 쌓인 카드들, 직장과 학교에서 받은 온갖 증명 관련 서류, 심지어 옛날 회사 연봉 계약서까지 정리되지 않은 채 빽빽이 쌓여 있었다. 내가 무엇을 버리지 못하고 뭘 관리하지 못하는지 너무도 분명하게 보였다. 지난 흔적들을 버리지 못하고 붙들고 있었고, 복잡한 머릿속처럼 서랍장 안도 온갖 것들로 뒤얽혀 있었다. 게으름과 건성건성 대충하는 습관 때문에 이렇게 어지럽게 살고 있구나 싶어 반성이 되었다. 글씨를 쓸 때나 글을 읽을 때도 꼼꼼하지가 않고 대충 흘려 쓰고 줄도 그냥 삐뚤삐뚤 쭉 그어버리고 마는데 이러한 것들이 나의 내면 풍경을 반영하는구나 싶다. 앞으로 조금은 더 부지런히 정리하고, 버릴 것들은 제때 버리리라 결심한다.(10월 13일)

● 16시 40분: 남편이랑 둘이서 한강으로 자전거를 타러 갔다. 오후 5시부터 5시 50분까지 자전거를 타고 잠실대교를 지나 풀밭까지 가서 잠시 사진을 찍었다. 몸에 맞지 않는 자전거를 빌렸는지 힘이 들어 헥헥거렸다. 18시 15분: 집에 들어오니 어머니는 주무시고 작은딸이 혼자 토스트를 구워먹고 있다. 그래, 잘한다. 그렇게 하는 거야. 혼자서도 알아서 잘 챙겨먹어야지! 집에 들어와서 저녁 8시까지 줄곧 다리미질을 했다. 며칠 전 남편이 입고 나가는 남방이 꾸깃꾸깃해서 미안하고 창피한 마음이 들었다. 마누라가 이 모양이니 전에는 심지어 노숙자 소리를 들었던 적도 있다고 한다. 내가 매일 아침 늦잠 자고 일어나 회사 가기 싫은 마음으로 부스스하게 나가는 것은 마음의 준비가 덜 되었기 때문이라는 생각이 든다. 그날그날 입고 갈 옷도 깨끗하게 다려놓지 않고, 회사에 나가 활기차게 시작할 만큼 마음을 깨끗이 비워놓지도 못했던 것이다. 남편 남방과 외투를 다리고, 아이들 교복 남방을 다리고, 내 스카프와 카디건을 다린다. 그렇게 깨끗하게 옷의 구김을 펴듯 내 일상의 구김도 깨끗이 펴고 싶다. 나아가 각도 세우고 싶다. 핏fit이 똑 떨어지게 옷을 입듯 그렇게 내 몸과 마음에 딱 맞는 최적의 환경 속에 있고 싶다.(10월 21일)

구겨진 일상의 주름을 펴다

큰딸과 함께 동네 뒷산에 올라가서 그늘진 벤치에 앉아 시원한 바람을 쐰 날이었다. 이런저런 이야기를 나누다가 딸에게 말했다.

"내가 너만 할 때에, 내 눈에 비친 어른들의 삶은 헐떡헐떡 쉴 새 없이 돌아가다가 어느 날 덜컥 고장이 나서 멈춰 서버린 경운기마냥 힘겨워 보였어. 돌아가신 외할아버지 뒷목을 보면서 항상 그렇게 생각했지. 어렸을 때 어른들이 사는 모습이 그렇게 힘겨워 보였는데, 어느새 엄마도 사는 게 다 그렇다고 틀 지워 생각하고 있나봐."

어느새 내 눈에는 눈물이 글썽해졌는데 딸이 나를 가만히 안아주었다. 딸의 어깨에 기대어 눈물을 훔치면서 어쩌면 나는 이 순간을 반짝반짝 빛나는 기억의 한 순간으로 넣어야 할지도 모르겠다고 생각했다. 할아버지와 엄마의 삶에 대해 딸의 말없는 위로를 받은 소중한 순간이었기 때문이다.

산을 내려오면서 언젠가 들은 적이 있던 "삶의 문제점은 그것이 너무도 일상적이라는 데에 있다"는 말을 딸에게 들려줬다. 딸은 이 말을 이해하지 못했다. 중학교 3학년인 딸에게는 아직 일상적이라는 말이 부정적이거나 무거운 어감으로 느껴지지 않았을 것이다. 딸에게 일상은 여전히 즐겁고 반갑고 놀라운 신비였을 테니. 나도 한때 누렸을 이 일상의 신비가, 매일매일 힘겹게 버텨야 하는 반복적인 나날이라는 인식으로 넘어가게 된 시점이 언제였을까?

30일간의 실험을 통해 일상의 주름을 때때로 펴주지 않으면 삶이 더 구깃구깃하고 남루하고 무거운 것으로 느껴진다는 사실을 실감했다. 일상의 무게에 지쳐 있다고 느낀다면, 내 속에 너무 많은 찌꺼기들을 제때 비워내지 않고 쌓아놓은 채 스스로 그 무게에 짓눌려 있지 않은가 점검해 볼 필요가 있다.

그렇다고 이러한 비워냄의 과정을 통해 일상이 무한한 신비이던 그 시절로 다시 돌아가기를 소망하는 것은 아니다. 딸보다 두 배 이상 더 많은 일상을 살아온 나는, 별이 찬란하게 빛나는 것은 어둡고 검푸른 '밤하늘'이라는 배경이 있기 때문이라는 것을 아는 어른이다. 아침 햇살에 이슬은 빛나지만 그 이슬은 곧 사라지고 만다. 어린 시절의 기쁨이 영롱한 이슬의 기쁨이었다면, 이제 어둡고 검푸른 배경에서 더욱 밝게 빛나는 별의 가치를 알아야 할 나이가 되었다.

멀리서 빛나는 별은 스스로 불타는 태양이다

30일간의 실험을 통해 나는 내 몸과 마음의 흐름들을 관찰해 보았다. 춥고 외롭게 느껴지는 사무실에서 따스한 햇살이 무척이나 그리운 순간들이 많았다. 그래서인지 어느 일요일 오전, 베란다에 서서 보송보송한 솜털에 햇살을 충전하는 선인장을 바라보는 한 순간이 무척 행복했다. 솜털에 내려앉은 빛과 선인장이 서로 교감하는 듯했다. 내가 행복하기 위해서는 햇살과 선인장이 교감하듯 그렇게 내 몸과 마음이 서로 교감하는 순간들이 필요하다.

행복 실험에 참여한 한 달, 최대한 나 자신의 몸과 마음을 지켜보는 여백의 시간을 가지려 노력했다. 시계를 쳐다볼 때마다 그때그때 하는 일, 몸과 마음의 상태를 기록하며 '지금 이 순간'으로 돌아오는 훈련을 한 것 같다. 그런 노력을 통해 그 순간 바닥에 깔려 있던 숨은 두려움이나 내면의 욕구를 더 잘 알아차릴 수 있었던 것 같고, 의식적으로 좀 더 느긋하고 여유로운 마음가짐을 선택하려고 의도할 수 있었다.

그 덕분에 일터에서나 집, 그리고 나 스스로에 대한 몸과 마음의 피로가 많이 사라진 것 같다. 따스하고 탄탄한 '근원 주파수'에 머물고 싶다는 소망이 마음을 편안하게 해주었고, 내 에너지가 안정되자 다른 사람들의 입장도 더 이해하고 공감하게 된 듯하다. '지금 이 순간'으로 돌아오는 연습, 그리고 몸과 마음과의 대화는 청소를 하듯 꾸준히 계속 해야지, 멈추는 순간 먼지 쌓이듯 다시 몸과 마음의 피로가 그대로 누적된다는 것을 한 번 더 확인하는 좋은 기회였다.

행복 실험 이후에도 일상은 계속되고 있다. 만족과 불만족은 밀물과 썰물처럼 반복되고, 생동감과 무기력 또한 시소처럼 일상을 오르락내리락한다. 하지만 행복 실험 이전과 비교해서 확실하게 말할 수 있는 것은 나를 불안하게 만드는 내적·외적 요소를 좀 더 분명하게 파악하게 되었을 뿐 아니라 나 자신이 이미 꽤 행복한 사람임을 알게 되었다는 것이다. 예전에는 "행복? 과연 그게 뭐지?" 했지만, 이제는 내게 주어진 많은 것들이 행복의 바탕 화면을 이루고 있음을 자각하고 있다. 사랑하는 가족이 있고, 할 수 있는 일이 있고, 만나서 이야기 나눌 사람이 있는 나는 이미 무척이나 행복한 사람이었다. 실상 그 바탕 화면에 있는 무늬 혹은 얼룩은 내가 고질적으로 지니고 있는 생각의 패턴에서 비롯된 걱정과 근심, 불안감과 불만족, 우울이 스며드는 순간들이었다. 그 얼룩들만 잘 처리하면, 삶은 꽤 만족스럽고 행복한 순간들로 이루어져 있었다.

나는 이제 어느 자리에 가든 더 이상 내 존재에 대한 불안으로 좌불안석하고 싶지가 않다. 남에게 잘 보이고 실력을 인정받기 위해 어려운 일들을 억지로 성사시키고 싶지도 않다. 그보다는 새로운 기회와 새로운 환경을 접하며 그 새로움에서 재미를 느끼고 감탄하며 살고 싶다. 여전히 잘하려는 욕심에 슬쩍 몸이 긴장하기 시작하는 걸 느끼기도 하지만 그때마다 저절로 경고음이 들려온다. "아, 살살해, 긴장 풀어." 마음의 긴장이 덜하다 보니 아무래도 육체적으로 힘든 일정이 있어도 예전에 비해 피곤함이 덜하다.

30대 내내 시달린 '좌불안석 존재 불안증'이 치유의 기미를 보이기 시작한 것은 몇 번의 이직을 통해 조금씩 스스로에 대한 믿음을 쌓아가기 시작하면서부터였다. 이직을 할 때의 소망은 좀 더 보람 있는 일을 하는 일터에서 자율성을 가지고 일하는 것이었다. 누가 내게 부여하는 소속감과 인정이 아닌, 스스로 노력하고 애정을 기울여 내가 일하는 그 자리를 내 삶의 따스한 터전으로 만들고 싶다. 더 이상 몸과 마음의 긴장으로 인해 굳어진 어깨와 콩닥거리는 가슴에 시달리고 싶지 않다.

예전에 내가 힘겨워하던 감정은 비교에 따른 자괴감, 질투, 열등감, 좀 더 주목받고 관심받고 싶은 열망 등이었다. 채워지지 않아 괴로웠고 스스로에게 생채기를 내는 감정이라 힘겨웠다. 지금 내가 싸우는 감정은 예전과 다르다. 일이 뜻대로 풀리지 않는 순간순간 닥치는 좌절감과 암담함, 답답함이 있긴 하지만 그 감정들이 나를 생채기 내지는 않는다. 잘 풀리지 않는 상황을 탓할지언정 나 스스로를 탓하지는 않는다. 이런 과정들을 통해 그간 부족했던 인내와 끈기, 포기하지 않는 의지를 길러보자는 마음도 생겼다. 오랫동안 내가 갈망한 것은 자기 존중감이었다. 나를 남들과 비교하지 않고, 남의 인정을 바라기보다는 스스로 자신의 가치를 알아주면서 일 속에서 가치를 찾는 것이었다.

나는 그동안 나를 불 꺼진 차가운 방에 스스로 방치한 적이 너무 많았다. 이제 내면의 불씨를 더 이상 꺼트리고 싶지 않다. 내면의 불 피우기에 고심하던 30대를 지나, 불꽃을 꺼트리지 않고 내면을 따스하게 밝혀 바깥으로도 불빛과 온기를 나누고 살 나이에 이르렀다. 40대나 50대에 맞닥뜨리는 인생의 과제가 있다면 이 내면의 따스한 불꽃을 스스로 꺼트리지 말아야 한다는 점 아닐까? 멀리서 빛나는 별은 스스로 불타는, 자체 발광하는 태양임을 잊지 말아야겠다.

자기 확신과 취향은 '키우는' 것

나는 또 내가 늘 '촌스럽다'고 생각했다. 세련되게 옷 입는 센스도 없고, 집안을 가꾸거나 물건을 고르는 안목도 없다고 여겼다. 가끔씩 세련된 안목을 가진 듯 보이는 누군가와 나를 비교하는 마음이 들면 스스로가 부족하게 느껴지곤 했다. 이렇게 자신이 불만스럽다는 생각이 한번 생기면 그 생각은 더욱 발전해서 '자기 확신'이 부족한 내 모습에 대한 자책으로까지 이어지곤 했다.

그렇다면 그동안 내가 스스로에 대해 가졌던 '촌스럽다' '안목 없다' '세련되지 못했다'는 이미지는 어디에서 비롯되었을까? 아마 첫째로는 무관심으로 인한 취향의 부재에서, 둘째로는 텔레비전과 잡지, 주변 사람들의 소비 패턴과의 비교에서 비롯되었을 것이다. 이제는 더 고상하거나 세련되거나 똑똑해질 것을 바라지 않고 좀 투박하고 촌스럽고 덜 똑똑한 지금 그대로도 괜찮다고 인정하고 싶다. 사실 옷이나 물건 고르기, 집안 가꾸기 같은 일에 대한 자기 확신이나 취향은 구매와 선택을 통해 키워가면 그만이다. 그저 발품을 좀 더 팔고 관심을 기울이기만 하면 되는 일이다.

행복은 기대를 관리하는 일이라고 했다. 괴로움을 느낀다면 분명 그 뿌리에는 어리석은 욕심이 있다고도 배웠다. 그게 더 나은 자아 이미지를 갈구하는 것이든, 더 나은 직장을 구하는 것이든, 더 훌륭한 배우자와 자식을 원하는 것이든, 자신이 바라는 어떤 기대치가 충족되지 않을 때 괴로움이 생긴다. 기대를 관리한다는 것은 자신의 내면이나 외면에 있는 것들과 더 이상 싸우지 않고 화해한다는 말과 같을 것이다. 남편이 곧잘 내게 하는 말이 "내 수준에 딱 맞는 마누라"이다. 칭찬일 때도 있고 비난일 때도 있다. 그렇게 내게 온 모든 것을 내 수준에 딱 맞는 것으로 인정할 때 괴로움은 한결 덜어질 것이다. 내면이나 외면에 있는 것들과 더 이상 싸우지 않고 손을 잡아 한 편이 되었을 때 어쩌면 우리는 이 세상을 훨씬 자유롭게 살아갈 수 있을 것이다.

생각 속 행복을 몸으로 경험하다

행복도 내 작품이다

돌이켜보면 후회가 많은 인생이었다. 핑계와 변명도 많았다. 그러다 어느 순간 '내 인생인 걸……' 하는 목소리가 들려왔다. 그래, 내 인생이었다. 그때부터인 것 같다. 내가 잘살고 있지 못한 이유를 누구 때문, 무엇 때문이라고 핑계를 댈 때마다 "핑계대지 마, 네 인생이잖아!"라고 스스로에게 말했던 것은……

제목에 이끌려 사게 된 월호 스님의 《행복도 내 작품입니다》라는 책에 나오는 "행복도 내 작품입니다"라는 말은 나에게 인생이 누구의 인생도 아닌 내 인생인 것처럼, 행복도 나의 행복이고 내가 만들어나

갈 수 있다는 뜻으로 다가왔다. 이 말은 행복과 불행을 결정할 수 있는 것은 나의 선택이라는 의미였다. 행복이 외부에서 주어지는 것이 아니라 내가 애써 만들어야 하는 작품이라면, 나도 나의 행복을 직접 만들어나가고 싶었다. 그래서 글쓰기 팀과 함께 시작한 '행복 실험 30일' 프로젝트가, 행복해지기 위해 행복 관련 책을 이미 스무 권도 넘게 사 읽은 나에게는 아주 중요하게 다가왔다.

행복 실험을 시작하기 전에 먼저 내가 행복하지 않은 이유를 생각해보았다. 크게 세 가지였다. 첫째, 생각 속의 가상 현실에서 사느라 실제 세계와의 접촉이 약했다. 요리도, 집안 정리도, 나아가 사랑과 행복도 책을 통해 머리로 이해하니 칼로리만 높고 영양가는 하나 없는 정크 푸드를 먹는 느낌이었다. 부족한 현실과의 접촉을 늘리는 것이 필요했다.

둘째, 행복에 대한 기준이 지나치게 높았다. "행복하다는 말을 하려면 적어도 이 정도는 돼야지" 하는 행복에 대한 높은 기준이 내가 행복을 느끼는 것을 방해했다. 그래서 행복한 순간이었음에도 그것을 행복이라고 받아들이지 못했다. "행복은 이러이러한 것이다"라는 행복에 대한 내 나름의 규정도 행복을 오롯이 경험하지 못하게 했다. 행복에 대해 잘못 붙여놓은 꼬리표를 잘라내는 일이 필요했다.

셋째, 자신에게 만족하지 못하고 언제나 좀 더 잘해보라고 다그치는 완벽주의 때문에 한 번도 스스로에게 "이만하면 괜찮아" "나도 참 괜찮은 사람이야"라고 말해준 적이 없었다. 그만하면 잘한 일인데도 나는 늘 내가 부족하게만 여겨졌고, 늘 자기 만족과 자기 확신에 허기졌다. 이 채워지지 않는 허기짐을 치유하는 것 역시 내가 행복해지기 위한 길 중 하나였다.

　나의 행복을 가로막는 이 세 가지 이유를 토대로 나는 행복 실험의 테마를 다음과 같이 세 가지로 정했다.

1. 매일 행복해지는 선택 한 가지씩 하기

2. 내게 부족한 현실과의 접촉점 찾기

3. 행복하지 않은 가장 큰 이유인 완벽주의를 내려놓고, 있는 그대로의 나를 인정하기

　이 테마들을 가지고 30일간의 일상을 '행복'이라는 렌즈로 자세하게 들여다보면서 나 자신이 어떤 존재이고 그런 나를 인정하는 방법이 무엇인지 탐색해 나아갔다. 특히 내가 언제 행복하다고 느끼고 언제 행복하지 않다고 느끼는지에 초점을 맞추었다. 그동안 행복이 무엇인지 머리로 이해하고자 했다면, 이번 행복 실험에서는 몸, 특히 가슴의 두근거림과 손과 발에 전해지는 감각에 집중하고자 하였다.

　한 가지 덧붙인다면, 나는 마흔이 되면서 더 이상 핑계대지 말고 내가 원하는 삶을 살고자 그동안 운영하던 약국을 그만두고 삶의 방향을 틀었다. 그로부터 5년 동안 나에게 생긴 가장 큰 변화는 마흔다섯 살에 상담심리를 전공하는 대학원생이 된 것이다. 그래서 나의 행복 실험 일지에는 늦깎이(?) 학생으로서의 모습이 많이 반영되었다.

행복 테마 1. 행복은 선택이다

행복 실험의 첫 번째 행복 테마로 '선택'을 잡은 이유는 월호 스님의 책 제목 《행복도 내 작품입니다》가 준 감흥도 컸지만, 그것과 함께 행복을 이야기하는 책의 저자들이 공통적으로 하는 다음과 같은 말 때문이었다. "어떤 일 그 자체보다는 그 일에 대한 우리의 태도로 우리는 행복해지기도 하고 불행해지기도 한다." 행복과 불행이 어떤 일 그 자체가 아니라 그 일에 대한 태도에 달렸다는 말은 행복해지기 위해서 나의 태도를 나 스스로 선택할 수 있다는 말로 들렸다. 즉 내가 어떤 선택을 하느냐에 따라 나의 하루가 행복에 가까워지기도 하고 불행에 가까워지기도 한다는 것이다. 그렇다면 나는 당연히 행복해지는 쪽을 선택하고 싶었다. 그래서 '매일 행복해지는 선택 한 가지씩 하기'를 첫 번째 행복 테마로 정했다.

책 읽는 대신 숲길 산책을 선택하다

행복 실험 첫날, 오늘 내가 한 선택은 '책 읽는 것'과 '산책하는 것' 중 산책을 하기로 선택한 것이다. 내일 수업 준비로 논문을 읽어야 한다는 생각과 하루에 30분은 공기 좋은 숲길을 산책하자는 생각 사이에서 '숲길 30분 산책'을 선택하기가 쉬운 일은 아니었지만 그렇게 하기를 잘한 것 같다. 요즘은 눈이 쉽게 피로해서 책을 많이 읽지 못한다. 집중하는 시간도 점점 줄어든다. 마흔 넘어 뒤늦게 공부 시작하고 나서 운동과 담을 쌓았더니 체중은 늘고 활력은 줄어 몸 이곳저곳에서 고장 신호를 보내오고 있다. 그런데도 운동을 계속 미루어왔는데 이젠 행복을 위한 선택 1순위로 하루 30분 운동을 꼽아야겠다는 마음이 들었다.

도심 속 작은 공원의 숲길을 걷는 내내 "천천히 음미하며 사는 거야. 많은 것을 하려고 하지 마"라고 작은 숲이 내게 걸어오는 말에 귀를 기울였더니 기분이 좋았다.(1일째)

삶의 방식을 내가 선택하는 것이 행복

곧 차를 처분해야 할 것 같다. 생활의 규모를 축소하여 행복해졌다는 이야기를 담은, 태미 스트로벨이라는 여자의 《당신은 행복을 살 수 있다》라는 책을 읽는 중인데, 저자와 나는 삶의 지향점과 지금 현재 놓여 있는 상황이 비슷하다. 문제 의식이 같다는 점에서 나의 미래를 미리 보고 있는 것 같다. 저자처럼 차를 팔아야겠다. 빚을 갚고 삶의 규모를 줄여 결국 단순한 삶으로 가는 것, 행복 프로젝트에서 최종적으로 지향해야 할 목표다.

오늘 내가 행복하기 위해 한 선택은 자가용 대신 버스와 지하철을 타고 학교 가는 것이었다. 버스 타러 걸어가는 길 10분, 버스와 전철 타고 가는 시간 1시간 30분, 내린 뒤 걸어가는 데 10분이 걸렸다. 2학기 들어서는 일주일에 네 번 학교에 가는데 그동안은 주로 시간을 아낀다고 차를 이용했다. 그런데 오늘은 차를 없애는 삶의 방식이 더욱 의미 있게 다가온다. 대중 교통이 주는 편리함에 익숙해지고 싶다. 곧

나는 내게 알맞은 삶의 방식을 선택하는 데 익숙해지리라 기대한다.

너무 피곤해서 그냥 잘까 하다가 감사 일기를 덧붙이기로 한다. 살아 있음에, 경험할 수 있음에, 이렇게 행복 프로젝트를 실천할 수 있음에 감사하다.(2일째)

미루던 일을 용기 내 선택하다

미루고 미루던 위내시경 검사 예약을 다음 주 목요일로 잡았다. 더 이상 미룰 수 없었다. 내시경 검사도 하기 전에 그 결과에 대한 온갖 부정적인 생각이 들어 미뤄오던 일이었다. 토요일 오전에는 가슴 초음파 검사 결과를 보러 가야 한다. 몇 년 전부터 가슴의 멍울을 6개월마다 추적 관찰중이다. 삶에 대한 애착이 두려움을 가져오는 것일까? 건강에 자신이 없다는 것이 요즘 나의 최대 핸디캡이다. 행복은 상대적인 것이어서, 건강이 염려될 때는 오로지 건강하기만 하면 행복할 것 같다는 후배의 말이 가슴에 와 닿는다. 건강하지 않고는 행복이 가능하지 않다는 것을 알면서도 자꾸 등한시하게 된다. 두렵지만 더 미루지 않고 검사 예약을 잡은 나를 칭찬하고 싶다.(4일째)

인정 투쟁 대신 내면의 기쁨 선택하기

행복 실험 마지막 날 응급실에 실려 갈 뻔했다. 아이 학교 문제로 신경을 너무 많이 썼나 보다. 거기에 급히 먹은 죽, 학교 가는 길에 졸지 않으려고 마신 다량의 커피, 그리고 오후 수업의 긴장과 흥분이 겹쳐 갑자기 위가 움직임을 멈춘 듯 아팠다.

갑자기 사람들 앞에 서게 된 상황이 내겐 스트레스였나 보다. 교수님은 편하게 설명해 보라고 했지만 긴장한 내 목소리는 지나치게 떨렸고, 설명을 마치고 자리에 돌아와서도 마음이 가라앉지 않아 손까지 마구 떨렸다. 순간 갑자기 불안해지고, 그 불안을 들키지 않으려 하자 더 불안해졌다. 이상한 일이었다. 애써 견뎌보았지만 손이 차가워지고 어지러워지기까지 했다. '이러다 쓰러져 응급실로 실려 가는 것은 아닌가?' 하는 생각이 들 정도였다. 그런 일은 일어나지 않았지만 수업이 끝날 때까지 불안한 마음은 계속되었다. 왜 그토록 불안했을까? 무엇이 나를 그렇게 긴장하게 만들었을까? 사람들에게 잘한다는 소리를 듣고 싶은 마음이 그토록 컸던 걸까? 몸이 안 좋은 상태에다가 잘하고 싶다는 심리적 부담까지 겹쳐서 몸이 순간 균형을 잃은 것 같다.

아, 그놈의 '인정 투쟁'은 순간순간 튀어나와 이토록 나를 힘들게 한다. 인정받고 싶다는 그 욕구 때문에 편안하게 할 수 있는 일도 늘 편안하게 하지 못한다. 보여주고 싶고 인정받고 싶은 삶은 늘 불안을 가져온다. 이번 행복 실험을 같이하는 한 글쓰기 동료의 글을 읽던 중 "주의 깊은 행동은 오랫동안 아무 성과도 못 내는 듯하지만, 그 노력과 꼭 맞는 양의 빛이 어느 날 문득 당신의 영혼을 가득 채우리라"라는 시몬느 베이유의 말을 발견했다.

비록 눈에 보이는 성과를 내지 못하더라도 순간순간 주의 깊게 행동한 꼭 그만큼이나마 내 영혼이 빛으로 채워지는 것 자체에 만족할 순 없을까? 앞으로도 나는 인정받고 싶은 마음에 힘들어할 때가 있을 것이다. 그때마다 이 문장을 떠올리고 싶다. 밖으로 사람들로부터 인정받으려 하기보다는 내면의 기쁨을 생각하기, 근원적인 주파수에 내 주파수를 맞추기! 이것이야말로 행복해지기 위한 나의 가장 중요한 선택의 방향 같다.(30일째)

행복 테마 2. 삶의 진실한 순간과 만나기

내가 가장 부러워하는 사람은 "나는 이럴 때 행복하더라"라고 자신 있게 말하는 사람, 힘들고 지칠 때 작더라도 확실한 자기만의 위로법과 회복력을 가진 사람들이다. 나에게도 행복하다고 느낀 순간이 있고, 힘들 때 나를 위로하고 회복하는 방법이 있을 테지만, 정확하게 그 순간이 언제이고 그 방법이 무엇인지 확실하지 않았다. 행복 실험을 통해 그것들을 확실하게 느껴보는 것, 그러면서 생각 속의 가상 현실이 아니라 삶의 구체적인 순간과 접촉하는 연습을 하는 것이 나의 두 번째 행복 테마이다.

MOTMoment of truth라는 말이 있다. 마케팅 분야에서도 많이 쓰는 용어인데, 투우사가 성난 황소와 대면하는 결정적인 순간처럼 '삶의 진실과 만나는 순간' '무엇인가를 정하는 결정적인 순간'을 의미한다고 한다. 이번 30일간의 행복 실험에서 내가 경험하고 싶은 것도 이 MOT와 같은 생생하고 진한 삶의 순간들이다.

MOT, 즉 진실의 순간, 행복의 순간을 오늘 경험했다! 수요일은 1교시에 정신분석 수업이 있어 늦지 않으려고 차를 가지고 나간다. 비가 와 길이 막힐 것 같아 두 시간 예상을 하고 7시 30분에 집을 나섰다. 운전하는 동안 주로 하는 일은 생각하기, 커피 마시기, 음악 듣기 등이다. 그런데 오늘은 온전히 음악만 들으며 가고 싶다는 마음이 올라온다. 차 안에서 듣는 음악 방송은 때에 따라 다르지만 요즘은 KBS 제1FM 방송과 CBS FM의 〈아름다운 당신에게〉를 듣는다.

음악을 들으며 소름이 돋을 정도로 크게 감동한 적은 별로 없지만, '아, 참 좋다'라고 느낄 때는 종종 있었다. 예를 들면 헨델의 〈울게 하소서〉 같은 장엄한 곡을 들었을 때, 슬픔이 배어 있는 멘델스존의 〈노래의 날개 위에〉라는 곡을 무료한 오후 4시쯤 들었을 때, 혹은 가까이서 지인이 연주하는 첼로와 바이올린 2중주를 들었을 때가 그랬다. 그런데 오늘도 그런 경험을 한 것이다. 첫 곡 조수미의 노래와, 곡 이름은 기억나지 않는 기타 5중주를 듣는데 갑자기 눈물이 쪼르르 흘러내린다. 내가 이렇게 감상적인 인간이었나? 감동의 순간을 남기기 위해 스마트폰에 작은 목소리로 녹음을 했다. "좋은 음악, 좋은 글, 좋은 사람들, 그리고 내가 하고 싶은 일, 이 네 가지로 충분하다. 아, 행복하다……"(10일째)

공부하는 행복

지난주 금요일 오후 철학사 수업을 듣는데 그 순간 무엇인가 꽉 차오르는 기분이 들었다. 철학자들은 자신의 시대와 자신의 삶에 대한 문제의식에 깊게 천착하면서 하나의 철학적 흐름을 만들어낸 사람들이다. 사유의 끝을 보기 위해 벽이라도 뚫을 듯 문제를 깊이 파고드는 철학자의 모습이 감동으로 다가왔다.

수업을 마치고 집으로 돌아오는 길에 수업을 복기하면서 '다음 주에도 이 수업을 들을 수 있었으면' 하고 바라는 나를 발견했다. 토요일 가슴 초음파 검사 결과와 목요일 내시경 검사 결과가 나쁘게 나오면 편안하게 이 수업을 들을 수 없으리라는 걱정 때문이었을까? 로또 당첨 같은 커다란 바람보다, 그저 평온하게 앞으로 남은 다섯 번의 철학사 수업을 다 들을 수 있으면 좋겠다고 바라는 나를 보며 '철학 공부하는 시간이 내게 참 행복한 시간이구나!' 하고 알아차린다.

마흔이 넘은 나이에 새로 공부를 하는 이 시간은 나에게 고통스러움과 즐거움이 공존하는 시간이기도 하지만 때론 이렇게 진실과 만나는 순간이 되기도 한다.(12일째)

한 번에 하나씩 온전히 마음 모을 때의 행복

오늘은 다음 주 목요일에 있을 '문학과 상담' 수업 때 읽을 원서를 몇 페이지 번역해야 한다. 내용을 잘 이해하기 위해 어슴푸레 알던 단어도 사전을 보며 정확한 의미와 용법을 일일이 파악하려면 시간이 많이 걸려

서 차일피일 미루던 일이었다. 세 시간 넘도록 한 문장씩 번역해 가
는데 점점 몰입하는 것이 느껴졌다. 내용도 갈수록 더 분명해졌다. 중
요하거나 좀 더 정확히 해둘 필요가 있는 부분은 괄호를 쳐서 해당
영어 단어를 표기했다. 집중했더니 목이 뻣뻣해지고 등이 결리고 오
른쪽 팔이 빠질 듯이 아프다. 눈은 또 얼마나 피곤한지. 그래도 정해
진 분량의 마지막 문장을 번역하고 나니 뿌듯하다. 결국 끝을 보는구
나! 별로 대단한 일은 아니지만, 중도에 그만두지 않고 마무리했다는
것, 그것도 대충 한 것이 아니라 스스로 만족할 만큼 공을 들였다는
것에 흐뭇해졌다.

행복은 한 가지 일에 정성을 들일 때, 시간에 쫓기지 않고 마음껏
해볼 때 뭔가 꽉 차오르는 뿌듯한 느낌 같은 것일지도 모른다. 그것
을 굳이 행복이라고 이름 붙이지 않아도 그 순간에 비로소 내가 온전
하게 존재하고 있다고 느끼게 되는 것 같다.(13일째)

자세히 보아야 예쁘다

남편과 나는 요즘 〈슈퍼스타 K〉라는 텔레비전 프로그램을 열심히
보고 있다. 참가자들이 리메이크해서 부르는 노래와 원곡을 비교해서
들으며 남편과 서로 소감을 이야기하는 재미가 쏠쏠하다.

차를 타고 가다가 노래를 듣는데 갑자기 이소라의 노래 〈바람이
분다〉가 흘러나온다. "세상은 어제와 같고, 시간은 흐르고 있고, 나만
혼자 이렇게 달라져 있다. 사랑은 비극이어라. 그대는 내가 아니다.

추억은 다르게 적힌다……" 이별을 실감나게 해주는 가사가 나를 통해 지나갔던 사랑들을 생각나게 했다. 가사를 한 줄 한 줄 보면서 노래를 다섯 번 정도 들었나 보다. 가사가 정확하게 들리지 않아 온전히 전달되지 않던 감정들이 좀 더 확실하게 전해지면서 노래에 점점 더 몰입하게 되었다.

이어서 들은 〈유 레이즈 미 업You raise me up〉이라는 노래에서도 같은 경험을 했다. 노래 가사를 보며 두세 번 들으니까 노래의 의미가 확연하게 다가오면서 느낌의 강도가 훨씬 강해졌다. 특히 "You raise me up, to more than I can be"라는 부분은 의미가 분명해졌다. "당신은 내가 될 수 있는 것보다 더 나은 존재로 나를 일으켜 세워줍니다……" 그런 존재가 내 곁에서 용기를 주고 나를 일으켜 세워줬으면 좋겠다는 생각을 해본다.

노래를 들으면서 무엇인가를 더 깊이 느끼기 위해서는 기본적으로 시간과 노력이 필요함을 깨닫는다. 자세히 보면 더 잘 알게 되고, 더 잘 알면 더 깊이 느끼게 된다는 사실을 확인한 순간이다.(18일째)

행복 테마 3. 완벽주의를 내려놓고 나를 인정하기

일상의 행동과 태도에서 드러나는 나를 들여다보는 것은 때로는 인정하고 싶지 않은 자신을 만나는 일이기도 해서 힘들었다. 그러나 그런 나를 인정하지 않을 때 삶은 더 괴로워진다는 것을 그동안의 경험으로 알기에, 있는 그대로의 나를 인정하는 연습을 시작했다. 바로 '나 들여다보기'다. 이것은 완벽해지려는 오래된 병에서 벗어남으로써 좀 더 행복해지려는 나의 노력이기도 하다.

꼼꼼하고 이기적인 나

생리 전 증후군인가? 점점 까칠해지고 있다. 거실에서 방금 상봉한 부자가 주고받는 대화가 글 쓰는 데 방해가 된다. 남편보고 얼른 씻으러 가고 아들보고 얼른 방에 들어가 음악 들으라고 말하다가, "에이, 아무도 방해하지 않게 나만의 작업실이 있으면 좋겠다!"란 말이 입 밖으로 튀어나왔다. 아들과 남편이 뜨악하다는 표정을 지으며 1초간 말이 없다. 순간 내가 참 이기적이라는 생각이 들었다.

어제오늘 기분이 별로다. 애써 긍정적인 마음을 가져보려 노력한 덕분에 어느 정도 감정 관리가 되는 듯도 했지만, 어제도 아들과 남편 앞에서 속으로 섭섭해하던 말을 내뱉고 말았다. 며칠째 감기로 골골거리던 참인데 아들이 남편에게 "엄마가 싸돌아다니더니 감기 걸린 거예요"라고 했단다. 남편이 웃으면서 말을 전해주던 터라 겉으로는 티를 내지 않았지만 속으로는 '싸돌아다니다'라고 말한 아들놈에게 화가 났다. 모임을 마치고 저녁에 들어와 보니 남편과 아들이 안방 침대에 누워 도란도란 이야기를 나누고 있었다. 피곤한 몸과 지친 마음, 낫지 않는 감기로 예민해진 나는 이 둘의 애정 행각이 밉게 여겨졌다. 사춘기 아들의 변성기 목소리가 유난히 굵게 들린다 싶더니 갑자기 툭, 말이 튀어나왔다. "너, 아빠한테 엄마가 싸돌아다녀서 감기에 걸렸다고 했다며!"

순간 침묵! 주워 담을 수 없는 나의 말로 남편은 아이가 한 말을 옮긴 가벼운 아빠가 되어버렸고, 나는 아이의 말에 불끈하는 쫀쫀한 엄마가 되어버렸다. 학교 가면서 아들이 한마디 했다. "엄마 감기가 얼른 나았으면 좋겠어요. 아프니깐 엄마가 편하지 않은 것 같아요……"

몸이 불편하니 마음이 불편하고 마음의 그릇이 작아진다. 저녁에 혼자 밥을 먹다가 눈물이 났다. 왜 눈물이 났을까? 내가 바보 같아서? 아니면 가여워서? 쫀쫀하게 군 내가 창피해서 마음을 들여다도 보고, 혼자 밥을 먹다가 자신이 가여워져 울기도 하고, 긍정적으로 받아들여도 보고, 다스려도 보고, 그러다 다시 까칠해지기를 반복하는 이틀 동안 타고내린 감정의 롤러코스터가 버라이어티하기만 하다. (9일째)

남과의 비교 때문에 배 아프고 속상한 나

비교는 행복과 거리가 멀다. 생각나는 것이 하나 있다. 아버지가 나에게 힘내라고 100만 원이라는 큰돈을 용돈으로 주신 적이 있다. '아, 돈도 별로 없으실 텐데 잘 써야지. 감사하다' 하는 마음이 들었다. 그런데 나중에 아버지가 언니에게는 200만 원을 주셨다는 사실을 알게 되었다. 아버지가 나에게 준 선물의 가치와 의미는 언니가 받은 선물과 비교된 순간 갑자기 추락하고 말았다. 언니가 아버지로부터 용돈을 받았다는 것을 몰랐더라면, 그리고 언니가 받은 돈이 나보다 많지 않았더라면 나는 한동안 행복했을 것이다. 언니가 나보다 더 큰 선물을 받았다고 해서 내가 받은 선물의 가치와 의미가 달라지지 않는다는 걸 잘 알면서도 비교로부터 자유로워지는 것은 여전히 어렵다……

요즘 나는 시기나 질투 없이 다른 사람의 강점을 칭찬하는 연습을 하고 있는 중이다. 잘되지는 않지만 그런 시도를 할 수 있게 된 것도 행복 실험이 내게 준 선물인 것 같다. 오늘 생각과 느낌을 듬성듬성 쓰는 나와는 다르게 깊은 사유를 구체적으로 잘 풀어낸 글쓰기 멤버의 글에 '베리 굿!'이라고 댓글을 달았다. 그 전까지는 나보다 잘난 사람을 인정하고 열등감 없이 칭찬하는 것이 참 힘들었다. 나보다 약간 더 탁월하거나 조금 더 앞서간 사람들의 성공도 함께 기뻐하지 못했다. 동시에 그런 나의 옹졸한 모습이 초라하게 느껴졌다.

행복해지기 위해 내게 필요하면서도 가장 어려운 일이 다른 사람들의 강점에 나 자신을 비교하지 않는 일이다. 행복 실험 15일째, 그리고 본격적인 인문학 공부 3년째. 나는 이제 비교하는 버릇으로부터 자유로워지려고 한다.(15일째)

실수하기 싫어하는 나

왜 이렇게 불안할까? 진정이 안 된다. 생각해 보니 내일 있을 '문학과 상담' 수업의 팀 발표 때문인 것 같다. 더 정확히 말하면 완벽하게 준비해서 잘했다고, 훌륭하다고 칭찬받고 싶어서다. 그런데 완벽이라는 목표는 결코 도달할 수 없는 것으로, 그렇게 하지 못하는 자신에게 고통을 줄 뿐이다. 완벽주의자가 행복할 수 없는 이유이다.

긴장을 풀기 위해 산책을 하고 목욕을 하면서 내일 발표에 대한 입장을 정했다. 할 수 있는 만큼만 하자. 그리고 그렇게 선택한 결과를 판단 없이 받아들이자. 그렇게 마음을 바꾸고 나니 아프던 위의 통증이 덜해지고 뻣뻣했던 손도 풀어져 무사히 발제를 마무리할 수 있었다. 오늘도 나는 완벽주의란 놈과 한판 붙었다. 완벽해지기 위해서가 아니라 충분히 경험하기 위해 살아간다면, 나는 좀 더 행복할 텐데……(17일째)

인정받고 칭찬받고 싶어 늘 긴장하는 나

걱정과 부담으로 불안해했던 팀 발표는 성공이었다. 피하지 않고 부딪쳐 맞섰고, 준비 과정과 발표하는 시간 모두 내게 충만함을 주었다. 덤으로 잘했다는 칭찬도 받았다.

왜 이번 발표를 유독 불안해했을까 생각해 보았다. 공부를 새로 시작하면서 여러 차례 발표를 했고 매번 긴장과 부담을 느꼈지만, 돌이켜보면 그때마다 나는 최선을 다하지 못하고 중간쯤에서 타협을 하곤 했었다. 발표의 핵심보다는 겉모습 꾸미기에 치중했던 나를 용납하기가 어려웠다. 그래서 매번 발표가 끝나고 나면 성장했다는 느낌보다 더 열심히 할 수 있었는데 하지 못한 자신에 대한 후회와 자책이 마음에 남았다. 행복 실험 덕분일까? 이번 발표는 그런 내 모습을 바라보게 했고, 잘하고자 하는 마음 밑바닥의 욕구를 바라보고 어루만져주는 경험으로 다가왔다.

오늘 나는 아주 작은 성공 경험을 한 셈이다. 발표를 어떻게 준비하고 어떤 태도로 해야 하는지 알게 되었고, 다른 사람의 평가가 그다지 중요하지 않다는 것 또한 알게 되었다. 내 안의 작은 확신, 이것이 내게 그동안 부족했던 자존감에 자양분을 줄 것 같다.(18일째)

일부러 흠집 남기기: 완벽주의를 내려놓는 연습

화요일 수업 시간에 나는 말 그대로 '깨졌다.' 뒤풀이로 술 한 잔 하면서 기분을 풀고 집에까진 잘 들어왔지만 여전히 마음을 수습할 시간이 필요했다. 토론 시간에 한 동료 선생님의 말이 나에게 타격을 가한 것이다. 그녀의 말이 유독 상처로 다가온 것은 그 말이 나의 취약점을 건드렸기 때문이었다. 내가 한 말에서 아무것도 느껴지지 않았다는 그녀의 말이 첫 번째로 나를 강타했고, 어떻게 한 사람의 책과 생각에 대해 한 면만 이야기할 수 있느냐는 지적이 두 번째로 나를 강타했다. 그 순간 내 안에서 무엇인가 툭 하고 깨지는 듯했다. 그녀의 말은 내가 대상을 진지하지 않은 태도로 가볍게 대하고 있다는 지적처럼 느껴졌다. 나는 내가 그동안 무엇을 간과하고 있는지 깨달았다. 내가 가진 취약점이었다. 한편으로 고맙기도 했지만, 흠집이 난 자존심 때문에 마음 한쪽이 아프기도 했다.

이슬람권에서는 카펫을 짜면서 일부러 흠집을 남겨둔다는 친구의 말이 상처받은 자존심으로 아파하는 나를 위로해 주었다. 그래, 흠집이 좀 있으면 어때? 어떻게 사람이 흠집 없이 완벽할 수 있어? 생각보다 사람들은 나의 흠집에 별 관심이 없는데 왜 나는 이렇게 괴로워할까? 흠집 없는 사람이 있을 리 없건마는 나는 늘 흠집이 없기를 원

해왔다. 그래서 괴로운 날이 많았다. '완벽'은 신의 몫으로 두고 일부러 흠집을 남겨둔 채 카펫을 짠다는 이슬람의 지혜에서 배운다. 충격과 상처도 컸지만 배운 것 또한 크니 감사한 일일까? 그래도 깨지는 것은 아픈 일이니 적게 깨지고 싶다.

왜 시무룩하냐고 묻는 남편과 아이에게 "수업 시간에 깨졌어!"라고 말을 했더니 둘이 웃는다. "엄마, 완벽해지려고 하지 마세요. 저도 자주 깨져요~"(23일째)

이제, 구체적인 연습을 하자

행복 실험 이후 나는 어떻게 달라졌을까?

행복 실험으로 나는 행복해졌을까? 낮았던 행복 감수성이 높아졌을까? 그렇다. 달라진 나를 느낀다. 무엇보다 느슨해졌다. 행복 실험 이후 '반드시 해야 한다'는 'To do list'가 줄었기 때문일까? 아니면 행복 실험 이후 감행한 책장 정리 때문일까? 행복 실험이 끝나고 그동안 보지도 않으면서 자리만 차지했던 책들과 이제는 관심 영역에서 멀어진 책들을 솎아냈더니 책장에 빈틈이 생겼고, 책장이 헐렁해진 것처럼 나도 헐렁해졌으니 어쩌면 그럴지도 모르겠다.

무엇이든 완벽하게 잘해야 한다는 생각 때문에 새로운 일을 시작하기 두려워하고, 일 자체보다 일에 대한 평가를 염려하며 스스로를 긴장하게 만들었던 완벽주의 성향을 나는 얼마만큼 내려놓았을까? 일단 전에는 잘하지 못하던 "모르겠다"는 말을 할 수 있게 되었다. 모르면 모른다고 해도 될 것을, 그동안은 모른다는 말을 하기가 무엇보다도 어려웠다. 그러나 이제는 "잘 모르겠다. 알아보고 이야기하겠다"는 말을 자주 하게 되었다.

'실수'와 '실패'에도 너그러워졌다. 실수와 실패는 내가 세상을 경험하기 위한 필수 과정이며, 이 과정에서 성장할 수 있는 피드백을 받을 수 있다는 쪽으로 생각이 바뀌었고, 이는 나를 좀 더 너그러운 사람으로 만들었다. 이제 나 자신에게도 그리고 타인에게도 너그러워진 나를 발견한다. 행복 실험이 준 소중한 선물이다.

또한 '이 순간을 누리기 위해 내가 할 수 있는 일이 무엇이지?' 하고 자주 묻게 되었다. 그래서 멈춰 서는 순간들이 많아졌다. 하고 싶은 일을 뒤로 미루지 않는 것, 즉 행복을 다음으로 미루지 않고 지금 당장 행복해지려고 노력하는 것도 행복 실험 후 달라진 점이다.

행복을 연습하자

30일간의 행복 실험이 내게 가르쳐준 또 한 가지는 "행동하지 않고 무엇이 되기를 기대하지 말자"이다. 그동안은 생각만 많고 실제로 행동에 옮기는 경우가 적었다. 이것저것 생각하느라 분주했지만 제대로 실천하는 것에는 게을렀다. 행복에 대해서도 마찬가지였다. 그동안 내가 행복하지 않았다면 이유는 두 가지일 것이다. 행복해지는 방법을 몰랐거나, 알았더라도 그것을 제대로 행하지 않았거나! 행복에 대한 수많은 이론은 알고 있었지만 내가 행복해지는 연습은 턱없이 부족했다. 그래서 이제 행복해지는 연습을 시작하려고 한다. 구체적으로 어떻게 연습할 것인가? 행복 실험에서 배운 것을 토대로 몇 가지 행복해지는 연습 과제를 만들어보았다.

하나, 청소하기와 약속 지키기

일상을 돌보는 구체적인 방법으로 '청소하기'와 '약속 지키기'를 실천 과제로 정해보았다. 고미숙 씨가 《고미숙의 몸과 인문학》에서 말한 것처럼 공간에 대한 배려인 '청소'와 시간에 대한 배려인 '약속 지키기'는 그동안 삶의 기본기가 부족한 나에게 일상을 돌보는 좋은 방법일 듯싶었다.

요즘은 책을 보다가도 틈틈이 집 안을 청소하고 있다. 가스레인지의 묵은 기름때를 닦고, 욕실도 자주 청소한다. 신기한 것은 사용하는 공간이 정리되고 깨끗해질 때마다 생각도 정리되고 마음과 몸도 가벼워진다는 것이다. "청소에는 힘이 있다"는 말을 실제로 경험하고 있다. 나에게는 약속 지키기가 '청소'에 비해 난이도가 높은 실천 과제이다. 약속을 쉽게 하고, 지켜야 할 순간이 되면 그 약속을 지키지 않아도 될 수만 가지 이유를 찾으면서 내가 지키고 싶은 약속만 지키는 자신이 못미더웠다. 내가 나 자신에게 확신이 없었던 이유 중의 하나가 내가 한 약속을 지키지 않고 소홀이 여기는 자신에 대한 불신이 아니었을까? '약속 지키기'는 자신에 대한 불신을 줄여나가게 해줄 것이다.

둘, 화초 키우기와 남편과 아이 껴안기

백과사전처럼 많은 지식을 담고 있어도 그것이 행복한 삶과 연결되지 않으면 그것은 마치 아무리 많이 먹어도 사라지지 않는 허기처럼 공허할 뿐이었다. 구체적인 삶의 현실과 만나고 '지금 이 순간'이라는 현재와 접촉하기 위해 내가 선택한 방법은 화초에 물주기, 매일 남편과 아이 껴안기이다.

행복 실험 이후 나는 화초에 물주는 것에 정성을 들일 뿐만 아니라 그 순간을 즐기고 있다. 화초에 물을 주다 보면 과거에 하지 못했던 일을 후회하거나 앞으로 어떻게 될까 걱정하기보다는 그저 지금 이 순간에 머무르게 된다. 한여름 땡볕에 시들거리는 화초들에 물을 줄 때 이파리들이 물을 만나며 내는 소리를 듣는 것이나, 내친김에 내 맨발에 물을 뿌렸을 때 느껴지는 차가운 물의 감촉이 나를 생각이나 마음이 아닌 현재의 감각에 머무르게 한다.

남편과 아들과 하루에 한 번 이상 껴안는 행위도 내 삶을 훨씬 풍요롭게 해준다. 아침에 일어나면 제일 처음 하는 일이 먼저 깬 남편을 찾아 "잘 잤어?" 하며 팔을 벌리는 일이다. 그러면 남편도 "응, 잘 잤어. 당신은?" 하며 팔을 벌려 나를 안는다. 아들과도 일어나서 한 번, 학교 갔다 와서 한 번 껴안고, 외로울 땐 더 자주 껴안는다. 팔다리는 가늘어지고 배만 불룩해지는 남편을 안을 때마다 "이렇게 잡히는 중년 남성의 뱃살과 옆구리 살은 과속 방지턱이라는데~"라고 놀리면 "당신 뱃살도 만만치 않은데~"라는 농 섞인 핀잔이 돌아오지

만, 나온 배를 맞대고 서로를 안는 순간 '혼자'라는 근원적인 외로움이 온

데간데없이 사라진다.

셋, 행복해지는 속삭임 자주 해주기

첫 번째 속삭임은 "자신에게 가혹하게 대하지 마라"라는 말이다. 내가

행복하지 않았을 때를 돌아보면 주로 내가 나 자신에게 가혹하게 대했을

때였다. "왜 그것밖에 못하니? 그게 최선이었어? 왜 너는 늘 가다가 말아?"라고 내가 한 일에 대해 야박하게 평가할 때 나는 행복하지 못했다. 왜 매번 잘했다고 칭찬하기보다는 더 잘할 순 없냐고 다그치기만 했을까? 돌이켜보면 내가 자신에게 인색할수록 다른 사람에게도 인색했던 것 같다. 행복해지기 위해 무엇보다 필요한 것은 나 자신에게 가혹하게 대하기를 멈추고 친절해지는 것이다. 행복 실험을 통해 그런 줄을 알게 되었으니 이제는 더 자주 그렇게 속삭여야겠다.

또 한 가지 속삭임은 "두 번째 화살은 피할 수 있어!"라는 말이다. "자극과 반응 사이에는 간격이 있고, 우리는 자극에 어떻게 반응할지 선택할 힘과 자유가 있다"는 말이 기억난다. 살면서 원치 않은 일을 만나기도 하고 일을 하면서 실수나 실패도 할 수 있다. 원하지 않았지만 내게 닥친 불행이나 내가 한 실수와 실패 때문에 겪는 아프고 불유쾌한 경험이 첫 번째 화살이라면, 두 번째 화살은 첫 번째 맞은 화살의 결과로 자신을 더욱더 괴롭혀 그만큼 더 고통스러워지는 것이다. 두 번째 화살은 맞지 않아도 될 화살이란 사실을 스스로에게 속삭여주고 싶다.

세 번째 속삭임은 "팔짱 풀고, 주는 햇살 다 받자"라는 말이다. 아무 조건 없이 환하게 비춰주는 아침 햇살을 받을 때 세상이 살아갈 만하다는 느낌이 든다. 그러다 하루의 일상이 시작되면 어느새 다른 잘난 사람들과 나 자신을 비교하여 위축되고, 그런 자신 없는 모습을 내보이기 싫어 방어적으로 변하는 나를 발견하게 된다. 그래서 습관

처럼 자주 팔짱을 끼게 된다. 팔짱을 끼고 세상을 바라보면 누군가의 호
의도 있는 그대로 받아들이지 못한다. 햇살은 아무 조건 없이 무한히 퍼
부어주고 있는데 나 스스로 거부하거나 제한했다는 것을 행복 실험을 통
해 알게 되었다. 행복해지기 위해서는 우선 나의 팔짱을 풀고 볼 일이다.
그렇게 주는 햇살 다 받는 것처럼 매순간 맞이하는 경험에 나를 두려움
없이 내맡길 때 행복을 온전하게 맞이할 수 있지 않을까?

　네 번째 속삭임은 "과정을 오롯이!"라는 말이다. 무엇인가를 하려고
할 때마다 과정을 즐기기보다는 결과를 먼저 생각했다. 잘해서 칭찬받고
싶은 마음에 내가 할 수 있는 것보다 더 높은 수준을 내게 요구하고 그렇
게 하지 못하는 자신을 탓하며 괴로워했다. 그래서 무엇을 하려고 할 때
마다 잘해야 한다는 생각으로 신경은 예민해지고 그 때문에 늘 위장병
을 달고 살았다. 어느 심리학자의 말대로 "완벽주의는 자신에 대한 극한
의 자해"일지도 모르겠다. 적어도 완벽주의는 행복과 거리가 멀다. 삶은
결과가 아니라 과정이라는 것을 이번 행복 실험을 통해 몸으로 경험하게
되었으니, 완벽주의라는 놈이 내 안에서 스멀스멀 올라와 나를 괴롭히려
고 할 때마다 "삶은 과정이니, 완벽주의일랑 집어치우고 과정을 오롯이
즐겨봐"라고 속삭이고 싶다.

행복 실험이 내게 준 행복 만트라, "모든 순간이 꽃봉오리!"

　행복해지고 싶어서 시작한 30일간의 행복 실험은 일상을 잘 꾸려가는
것이 바로 행복이라는 평범한 결론에 도달하게 했지만, 그 과정에서 기

대하지 않았던 선물을 내게 주었다. 정현종 시인이 노래했듯이 "모든 순간이 꽃봉오리"라는 것이다.

나는 가끔 후회한다

그때 그 일이

노다지였을지도 모르는데……

그때 그 사람이

그때 그 물건이

노다지였을지도 모르는데

더 열심히 파고들고

더 열심히 말을 걸고

더 열심히 귀 기울이고

더 열심히 사랑할 걸……

반벙어리처럼

귀머거리처럼

보내지는 않았는가

우두커니처럼……

더 열심히 그 순간을

사랑할 것을

모든 순간이 다아

꽃봉오리인 것을,

내 열심에 따라 피어날 꽃봉오리인 것을!

— 정현종, 〈모든 순간이 꽃봉오리인 것을〉

"도대체 행복이 뭘까? 어떻게 하면 행복할 수 있지?" 물으며 시작했던 30일간의 행복 실험은, 어차피 살면서 후회하지 않을 수 없는 거라면 뭔가를 하지 않아서 길고 고약한 후회를 하기보다는, 차라리 그 일을 하고 난 후에 행복에 가까운 후회를 해야겠다고 마음먹게 해주었다. 더불어 "그때 그 일이, 그때 그 사람이 노다지였을지도 모른다"는 시인의 말은, 나중에 후회하는 일이 없도록 모든 순간이 내 열심에 따라 피어날 꽃봉오리임을 알고 더 열심히 파고들고 말을 걸고 귀 기울이고 사랑하라는, 그리고 그것을 지금 곧 하라는 말이란 걸 알 수 있었다.

"지금 당장 행복해지기 위한 것들을 하라!" 나의 행복 만들기 연습은 계속될 것이다.

에필로그: 행복 실험 그 후

'불안해서 늘 내일을 사는' 안토니아에서, '노는 인간(호모루덴스)' 안토니아로!

서른다섯 즈음 우연히 《적게 일하고 많이 놀아라*The Joy of not Working*》(어니 J. 젤린스키)라는 책을 읽고 그 주장의 혁명성(!)에 나는 깜짝 놀랐다. 근면을 미덕으로, 게으름을 죄악으로 믿고 살았던 서른 몇 해의 삶이 전면적으로 부정당하는 순간이었다. 그런데 묘하게도 가슴이 뛰고 맘이 동했다. 저자를 따라 나도 '노는 인간'으로 살고 싶어졌다. 블로그의 슬로건을 '적게 일하고 많이 놀아라'로 바꿨다. 그렇다고 내 삶의 모습까지 혁명처럼 바뀐 것은 아니다. 꿈 따로 현실 따로, 종종거리는 삶은 계속되었다.

그러나 내 마음을 인정해 주고 감사의 마음을 쌓는 동안, 삶에 혁명이 일어나고야 말았다. 그 까닭을 이제야 알겠다. 진정한 '노는 인간'이 되기 위해선 먼저 후회와 걱정의 시간(과거와 미래)에서 벗어나 바로 지금 이 순간의 행복함, 감사함(현재)에 머무를 줄 알아야 하기 때문이었으리라.

이제야 비로소 놀고 있어도 맘이 불편하지 않다. 무엇이 되느냐보다

무엇을 즐길까를 생각하는 시간이 더 많아진 걸 보니, 나도 정말 '노는 인간'으로 다시 태어난 모양이다.

세상은 넓고, 놀 일은 많다!

'행복도 깐깐하게 분석하는' 젠느에서,
'해피 투게더' 젠느로!

요즘 나는 졸업한 지 30년도 더 지난 초등학교 동창들과 교류하는 재미를 느끼며 산다. 어쩐 일이냐고? 얼마 전 한 포털사이트의 모바일 커뮤니티 앱을 통해 동창 모임과 연결된 덕분이다. 몇십 년의 세월은 아무것도 아닌 듯 친구들의 따뜻함이 나를 사로잡았다.

우리는 어릴 때 말투 그대로 얘기를 나누고, 온라인에서뿐만 아니라 일상에서도 만나 등산이나 자전거 라이딩도 같이 가고, 생일도 축하해 주고, 슬픈 일은 나누며 지낸다. 친구들의 허물없는 분위기에 녹아드는 데 시간이 걸리긴 했지만, 지금은 마치 골목길에 나선 아이가 등 뒤로 따뜻

한 엄마 눈길을 느끼듯 든든함마저 느껴지고 이곳 서울이 그렇게 낯설게만 느껴지지도 않는다. 바싹 말라 있던 모래밭에 강물이 흘러 하나로 어우러지는 행복이란 게 이런 걸까? 행복은 홀로 분석하고 무언가를 이루려 애쓰는 데서 오는 것이 아니라 함께 어울림에서 오는 것이란 걸 새삼 느끼고 있다.

행복은 '남의 가족 사진 속에나 있다'고 여기던 달나무에서, '행복한 여우' 달나무로!

아이들이 잠자기 전 《어린 왕자》를 한 챕터씩 읽어주고 있다. 오늘 읽은 부분은 그 유명한 어린 왕자와 여우의 대화 장면이었다.

"너의 장미를 그토록 소중하게 만든 건 그 꽃을 위해 네가 소비한 그 시간이란다."

여우가 어린 왕자에게 한 말이다. 아이들이 잠들고 난 후 거실로 돌아와 나는 그 말을 속으로 여러 번 반복했다. 이 말에 빗대어 말한다면 우

리에게 행복이 소중한 것은 '행복' 그 자체가 아니라 '행복을 위해 고민하고 노력한 시간' 때문일 것이다.

사실 행복이라는 주제를 처음 맞닥뜨렸을 땐 마치 그랜드캐니언의 거대한 협곡을 오르는 개미 한 마리가 된 느낌이었다. 돌이켜보니 서툰 발걸음으로 한 걸음씩 걸었지만 조금씩 행복에 길들여지고 있었다는 생각이 든다.

어쩌면 행복이란 어린 왕자가 여우를 길들이듯 행복이 나를, 내가 행복을 길들이는 것일지도 모른다.

"너에겐 네가 길들인 것에 대한 영원한 책임이 있어."

고로, 나는 내 행복에 '영원한 책임'이 있다.

'늘 어디론가 떠나고 싶은' 나무에서,
'일상의 행복이 주렁주렁한' 나무로!

요즈음 부쩍 웃음이 많아졌다. 별일 아닌데도 자꾸 실실 웃음이 난다.

책을 보다가도 푸흡, 카카오톡 메시지에 날아드는 이모티콘을 보고도 푸하하, 뻔한 우스갯소리에도 고개를 뒤로 젖히며 웃는다. 그뿐 아니다. 나도 모르게 콧노래가 나오고 목소리도 커졌다. 이건 분명, 내가 지금 아주 행복하다는 증거다.

그랬다. 내게 필요했던 건 '새로운 땅'이 아니라 '새로운 눈'이었다. 작가 마르셀 프로스트가 "진정한 발견이란 새로운 땅을 찾아나서는 것이 아니라 새로운 눈을 갖는 것이다"라고 했던 것처럼. 행복 실험 이후 새로워진 눈으로 바라본 내 일상은 모두가 행복이었다. 내 안에, 내 집에, 일상의 한가운데에 행복이 버젓이 존재하고 있었다.

지금 이 순간 〈별일 없이 산다〉라는 노래를 한바탕 불러 젖히고 싶다. 기타를 퉁퉁 튕기고 고개를 까딱거리면서. "나는 별일 없이 산다. 뭐 별다른 걱정 없다. 나는 별일 없이 산다. 이렇다 할 고민 없다. 나는 사는 게 재밌다. 나는 사는 게 재밌다. 매일매일 하루하루 아주 그냥."

나는 소망한다, 이 노래를 오래오래 부를 수 있기를!

'존재감에 목말라하는' 선향에서,
'자체 발광' 선향으로!

　마치 벗어놓은 허물을 보는 느낌이었다. 말라 버석버석해져 가는, 다시 쳐다보기 싫은 민무늬의 껍질. 행복을 찾아 스스로를 파헤치면서 존재감에 목마르다고, 곁가지가 되기 싫다고, 결핍을 얘기하는 내 모습이 참 보기 싫었다.

　그래도 어쩌나? 그건 내가 오랫동안 껍질로 쓰고 있던, 내가 알고 있던 그대로의 내 모습이 맞는데. 하지만 그건 내 본래의 모습은 아니었다. 껍질은 여전히 메마른 각질이 되어 때로 허옇게 일어나곤 하지만, 내 속은 좀 더 생기차고, 만질만질 윤기 흐르는 푸른 청사靑蛇의 생명력으로 가득 차 있다.

　얼마 전 버스를 타고 지나가다 무심코 쳐다본 가로등의 모습에 감탄한 적이 있다. 가로등은 몸을 꼿꼿이 세우고 고개는 80도 각도로 정중히 숙인 채 불을 밝혀 발밑의 어둠을 묵묵히 몰아내고 있었다. 중심이 된다는 것은 누군가 비춰주는 스포트라이트를 받아 빛나는 것이 아니라, 그렇게 스스로 자신을 밝혀 발밑을 환하게 만드는 것이라는 걸 알 수 있었다. 태양처럼, 가로등처럼 그렇게 '자체 발광'하는 존재, 이것이 바로 내가 지금 되어가고 싶은 존재이다.

'완벽하려다 병난' 하라에서, '이미 충분한' 하라로!

행복은 두 가지가 아닐까? '행복은 이런 것일 거야'라고 생각하는 행복이 '행복 1'이라면, 그 생각 속의 행복을 걷어냈을 때 다가오는 행복을 '행복 2'라고 말할 수 있을 것 같다. 30일간의 행복 실험을 통해 내가 만난 행복은 모두 '행복 2'에 가까웠다. 짜릿하고 강렬한 멋진 경험, 즉 오랜 고통 후에 마침내 오른 에베레스트 산 위에서 "야호!" 하고 외치는 순간이 진정한 행복이라고 생각했던 내가 행복 실험 이후 달라졌다. '이미already' 내 곁에 다가와 있고 '언제나always' 만날 수 있는 행복을 경험하기 시작한 것이다.

삶에서 느끼는 허기와 부족함이 생각의 장난, 특히 '비교의 술책'이라는 것을 알게 되자 속이 꽉 찬 배추가 아닌, 벌레 먹어 구멍이 숭숭 뚫린 배추와 부족한 거름 때문에 덜 자란 무라고 해도 그것을 최선으로 받아들이게 되었다. 이제 빛과 기쁨만이 아니라 그늘과 슬픔 그리고 우리가 실수와 실패라고 부르는 흠집들을 삶의 독특한 무늬로 받아들이려 한다. 완벽한 것은 아니더라도 꽤 괜찮은 카펫 하나를 만들어나갈 수 있을 것 같다.

샨티 회원제도 안내

샨티는 사람과 사람, 사람과 자연, 사람과 신과의 관계 회복에 보탬이 되는 책을 내고자 합니다. 만드는 사람과 읽는 사람이 직접 만나고 소통하고 나누기 위해 회원제도를 두었습니다. 책의 내용이 글자에서 머무는 것이 아니라 우리의 삶으로 젖어들 수 있도록 함께 고민하고 실험하고자 합니다. 여러분들이 나누어주시는 선한 에너지를 바탕으로 몸과 마음과 영혼에 밥이 되는 책을 만들고, 즐거움과 행복, 치유와 성장을 돕는 자리를 만들어 더 많은 사람들과 고루 나누겠습니다.

샨티의 회원이 되시면……

샨티 회원에는 잎새·줄기·뿌리(개인/기업)회원이 있습니다. 잎새회원은 회비 10만 원으로 샨티의 책 10권을, 줄기회원은 회비 30만 원으로 33권을, 뿌리회원은 개인 100만 원, 기업/단체는 200만 원으로 100권을 받으실 수 있습니다. 그 외에도,

- 추가로 샨티의 책을 구입할 경우 20~30%의 할인 혜택을 드립니다.
- 신간 안내 및 각종 행사와 유익한 정보를 담은 〈샨티 소식〉을 보내드립니다.
- 샨티가 주최하거나 후원·협찬하는 행사에 초대하고 할인 혜택도 드립니다.
- 뿌리회원의 경우, 샨티의 모든 책에 개인 이름 또는 회사 로고가 들어갑니다.
- 모든 회원은 아래에 소개된 샨티의 친구 회사에서 프로그램 및 물건을 이용 또는 구입하실 때 할인 혜택을 받을 수 있습니다.

- 문성희의 '평화가 깃든 밥상' 요리강좌 수강료 10% 할인
  070-8814-9956, http://cafe.daum.net/tableofpeace
- 오늘 행복하고 내일 부자되는 '포도재무설계' 재무설계 상담료 20% 할인
  http://www.podofp.com
- 대안교육잡지 격월간 《민들레》 정기 구독료 20% 할인
  http://www.mindle.org
- 부부가 정성으로 농사지은 설아다원의 유기농 녹차 구입시 10% 할인
  http://www.seoladawon.co.kr

회원제도에 대한 자세한 사항은 샨티 블로그 http://blog.naver.com/shantibooks를 참조하십시오.

샨티의 뿌리회원이 되어
'몸과 마음과 영혼의 평화를 위한 책'을 만들고 나누는 데
함께해 주신 분들께 깊이 감사드립니다.

뿌리회원(개인)

이슬, 이원태, 최은숙, 노을이, 김인식, 은비, 여랑, 윤석희, 하성주, 김명중, 산나무, 일부, 박은미, 정진용, 최미희, 최종규, 박태웅, 송숙희, 황안나, 최경실, 유재원, 홍윤경, 서화범, 이주영, 오수익, 문경보, 최종진, 여고운, 조성환, 김영란, 풀꽃, 백수영, 황지숙, 박재신, 염진섭, 이현주, 이재길, 이춘복, 장완, 한명숙, 이세훈, 이종기, 현재연, 문소영, 유귀자, 윤홍용, 김종휘, 이성모, 보리, 문수경, 전장호, 이진, 최애영, 김진회, 백예인, 이강선, 박진규, 이욱현, 최훈동, 이상운, 이산옥, 김진선, 심재한, 안필현, 육성철, 신용우, 곽지회, 전수영, 기숙희, 김명철, 장미경, 정정희, 변승식, 주중식, 이삼기, 홍성관, 이동현, 김혜영, 김진이, 추경희, 물다운, 서곤, 강서진, 이조완, 조영희

뿌리회원(단체/기업)

회원이 아니더라도 이메일(shantibooks@naver.com)로 이름과 전화번호, 주소를 보내주시면 독자회원으로 등록되어 신간과 각종 행사 안내를 이메일로 받아보실 수 있습니다.

전화 : 02-3143-6360 팩스 : 02-338-6360
이메일 : shantibooks@naver.com